有一种力量,叫文学;
有一种美好,叫回忆;
有一种感动,叫青春;
有一种生命,在鲁院!

鲁迅文学院「百草园」书系

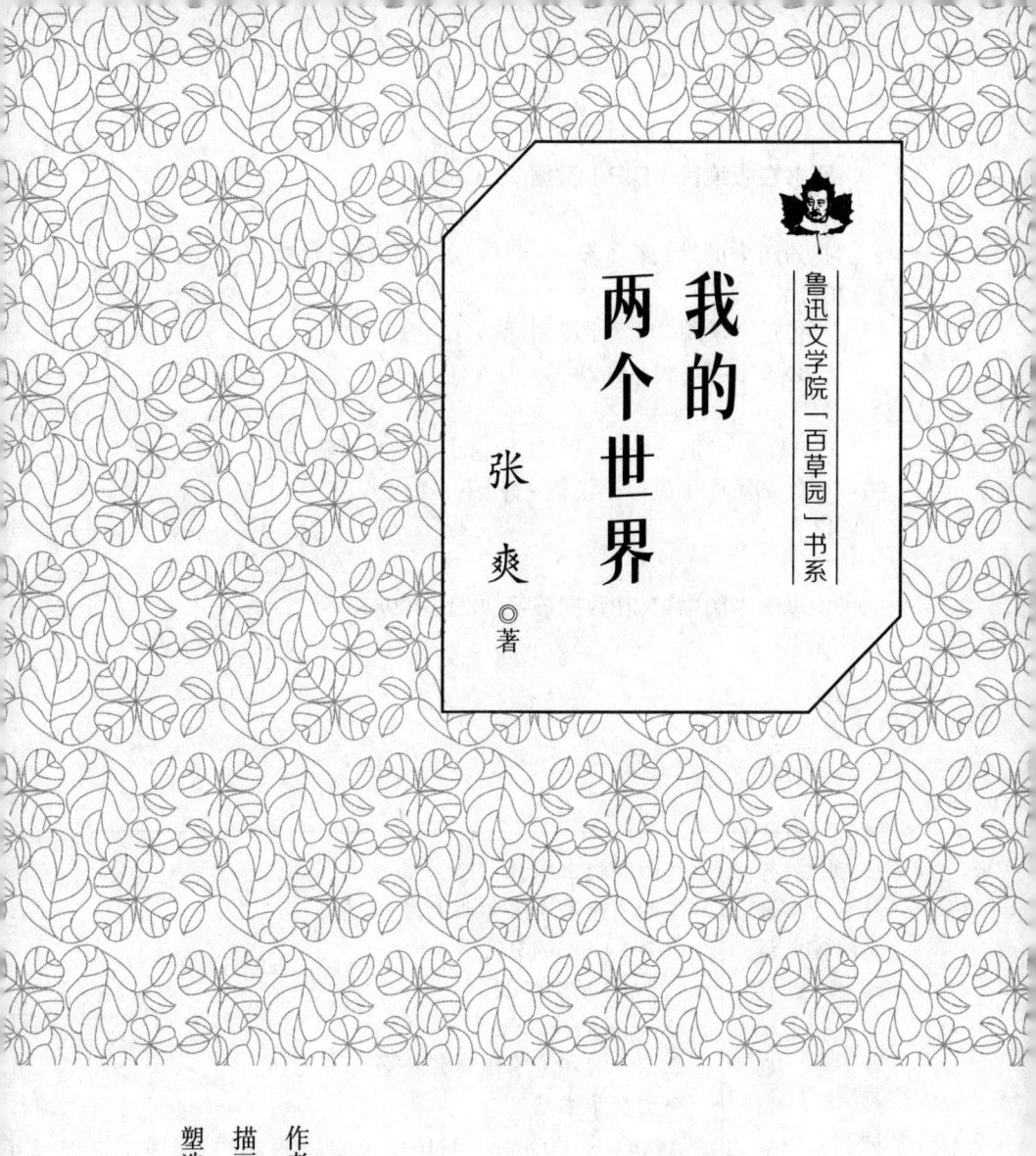

我的两个世界

张爽 ◎ 著

作者笔力深沉，蕴藉深厚，描画出一幅幅个性独特的文学风景，塑造了一个又一个生动鲜活的人物形象。

江西高校出版社
JIANGXI UNIVERSITIES AND COLLEGES PRESS

图书在版编目(CIP)数据

我的两个世界 / 张爽著. -- 南昌：江西高校出版社，2021.8
（鲁迅文学院"百草园"书系）
ISBN 978-7-5493-9628-3

Ⅰ.①我… Ⅱ.①张… Ⅲ.①中篇小说—小说集—中国—当代②短篇小说—小说集—中国—当代 Ⅳ.①I247.7

中国版本图书馆CIP数据核字(2021)第098701号

出 版 发 行	江西高校出版社
社　　　址	江西省南昌市洪都北大道96号
总编室电话	（0791）88504319
销 售 电 话	（0791）87919722
网　　　址	www.juacp.com
印　　　刷	北京一鑫印务有限责任公司
经　　　销	全国新华书店
开　　　本	700mm×1000mm　1/16
印　　　张	17.5
字　　　数	247千字
版　　　次	2021年8月第1版 2021年8月第1次印刷
书　　　号	ISBN 978-7-5493-9628-3
定　　　价	45.00元

赣版权登字-07-2021-639

版权所有　侵权必究

目录 Contents

坐在树上看风景 …………………………… 1
信　使 ……………………………………… 13
饥饿的熊 …………………………………… 28
火车与匕首 ………………………………… 43
西　厢 ……………………………………… 76
青　黄 ……………………………………… 116
我的两个世界 ……………………………… 130
干　爹 ……………………………………… 147
我们去看阿迪力 …………………………… 158
小人儿劫 …………………………………… 174
打马西行 …………………………………… 182
鸳鸯戏水 …………………………………… 192
寻亲记 ……………………………………… 219
北京城里的张爽（跋） …………………… 268

坐在树上看风景

我老叔死之前是四顷地最温柔的一个酒鬼,他一生未娶,连个到女人家入赘的机会也没捞到。他除了是个酒鬼外,还腿有残疾,不走路时还好,一走路,尤其走得快的时候,就成了个前后左右相当招摇的残疾人。

老叔腿有残疾,穷,又没有女人,却是个快乐的穷光蛋和光棍。老叔的家是四顷地一帮小光棍的大本营,我们没事了就都约好了似的出现在他家里。我们通常是这样几个人:我、双岁、四条、二小,还有东来,有时东来的弟弟春来也来。

我们常常赊账把一些鸡和狗拿到老叔家让他做给我们吃,老叔明知原委,也睁只眼闭只眼。他是个好人,但不是个高尚的和脱离了低级趣味的人。

没有鸡狗可吃,我们就吃老叔的豆腐菜。老叔自己是不做豆腐的,他的豆腐都是用玉米或黄豆换来的。他能把豆腐做出很多花样:熬、炖、煎、炸,哪怕只是用水煮过就盐水吃,在我们眼里都是一顿丰盛大餐。

老叔不是个小气的人,在我们没法带鸡狗回来的日子,也照吃老叔的豆腐,他非但没流露出不满,每天还乐呵呵的。老叔说过一句话,我这辈子没有女人却交了你们这帮四顷地的小混蛋,我死而无憾。

我们在老叔家吃饱喝足后,会先后离去。那时候老叔家的小院子一下子变得鸦雀无声,夏天的阳光懒洋洋地透过老叔家低矮的门窗,照到他家的瓦灶绳床和漆黑的屋顶。老叔此刻会安静下来,脸上挂着他招牌一样的温柔笑脸,背着手在他的小屋里逡巡,样子像个微服私访的大员。

老叔不知道,这一切都逃不过我的眼睛,此刻,我正躲在一棵高大榆树的顶端,把老叔的样子看了个正着。我生下来就暴露出猴子一样擅于攀爬、瞭望和机警的天性,我白天大部分的时间是藏身在某一棵树上,梨树、苹果树、杨树或者榆树。我对树的热爱,让我疑心自己是树的儿子,而不是老海的儿子。我心中是看不起老海的,他除了会下窑挖煤,除了会喝酒,做一锅东北乱炖,简直一无是处。好吧,我们不提老海。还是说说我,我叫树生,这是我母亲给我起的名字,这名字和我对树的依恋有着某种遥远隐秘的关联。我疑心自己的母亲曾经或许是一棵树。但我没法把自己的想法说给她,因为,说后注定要遭到一顿暗无天日的毒打。我的母亲像个歇斯底里症患者,有关她打人的经典场景在四顷地流传甚广。

我有时会爬上老叔家前面的老榆树,那树恐怕只有我一个人敢爬上去。因为那树就长在老叔家的祖坟的中央,我在上面向下看的时候,会看到那些土堆,那里是我们的祖先。但我不知道他们都是谁,姓甚名谁或年龄几何。别人都不敢爬的老榆树,我敢爬。

我看到了王斌,没错,这个四顷地著名的杀猪匠人,如今已混到批发站,当副站长了,他的身材不算魁梧,眼神凶凶的像个煞神。我很少听到王斌说话,更很少看见他笑,我看到他出现我们四顷地场院那里,他没有走大路回家,却顺着一条小路奔向了另外一个院落。我听到那个院落的门吱呀一下打开了,一个年轻的女人露出半张粉白的脸,王斌机警地往身后看了看,闪身进了小院。小院的门关上了,小院里的房门也关上了,然后,我就什么都看不到了。没办法,即使我在全村最高大的榆树上面也有我看不到的风景。

在树上差不多待到黄昏,我手搭凉棚看着老叔家,老叔这时正躺在他的炕上酣睡,他有二两酒就可以美美地睡上半天。有时候我很羡慕老叔,我甚至想过,自己长大了最好也变成老叔那样,有酒喝,有温柔的脾性，有满屋的女人和做一手好豆腐菜的本领。

王斌此刻已经从小院出来，重又回到了大路上。他又在大路上迈开了方步，他脸上依然杀气腾腾，但已是一副吃饱喝足后的杀气腾腾。他顺大路拐来拐去，走到一个大院子前面去了，那才是他的家。此刻他的女人正忙里忙外地抱柴、烧火、做饭、熬猪食，她矮小的身影沉默着，转动得像个陀螺。

我刚要从老榆树上下来，就听到二小家里传出杀猪一样的叫声，那叫声凄厉、悠远如同旷野狼嚎。此刻，王开肯定已经把二小吊在门框之上，他正在从腰间往下抽皮带。王开的腰很神奇，他即使把皮带完全抽下来，也不用担心裤子会掉下去，那么他系裤带又有什么意义呢？难道，就是为了打儿子二小？十岁的王二小已经长得豹头环眼，老叔说过，现在的王二小和当年一起穿开裆裤长大的王开长得一模一样。过去王开偷他父亲的烟叶卷了抽，而现在王二小偷了王开的烟叶卷了抽，不同的是过去王开是被父亲抽嘴巴，现在王开却要把二小挂到门框上用皮带抽。

"看你还偷我的烟叶，看你还偷我的烟叶！"王开的皮带抽到二小身上，噼啪作响。他抽二小一下，问二小一句。二小呢，在皮带落到身上后，反而不哭了，皮带在他身上像祖父的耳光抽到王开脸上一样响亮。有那么一刻，他好像已经进入了某种冥想的境界，好像在温习着祖父抽打父亲耳光的美好时光，那是他不曾见过的美好时光，他的脸上漾出一种幸福混杂着痛苦的享受，王开却因为二小的这个样子而越发恼怒了，他的皮带抽得更狠。"我让你美，我让你美！"二小终于从遥远的冥想中清醒过来，他的哭声如石破天惊的狼嚎，然后，几乎所有的四顷地人都听到了他的叫骂。

我笑了，开始从榆树上迅速滑落。此刻王开也笑了，他把二小从门框上卸下来，就像卸下一头待宰的猪，王开把皮带重新系回腰间，抬脚踹了一脚二小，说："你有种，是我王开的种！"

二小之前一直没掉眼泪，此刻他的眼泪却像雨天房檐下的滴水一样拉不断扯不断了，他还在骂着一些脏话。

王开说:"混蛋小子,再骂我还抽你,我妈是你奶奶,我八辈祖宗是你九辈祖宗。"

黄昏的四顷地到处弥漫着一种酒香,那酒就是普通的高粱酒,散装的,被马车拉来存放在四顷地小学前面的供销点里,那里有几个硕大的黑漆大缸,那些酒就储存在那几个大缸中,四顷地的人谁想喝了,就会拿着空瓶子或塑料桶过来,喊过那个脸上的肉像沙皮狗一样垂到脖子上的瘦子售货员。来打酒的一般都是孩子,比如我、二小、双岁、四条、东来,有时候东来的姐姐英子也来。我是个早熟的孩子,比如我会常常想到英子,想到英子静静地坐在她家窗前。她那么小,却能做很多针线活,给两个弟弟缝补衣服,给父亲王宝贵画鞋样、纳鞋底。英子有个针线笸箩,笸箩里有各种颜色的线和针,还有个颜色金黄的铜顶针,那顶针过去戴在她母亲的手指上,现在戴在英子的手指上,母亲的手指粗,英子的手指细,英子戴上顶针,顶针会显得更大,也就更衬得英子的手的纤细和苍白。我发现,自己看到英子戴着顶针做针线时,心会疼,就像一个男人心疼他的女人。

我有时候会借着找东来、春来玩的机会去英子家,我不知道为什么经常看不到王宝贵。王宝贵自从自己的女人死了后,就好像是一棵树长在了外面,长在了别人家,只有在黄昏后,他这棵树才会回家,而那时的他通常是喝醉了酒的,你也不知道他是在谁家喝的酒,不知道他怎么就醉成了那样。那时候,我会趁人不注意,悄悄爬到他家门前的那棵大梨树上去。那棵梨树真的是又高又大,春天开满雪白的繁花,夏天浓荫匝地,秋天,金黄的梨子挂满枝头,冬天,就只剩下了苍黑的枝干,有时,枝干上挂着白雪或冰凌。若干年前的一个冬天,四顷地有个著名人物吴志军把自己挂在那棵大梨树上,伸出后来被冻得僵硬的舌头,成了个吊死鬼。那个人不是别人,就是我拐子老叔的亲哥,也是我母亲的第一任丈夫。某种意义上说,没有那个吊死鬼,就没有我。吴志军吊死了,我父亲老海才有机会结束自己旷日持久的光棍生涯,也才有我的出生。我出生时就耳聪目明,机敏得像个猴子,但却羞于讲话,五岁前除了哭,一个字都讲不出来,但这一点不妨碍我日后迅速成为一个攀岩爬树的高手。

我喜欢待在树上，就像英子喜欢待在家里一样，自从英子的母亲过世以后，英子就很少出现在外面了，她把自己的影子深深埋藏在自己家里，大门不出，二门不迈，像旧社会待字闺中的贤良姑娘。这时候，王宝贵踩着凌乱的脚步顺着大路回来了，嘴里骂着一连串的人，他的骂声和他的意识一样混沌不清。

此刻，英子像她的母亲一样叫着已经被吓傻的两个弟弟东来和春来，到院外迎接他们的酒鬼父亲。王宝贵说："英子你把老子要喝的酒打来了吗？老子要喝酒，还要喝酒。"英子就说："爸，你醉了。爸你别喝了。"

东来说："爸你醉了。"

春来说："爸你别喝了。"

王宝贵说："你们还管起老子来了？"

王宝贵是真醉了，几次摇晃着差点倒在门前，英子就叫东来过去扶住他。

王宝贵看着最小的儿子春来说："你盯着老子看干什么？"

春来就赶紧把头低下来，去看眼前院子里的新鲜的泥土。

王宝贵说："你看那土干什么？那土是你爹还是你妈？"

春来的眼泪就下来了。春来长着一双和英子一样好看的眼睛，睫毛很长，眼睛很大，春来的眼泪大得像珠子一样掉下来，啪嗒一个，啪嗒又一个，砸在土地里，那被太阳晒了一天的土地，就一砸一个坑，一砸冒出一股烟尘。

王宝贵说："去，拿铁锹去！"

春来到窗下取了铁锹，又站回原来的地方。

王宝贵说："王春来，你给我装傻是吧，挖坑，给我挖坑。"

春来没动。春来不知道爸爸让他挖坑干什么。春来也就六七岁吧，铁锹沉沉的，几乎带歪了他的身子。

王宝贵看春来没动，想像过去那样，走过去一个耳光，再踹一脚，耳光会打春来一个趔趄，那一脚会让春来一下跌到几米之外。王宝贵大概想到了自己那对春来干过无数次的事，那事他都已经上瘾了。可今天他实在醉深了,他的手伸出来软绵绵的,原来还离儿子很远,他的脚伸出来也软绵绵的,不像踢人,倒像做一种奇怪的广播体操,而且,那脚伸出后好久不知怎么收回来,就那样晃荡着,晃荡着,等收回来时,那脚就像在为自己画圈了。多亏有英子和东来扶着,不然是必倒下无疑了。

"看什么看?挖,给我挖,挖个坑,把自己埋了。"王宝贵下达着他不可一世的命令。

春来的眼泪掉得越来越厉害了。他偷看了一眼哥哥东来,又看了一眼英子。

春来说:"姐!"

英子说:"听爸的,挖吧。"

英子的语气越来越像她母亲。

春来就吭哧吭哧挖起来。

王宝贵被英子和东来架着往屋里走,走到门口的时候,脑袋歪过来看春来,王宝贵说:"春来,你好好挖,挖个大大的坑,挖好,把自己埋了,把你哥你姐也埋了,把你们统统都埋了。"

我有时候会爬到杨树上去,爬得比喜鹊窝还高,我甚至想像喜鹊一样,躲进它们的窝里,或者像喜鹊一样,衔来树枝,给自己筑一个巢,生活在树上。

我不怕住在老叔家的祖坟中间的榆树上,也不怕住在高大的杨树上,只是怕住在大梨树上,我还怕看到喝醉了的王宝贵,怕看到吭哧吭哧挖坑的王春来。春来这孩子也怪,如果没有父亲的命令,他是不会停下挖坑的铁锹的,东来和英子在王宝贵睡着了以后,已经出来"命令"春来"别挖了",可春来就是不听。春来还在一直挖,好看的眼睛掉着眼泪,粗大的铁锹把儿已经把手磨出血泡,可他的劲儿实在太小了,他什么时候才能挖出一个足够把自己埋进去的坑呢?王宝贵什么时候才会醒过来呢?只有王宝贵清醒过来,才会止住春来不停为自己挖坑的铁锹。

我在大杨树上如鱼得水,我在大杨树上会忘记春来和他的眼泪,会暂时忘记英子愁眉不展的面容。四顷地的黄昏太可怕了，一股股不安分的酒气四处游荡，很多人都喝醉了，我爸爸老海喝醉了，正骂着姐姐，他骂我姐姐给他脸色看，欺负他这个后爹。我老叔也醉了，他正绕着美女在唱情歌，他哼哼唧唧，手上还打着拍子，有毛病的脚一点一点地点着地，倒也跟得上那歌的节拍。好像他那脚是故意那样走，那样走才合辙押韵，才会使他的情歌更动听一样。四条和他爸爸王贵也喝醉了，四条和他爸在划拳，王贵说："四条啊四条，你厉害，你是我爸爸行了吧？"四条就说："爸啊，谁不知道你牛逼，吐个吐沫成个钉，脚一动，四顷地就要晃一晃的。"王开也醉了，他抽下皮带，在打他的儿子王二小，王二小是自己把自己吊在门框上的，王开打一下骂一句，"看你还偷我的酒喝，看你还偷我的酒喝。"

整个四顷地一到黄昏就像演一出生旦净末丑全武行的热闹戏来了。

只有王斌家是安静的，王斌当然也醉了，不过他醉得安静，他醉后就躺在他家东屋的炕上，他一脸餍足，不停地吹着酒气，打着酒嗝，他很快睡着了，确实是睡着了，睡得就像死去了一样安静。

四顷地的天黑下来了。四周群山像一群蜂拥而至的怪兽，而笼罩在四顷地上的天空则像这群怪兽拉扯过来的一张网，那些星星就像是漏洞百出的网眼。我在夜里的杨树上开始有了恐惧，我的恐惧就像与生俱来的一样，但不久，我的恐惧就消失了。因为我看到了双岁，这个和我同岁的，王斌的儿子，正从他家院子里走出来，走过大路，然后走到场院那里，然后拐进了那条小路，在一家院门前，他谨慎地站住，然后大胆推门进去，在里屋门那里，他的手没有推开门，门被人从里面插上了。

他敲门。

"谁啊？"里面灯影一闪。

"我，双岁。"

女人把门开了，双岁闪身进了门。

女人开门的时候，正在扣着自己衣服的扣子，那扣子刚好扣到乳房那里，她好像是刚刚从床上爬起来，也好像是刚刚给孩子喂过奶。

双岁进去后，里面的灯就关掉了，我看到了一扇漆黑的小窗，就像黑夜里的一只眼。

我在高高的白杨树上看到我的拐子老叔，他在那天夜里也来到那个小院门前，我看到他敲门，听到女人在屋里问是谁。女人说："是王斌他叔吗？是双岁他哥吗？是王贵他爷吗？是王开？"女人问出了一连串的名字，那些名字在女人嘴里如数家珍，老叔吭吭哧哧，老叔说："我是吴志斌啊。"女人说："是志斌老哥啊，你有什么事？"老叔说："我没事……我想进去说。"女人说："没事啊，那就明天说，我已经睡了。"女人屋里的灯关掉了，老叔愣了愣，摇晃着走掉了。

我在大杨树上一待就是几个小时，有时候我就在杨树的枝杈间睡着了，流着口水，打着莫名其妙的呼噜，脑袋里带着一连串的问号，就那么稀里糊涂地睡着了，就像树上栖息的一只猴子。

我还是喜欢爬到大梨树上去，那通常是白天或者黄昏，我在那里更多的时候是想看看英子，看春来的坑挖多深了。春来几乎每天都在黄昏时挖坑，因为王宝贵几乎每天都会醉着回来。后来，春来一听见王宝贵的摇晃的脚步声就拿起了沉重的铁锨，有时候王宝贵还会夸他几句，说："春来你这个小崽子，快点挖，就这样挖，再挖几天就可以把你自己埋进去了。"王宝贵还会问英子，给他买酒了没有，如果没买，王宝贵就会抽她一个耳光，踹她一脚，像过去打春来一样。东来却不知跑到哪里去了，王宝贵酒醉的时候，他就会失踪，那时候整个四顷地的人都不知道他藏在哪里。

王宝贵开始打英子了。我在大梨树上咬牙切齿，像一只真正的猴子一样抓耳挠腮，可我又毫无办法，英子也毫无办法，春来也毫无办法。春来只好更卖力地在那里挖坑，我后来发现，春来挖的坑竟然方方正正的，像是一个小型的墓地的地基。春来的坑已经挖得越来越像样了。他的姐姐挨打的时候，他正在挖坑，那坑已经深过了他的小腿，新鲜的泥土被他扬在四周，堆得越来越高。英子在王宝贵打她的时候，咬着失血的嘴唇，漆黑的睫毛沾着滚烫的泪珠。英子在挨打的时候想到什么呢？在想她刚刚过世两年的母亲？还是在想自己和弟弟为何这么命苦？

英子掉泪的时候，我也陪着英子一起掉泪。我希望英子不要看见我掉泪，我把自己隐身在梨树的绿荫中间，像一颗青涩的梨子隐身在苍翠的树叶中间。有一天，我发现自己的眼泪掉在胳膊上，我发现连我的眼泪都是青涩的绿。

我老叔被女人拒绝后不久，出门打工了，在一家砖厂替人看大门，他在那里依然热爱喝酒、女人和吃豆腐。他挣的钱不多，他那些钱都花在了离砖厂不远的两个小卖部里。那时候，我只有爬到四顷地的最高峰卧龙脊上的松树之上，才能隐约看见老叔的样子。没有了老叔的豆腐滋润，我很快变得苍老枯干和忧郁起来，我希望老叔这个温柔的酒鬼能很快回到四顷地，可是他却越走越远，因为他欠下的小卖部的账越来越多，而黑心的砖厂老板又处处克扣着他的工资，他就只好远走高飞。

我在树上的岁月越来越单调，有时候我感觉自己就像是长在树上的一片叶子，经历风雨，正在逐渐凋零。四顷地黄昏的大戏正在变味，王开突然有一天不再把二小吊在门框上用皮带抽打了，而二小已经不满足于偷他的烟偷他的酒，二小从四顷地消失了，据说加入了营子镇的流氓队，他开始偷火车了。王开虽然每顿仍然借酒浇愁，对儿子二小却鞭长莫及，皮带抽不到自己的儿子身上，因此，他的酒就喝得有些寂寞。王斌和双岁仍然去女人家，王斌大都是在白天，是他从批发站回来的时候，而双岁则是在晚上。女人的丈夫也是个挖煤的矿工，不知为什么，那男人好像很少回来，女人的家里因此成了很多四顷地男人向往的地方。

王宝贵已经醉得不成样子，他成了四顷地最不受欢迎的酒鬼。因为他酒后把四顷地的人都骂遍了，春来和英子更是被他打得鼻青脸肿，春来还在愤怒地给自己挖着坑，而英子已经很少坐到玻璃窗前为她的爸爸纳鞋垫儿了，她的一双大眼变得越来越无神。

半年后发生的那次离奇事件，至今在四顷地被人津津乐道。那时候春来已经把那个坑挖得高过了他的人头，他正在等待着王宝贵的一声令下，然后，他会毫不犹豫地跳下去，把自己埋掉。小小的春来早已视死如归，似乎谁也挡不住他把自己埋了的意愿。然而，他不知道，这个坑最终埋的不是自己，而是他爸爸王宝贵。

那天黄昏，或许也不是黄昏，也许是黑夜吧，谁能真正把黄昏和黑夜的边界分得那么清楚？总之，在那个黄昏或黑夜时分，王宝贵醉着回来，不知怎么就冲着春来挖好的那个坑过来了，那个坑并不深，也就到他的腰际吧，可就是那么一个坑，他把自己埋进去了。可能，他进去后还有过挣扎，因为他的指甲缝里全是新鲜的泥土，他把那些浮土全都刨到坑里，然后把自己埋了，窒息而死。

四顷地没多少人为这个结局感到悲伤，这个结局甚至带了些喜剧的成分，被四处流传。然而，这毕竟是个非正常死亡事件，很快公安的人来了，在勘察了一番现场，捂着鼻子把浑身酒气的王宝贵挖出来后，在询问了一番已经被吓傻了的春来、英子和不知从哪里赶回来的东来后，这个事件最终不了了之。

我想说的是几年之后，英子在她十七岁的时候，把自己嫁走了，她下嫁的人家不详，地址不详。因为，在她嫁走之前，我的父亲老海已经死亡，我的母亲带着我远嫁京东，我到那里不久，就彻底丧失了之前攀爬、瞭望机敏的猴子本性，平原沉闷的生活让我变成了一只标准的室内动物。我的名字还叫树生，可我已无树可爬，我像一个废物一样生活着，用一些枯燥的方块字打发漫长的岁月。

后来有一天，我碰到了远道而来的双岁，他因为要做倒煤的生意来找我，他对我说起了他的第一个情人，如我所料，双岁的第一个情人，正是他父亲的情人。我奇怪的只是双岁的说法，他说，他那样做，仅仅是为了报复自己的父亲。这确实出乎我的意料。

然后他就说到了我老叔的死。

他说我老叔有一天在老家再也混不下去了，他欠下的酒债不多，但那些酒债就像陈年的渔网，漏洞百出，让他狼狈不堪，最后无处可去，就想到京东找我讨生活，因为他听别人说，我已经在京东成了个名人，好像本事大得不得了。然后他就从家里出来了。当时他已经弹尽粮绝，身上一分钱都没有，最后是二小帮了他，请他吃了最后一餐饭，喝了最后一口酒，临走时又给了我老叔五十元钱。当年加入流氓队的二小如今已成了四顷地最富有的人，在营子镇开了好几家饭馆。二小给老叔买了一张到西厢县城的班车票，让老叔到京东后给我带个好，问问我当年攀岩爬树的本领还在不在。我老叔高高兴兴答应了。他到了西厢县城，结果那五十元钱还没被他捂热，就被一个进行残疾表演的坏小子给抢走了。当时那个坏小子是以一个智力障碍者的名义出现的，他卖力地用自己的拳头捶打自己的脑袋，套取旁观者的怜悯的纸币。

老叔看到那小子伸开的手掌心里有人给了他五角钱，他掏了半天口袋，只掏出那张五十的。那是二小给他的仅有的一张纸币。他该怎么办呢？他想告诉这个坏小子用拳头那么猛烈地打自己脑袋是会把脑袋打坏的，那样人就会更傻，人更傻了之后就更不好赚钱养活自己了，他还想告诉那个坏小子，他只有这一张五十块钱，但他不能都给他，他只能给他五角，或五块，因为他还要用这钱坐车去京东来找他的侄儿树生——也就是我。

然而，还没等他把自己想说的话说出来，那个正进行暴力表演的小子就劈手夺过老叔仅有的五十块钱，迅速穿过人群跑了。我老叔愣了一下，开始追，但他怎么能追得上那个坏小子呢？那个坏小子像知道老叔是个拐子一样，他跑得就像一支火箭，很快就不见了踪影。

两天后，有人在班车站的大桥头发现了老叔被冻僵了的尸体，当时出现场的警察为此询问了不少附近的生意人，他们中有很多人记住了老叔的样子，说他在他们那里打过求援的电话，还说他几次迈上开往京东或回四顷地的班车，但几次都被售票员痛骂一番后踹了下来。他被踹下去后，几乎所有人都听到了那两个肥得像头猪一样的售票员恶劣的大叫："臭拐子，没钱坐什么车，滚下去，去死吧！"

然后，老叔就真的死了。

再说双岁，这个和我同龄，却敢用同样的方法报复自己的父亲的坏小子，像当着一个毫不相干的人在讲一个毫不相干的故事一样，说着老叔悲惨的故事，然后，他在喝掉三大扎扎啤、抽掉我一整包烟后，突然对我说起了另一件事："你还记得王宝贵的死吗？"

我说："记得。"

"你知道王宝贵是怎么死的吗？"

"不是醉酒后被自己埋掉的吗？"

双岁说："我也以为王宝贵是醉酒后自己把自己闷死的，可后来才知道上当了，咱们都上东来的当了。王宝贵不是自己死坑里的，是被他儿子东来推到坑里埋掉的。东来才是杀了他父亲王宝贵的凶手。"

双岁说："要不是东来承受不住巨大的心理压力，把这事说了出去，现在也没人知道是他干的。事情过去那么多年，他都像没事人一样过来了，现在却说了出去，不光说了出去，还自己到公安自首了。你说他傻不傻？"

信　使

我没有姐姐，有两个哥哥。他们都是有梦想的人。大哥想当飞行员，他把一架大大的飞机画在我家门旁的语录墙上，他的飞机画得有点四不像，既不是战斗机，也不是运输机，有点像是舱位很多的巨型客机，我曾经指出过他画中的这个缺点，但他说："你懂啥?!"因此我希望他的梦想落空，像他画上的那个飞机一样永远飞不起来。

我二哥的梦想是当个养猪专业户，利用四顷地水库大坝下面的那一孔一孔的涵洞，发展养猪事业，他计划最少要养五千头猪。他每天放学什么都不干，先去猪圈观察家里养的两头猪，样子痴迷，口中念念有词，两头猪非常喜欢他，见到他就像见到亲人一样，张着大嘴流着口水哼哼着跑过来和他亲热。我二哥还鼓励我将来和他一起养猪，说我们养猪成功后，就给我买张火车票让我到处旅行，我很高兴，希望他梦想成真，把他的养猪事业发扬光大。

至于我，我最大的梦想你们可能也猜到了，就是希望在十五岁之前，一个人坐火车出门远行。

十四岁的生日很快到了，我开始对自己的梦想充满了期待，准备随时实现梦想。那年冬天，常年在井下挖煤的父亲因风湿卧倒在床，母亲每天愁眉不展地照顾父亲，两个哥哥都在五十里外的寄宿中学读高中，家里开始陷入愁云惨淡的境遇里。就在这时候，家里突然来了封信，信封上是一个我从未见过的地址。

母亲告诉我，信是我从没见过面的老叔从老家平泉寄来的。但信里具体写的什么内容，她却没说。刚收到信的那几天，我常听到父亲和母亲在一起嘀嘀咕咕地说话，高一声低一声神神秘秘的，后来母亲就开始频繁外出，东家进西家出，忙乱得像个妇女干部。我不知道家里究竟出了什么事，但我想这一切肯定和那封信有关。

那究竟是一封怎样的信呢？我不知道，也不想知道得更多。学校已经放寒假，我开始算计着如何度过一个好玩又有意义的假期，有一天，母亲把我拉到一边，问我："你不是一直梦想着自己出趟远门吗？现在，我让你去你平泉老叔家给他送封信，去不去？"

我问母亲："去平泉老叔家远吗？信是走着送，坐汽车送，还是坐火车送？"

母亲说："当然要坐火车送。"

我一听要坐火车，立刻高兴了，"娘，我去，我一个人去。"

母亲叹口气："可你还从来没一个人坐这么久的火车呢！"她对我一个人去有点不放心。

我说："娘，你就让我一个人去吧，我已经十四岁了。"

母亲说："可你看上去还是个孩子。"

我确实还是个孩子，虽然十四岁了，可身子骨看上去十分单薄，个子又小，营养不良，面黄肌瘦，看上去也就和一个八九岁孩子的个头差不多。

母亲不放心，但也没有别的更好的办法，因为她要在家照顾几乎瘫痪在床的父亲，而哥哥们的假期还没开始，除了我，谁又能替她充当给老叔家送信的信使呢？

母亲答应让我去后，我开始忙碌起来，很快查清了所有去平泉的火车车次。经往平泉的火车不少，但很多都是朝发夕至，很不方便，只有一趟凌晨一点零一刻出发的火车最合适。坐上那趟火车，只需到上板城倒一次车，我就可以迎着早晨八点钟的太阳准时到达老叔家了。

我要出门的消息很快在四顷地的孩子之间传遍了，他们为我能一个人独自坐火车出远门而激动、兴奋、鼓舞，当然也有嫉妒和不平。三条就说，一个人坐火车有什么好呢，听说往那里去的火车都是比老牛还慢的慢车，车上又脏又乱，到处是垃圾，还有数不清的小偷。

我当然不在乎三条的话，我只发愁自己如何出发，因为火车在第二天的凌晨一点多发车，这就意味着我得提前一两个小时往营子赶，要冒着冬日零下二十度的严寒，走十几里的夜路，而且不能休息，因为一旦躺在候车室的大厅里睡着了就极有可能错过那趟火车，那是唯一的一趟列车，只在营子停一分半钟。

就在我愁眉不展的时候，猴子出现了，说他可以天一黑就带我去营子，住在他租住的楼房里。他租住的地方离火车站很近，骑车只有不到五分钟的距离。

我和猴子不熟，他比我二哥还要大。而且猴子早不念书了，正在营子一家建筑队干活，我已经很长很长时间没见到他了，他又是怎么知道我要去平泉，而且会想到提前送我去呢？

我看着猴子有些发呆。我还从来没这么认真地打量过猴子。这么认真一打量，我发现猴子确实太像一只猴子了，他的四肢又细又长，不光是长，关节处都带着弧度，好像随时可能四肢着地腾空而起。他的脑袋呈枣核状，一头乱蓬蓬的短发，一双灰蓝色的大眼骨碌碌地打着转，好像一转就能转出个鬼主意。

猴子见我看他，就又重复了一遍，他说，本来他是可以第二天早晨走的，他七点钟才上班，是因为听说我要坐夜车去平泉，才想到提前带我一起走。"和我一起走，你省得一个人去车站挨冻，省得一个人走那么长的夜路，还可以放心地在我那里睡上几个小时，到点后我会把你喊醒，几分钟后就把你送上火车了。"

猴子为我出行的时间打算得如此精确和细心，对我来说简直是雪中送炭。我回去把猴子要送我的事和母亲一说，母亲也很高兴。猴子和我家离不远，他送我，母亲很放心。她开始给我准备出门带的东西。其实也没什么东西，就是一封信。但母亲还是千叮咛万嘱咐，说这封信无论如何也不能给弄丢了，因为"这封信系着你老叔一家人的性命"！为了证明这封信的重要性，她还把那封鼓囊囊的信用塑料包了两层，然后外面又用一块花布缠好，把它缝在我贴身穿的绒裤里面。她做这一切的时候如此郑重，以至于让我恍若变成了一个重任在肩的信使，感觉前程远大，任重道远。

除了这封信，母亲又塞给了我几块零钱和三十块整钱，那是我有生以来见过的最大一笔数目的钱，对我来说简直就是笔巨款了。对这笔钱，母亲的交代同样慎重而又慎重，她说去平泉的一路上小偷非常多，这钱可不能让小偷给偷了，一旦小偷偷了，我可能连家都回不来了。

第二天黄昏，我刚吃过晚饭，猴子就来了。他骑了一辆半新的二八凤凰自行车，那辆自行车在黄昏的光照中，停在我家的院子里，显得特别扎眼。被我刚刚从水库边赶回来的鸡鸭鹅们立刻上前围观，我家养了两只鹅、三只鸭，还有七八只鸡，它们叽叽嘎嘎哦哦地围着自行车进行了一番热烈的讨论，两只鹅还张着大嘴对着轮胎啄个不停，好像说："猴子，你这个破车，这么窄的轮子，能带得动我家三哥吗？"

事实证明，鹅们的担心完全是多余的，我坐在猴子的凤凰自行车后架上显得绰绰有余，轻若鸿毛。连猴子都说，"棍子啊，你怎么这么轻啊，还没有我搬过的两块地砖沉，你瘦得就像根麻秸秆，轻得就像个屁。"

猴子说我什么我都不恼，我恼什么呢？我还有点高兴呢，说明我给猴子带来的负担并不重。

从四顷地到营子是一路下坡，猴子带着我一路如飞，铃铛的脆响就像一首连贯起来的特好听的轻音乐。他很快把我带到了吊桥头，我抬眼就能看见营子街上的密集灯火了。

推车过吊桥时，猴子对我说，今天晚上，和我们一起住的还有一个叫老开的人，他让我注意点老开，因为"老开是在流氓队待过的人"，专门干"偷火车"的勾当。

我没说话，我不知道怎么回答猴子，我不认识老开，但我知道大名鼎鼎的"流氓队"，知道那帮"偷火车"的人的厉害，传说他们都能蹿房越脊，武艺高强，同时也都心狠手辣，六亲不认。猴子怎么会和这样的人住在一起呢？

"他偷火车，还偷人吗？"我傻乎乎地问。

猴子眨眨眼，笑了，"你放心，棍子，有我呢，他不会对你怎么样的。"

猴子的租住地在一片破旧的居民区的二楼房间，房间很小，很乱，一张大床占据了整个房间，我们在床上刚坐下，老开就回来了，他瞪着一双牛铃一样的大眼，指着我，问猴子："他是谁，这小子是谁？"

"我老乡，四顷地的。"

"他还这么小，你怎么把他弄工地受罪来了？我看他连童工都算不上。"

老开的眼角处有一处明显的刀疤，这刀疤让他每说一句话都显得凶巴巴的。

"棍子不是来工地干活的，他坐火车出远门，半夜就走。"

老开听猴子这样一说，开始不停地打量我，问我几岁，出门去哪里，身上带了多少钱……他的话直通通的，不像偷火车的，倒像个明目张胆的强盗。

猴子说："我可警告你老开，棍子可是我的老乡，你不许动他的心思。"

老开的一双眼睛在我身上游弋，就像一条贪婪的毒蛇吐着两条闪亮的芯子，我感到浑身刺痒，非常不舒服。我已经不由自主地贴着墙站起来了，我不敢看老开的眼睛，但我觉得自己有必要回答他的问话，于是我就告诉他，我十四岁了，这一次是去平泉老叔家玩，我身上没钱，我还是个初中生……我当然不会说到那封信，更不会说到我口袋里的三十多块钱，我没有那么傻。

"什么，你十四岁了？"老开哈哈大笑，简直有点乐不可支了，他手点着我，身子东摇西晃，"十四岁，怎么可能，你怎么可能有十四岁，真可笑，撒谎都不会，你还叫棍子，要我说，你连个小萝卜头都算不上。"

我被他笑得发毛，也被他说得生气，于是我直了直身子郑重地对他说："我真的已经十四岁了，骗你是小狗。"

"你才是小狗呢！"老开说，"棍子，你再站直些，让我看看你到底够不够十四岁。"

老开说着就用他的大手在我的身上上下划拉了一遍，最后他把手停在我鼓起的腰部，问我："棍子，老实交代，你这里是什么？不会是揣的钱吧？"

我忙把自己的棉裤往上拉了拉，说："不是钱，我哪里有钱，只是衣服穿得厚！"说这句话时，我的手一直拽着自己的裤腰，时刻防备着老开过来拽下我的裤子，因为贴身的绒裤里就是给老叔的那封信和三十块的整钱。

猴子过来推开老开说："老开，你干什么，我刚才和你说过了，棍子是我老乡，他要坐火车去他老叔家过寒假，他身上除了几块车票钱，屁毛没有。你要连他心思都动，你就不是人了，是畜生！"

老开说："臭猴子，轮到你教训我？我老开是那种人吗？我是看他个子小，和他开玩笑呢，你过来看看，猴子，棍子穿得像不像怀孕了的女人？"

老开说完又盯着我的肚子哈哈大笑。猴子也过来看了，但他没说什么。我也低头看了下自己，觉得母亲把那封信裹了又裹缝在那里真是失策，它确实使我小肚子那里凸出了一块，像个身怀六甲的丑陋的小媳妇。

因为只有一张床，晚上睡觉时，猴子让我睡在了最里面，他睡中间，老开在最外面。猴子睡觉打很响的呼噜，我听着那像火车笛声一样的呼噜怎么也睡不着，老开刚才的举动也吓到了我，直觉告诉我，老开绝对不是一个善类，我必须加倍小心。

我满腹心事，再加上几个小时后自己就要一个人出远门的兴奋，翻来覆去，怎么都睡不着，只闭着眼睛数着一秒一秒的时间过。

猴子的呼噜声时大时小，老开那里却安静得可怕。我想起活动在铁路沿线的"流氓队"，传说中男男女女有二十几口子，他们男女混居，群奸群宿，生活混乱，拍花子，卖小孩，偷火车，乃至杀人越货，无所不干。这些人每天早出晚归，或晚出早回，回来后天天都开庆祝会，共同分享一天的"劳动"所得，他们有组织有纪律，还每天练功，常练的一种功夫是徒手从滚烫的油锅里往外夹硬币……据说这种功夫练好了，再去偷火车简直易如反掌，如探囊取物般轻松……我不知老开在"流氓队"里到底是个什么样的角色，他怎么又和猴子住到了一起？难道猴子……我不敢细想下去，心里的担忧像洪水猛兽来得凶猛又澎湃。

谁知，越是紧张，越是害怕，我入睡的速度反而越加快了。我很快睡着了，后来是被一泡急尿憋醒的。醒后发现猴子的呼噜已变得匀称而平缓，我慢慢地偷看老开那边，吃了一惊，因为老开不见了。我忙从床上坐起来，还好，钱和信还在绒裤里，鼓囊囊的，一切安然无恙。我放心了，开始下床小解。从厕所回来时，猴子醒了，正翻身，我指了指老开睡的地方，问："老开哪儿去了？"猴子没回答我，看了下表说："睡吧，早着呢，还有两个多小时呢。"

差五分钟到一点的时候，猴子把我喊醒，说该出发了。老开还没回来。大半夜的，他干什么去了呢？我心中的问号一个跟着一个，好在他放了我一马，或许这和猴子的提醒有关吧。

我坐在猴子的后车架上，外面很冷，我哈出一口气，就像一个冒着白烟的大烟囱，猴子刚睡醒，穿得又少，身子直哆嗦。

我说："猴子，谢谢你。"

猴子说："谢什么，我们都是四顷地的。"

我说："老开那么早出去，又去偷火车了吗，怎么半夜了还没回来？"

猴子说："谁知道，他早不偷火车了，他是出去习惯了吧，也没准是梦游。"

猴子骑得慢悠悠的，可能是觉得离火车到站还有段时间，也可能觉得车骑快了，冷风钻进来的速度也更快。在拐向一个胡同时，他说了一句话："知道老开为什么那么早就走了吗？他可能是想让你睡个好觉，他怕他在你睡不好，所以一个人跑到别的地方睡去了。"

猴子还说："其实老开这人，看上去很凶，却不坏，要不然为什么流氓队那么多人都被严打了，他却什么事都没有？"

猴子这样一说，本来冷得浑身哆嗦的我，忽然感到一阵温暖，没想到老开还是个心细如发的好人。既然老开是好人，猴子为什么还要我提防他呢？

我坐上的是一列北京开往锦州的绿皮火车，那火车确实如三条所说，人很多，又脏又乱，瓜子皮、花生皮、糖纸、卫生纸被扔得满车厢都是。车厢里还有一种我说不上来的味道，我刚进来就打了个喷嚏，我用这个响亮的喷嚏宣告了自己第一次坐火车的复杂心情。

庆幸的是，我上车时抢到了一个靠窗的好位置，坐下后又发现，对面坐了个好看的看书女人。我坐下时，她把手中的书放低了看了我一眼，她的眼睛大而美丽。而且，我刚坐下，就闻到了一种香喷喷的味道。我不由自主地开始左闻右闻，像只嗅觉灵敏的小狗。火车开动起来的时候，我的身边坐着一个浑身带着寒气的老人，而对面的女人身旁则多了一个穿西装留小胡子的男人。我对穿西装留小胡子的男人有天然的反感，觉得这样的人都是伪君子，自我膨胀，人面兽心……我这种认识多半来源于自己看过的为数不多的影视剧。但我此刻的这种感觉如此强烈，不知为什么他要坐在一位看上去既高贵又有教养的女士身边？他是不配坐在她身边的，坐在她身边的应该是另外一个人……应该是我！男人身上肯定是没有香气的，即使他给自己身上涂满了香水也只是头臭烘烘的猪，香喷喷的味道应该来自女人，这个正看书的端庄的优雅的女人。

我开始胡思乱想洋洋自得。香喷喷的味道确实来自女人身上。

正如我的判断，那个穿西装留胡子的男人，只矜持了不到十分钟，在火车吼叫着通过第一个隧道时，就开始利用突然黑下来的光线肆无忌惮地打量我对面的女人；等火车冲出隧道时，他已经开始忍不住尝试着和我对面的女人搭讪了。他问女人看的是什么书，女人把她看的书的封面朝向男人，男人就装作十分意外地说，啊，这书好啊，我刚看过。我想女人只需问一句"那你说说书里讲的什么内容？"就能一下戳穿男人的谎言。女人却只是冲他笑了笑，就又去看书了。男人不甘心，开始和女人吹嘘自己去过的地方。他说他刚从海南回来，天涯海角实在太棒了，他还去了云南的丽江和大理，说那里女人穿的民族服饰简直让他惊若天人,又怀疑回到了原始社会。他还说看过了壶口瀑布,才知道人太渺小了,而他到了陕西兵马俑前又发现古人其实比现代人更伟大。不过,冬天,最好还是到哈尔滨去看雪,现在哪里的雪能有哈尔滨的雪更像雪呢?

他就这样和女人啰唆了一路,而女人有一刻还真被这个小胡子男人给迷住了,不断地向他点头,并发出一两句"是啊""真不错"来回应一下男人,气得我真想把这个炫耀的男人的小胡子给揪下来!后来男人开始问女人坐车去哪里,是沈阳、锦州、长春,还是哈尔滨……他说出了一大串名字,我听到女人清清楚楚地说:"锦州。"男人就又"哎呀",说:"真是太巧了,我也到锦州,这回咱们可有伴了。"听到男人故作惊喜的声音,我的心一下子沉到了湖底。我不屑又痛苦地闭上眼睛,我想自己闭上眼睛可能会好一点。我发现我已经喜欢上这个女人了。这是一个十四岁男孩的单纯的爱恋和喜欢。而就在我情窦初开刚刚喜欢上一个陌生女人的时候,这个女人却被一个穿西装留小胡子的男人给夺走了,他们不但同路,还要去同一个城市。最重要的是,我发现女人已经逐渐被这个夸夸其谈的男人所吸引,她的不间断的微笑和已经完全放下来的书,表明她对这个男人的兴趣越来越浓了。

这个狗男人!我想向他吐口水,可我没敢,男人虽然看上去没有老开凶,但他要欺负起我来,还不是像老鹰抓小鸡一样简单?小不忍则乱大谋。为了旅程的安全和顺利完成自己的信使任务,我必须忍辱负重,忍着自己喜欢的女人成为别人手中的猎物!我已经胡思乱想到快发烧的地步了,我的确发烧了,火车里暖烘烘的,我又穿着又厚又笨的棉袄棉裤,我开始出汗了,感到汗水像虫子一样地从脖子上流下来。我敞开了棉袄上的两颗扣子,一阵凉风吹进身体,我又闻到了女人发散出的香喷喷的味道,我突然间一点都不怪女人了,我觉得女人那样子其实是在应付男人,而且她应付得很好。我很放心,我要好好地睡一觉了。

我很快睡着了,并且做了一个荒唐的梦:在梦里,整列火车只有我和女人两个人,她一直对我微笑着,对我吹气如兰。我呢,则胆子越来越大，我一下抱住了她，她的身体既丰满又温暖，女人呢，不但没推走我，反而一把把我搂到了怀里……

醒来时，大腿上一片冰凉。我羞得满面通红，本想趴在那里再不起来，没想到对面的女人却碰了碰我："你睡醒了，做梦了？"

我没想到女人居然是在和我说话，而且说出的话是那么柔软、温情款款，听口气好像我不是一个陌生的乘客，而是她的孩子。我瞬间惊喜若狂又羞愧难当。

"你这是到哪儿啊？就一个人？千万别睡过站，睡过站就麻烦了。"

我不得不把那张涨红的脸抬起来。我说："我小名叫棍子，是四顷地人，我这次是去平泉，去我老叔家，给他送一封信，一封特别特别重要的信，我要在上板城倒车，倒车后才能去平泉。"

根本没用她多问，我就竹筒子倒豆子一样把一切都毫无保留地说给女人了。

"上板城！那你再有两站可就到了。"我听到女人身边的男人说。

我很不愿意地去看男人，就在我抬头去看男人的时候，忽然发现正对着的前方的车厢过道口有一张熟悉的面孔一闪而过。那双冷箭一般的目光一下让我清醒且傻掉了，瞬间大脑一片空白。虽然那面孔和目光只是一闪而过，可我还是认出了他是谁。没错，就是在猴子那里半夜走掉的老开！

我再也坐不住了，站起身就往另一节车厢跑。

女人说："还有两站地呢，你睡迷糊了，这时候跑什么？孩子——"

女人喊的是"孩子"，这令我有些伤心，她不知道我刚才的一场幽梦和谁有关。

我顾不上伤心，也顾不上女人诧异的眼神和好心的提醒，我在瓜子壳、花生壳遍布的过道内匆匆走过，绕过香蕉皮和五颜六色糖纸的牵绊和缠绕，身子像棉花弹一样在狭小过道上的顾客和乘务员之间来回碰撞，我听到小胡子男人说："这小子真睡迷糊了！"然后是他的哈哈大笑。

我逃也似的过了一节车厢，又过了一节车厢，每过一节车厢我都频频回首，差不多是最后一节车厢了，我才停下来，惊魂甫定，一颗心突突乱跳，待我确认身后再没有那样一双印象深刻的眼睛跟踪之后，我才开始怀疑刚才是不是有些神经过敏了，要不就是真的"睡迷糊了"？难道刚才那一闪而过的面孔只是自己的梦游所见？

上板城火车站很快到了，我没法形容自己在这个车站下车时的情景，狼狈、落寞，还有那无时无刻不在的紧张感，我是那么一个容易紧张的人，何况又经历过刚才的惊吓。

火车稳稳地停靠在上板城站，我的心却久久没有安定下来。车站只有一个很小的站台和一个很小的候车室，我偷偷往候车室里看了一眼，发现候车室里比火车上还要肮脏和凌乱，几个要饭的叫花子和流浪汉霸占了仅有的几条长凳，他们无所顾忌的呼呼大睡让我羡慕又让我嫉妒。车站里只有站台上亮了几盏昏黄的灯，我往前走，一直走，直走到最边上一个没有灯光的地方，在一节废弃的火车道边，我停了下来。凭借着夜色里有限的光亮，我看到火车道旁边堆满了枕木，而枕木上正坐着个穿黑衣的女人。我刚看到她时，还疑心见到了鬼，就在踌躇不前的时候，那个人却开始向我招手，我狐疑地走近她，发现她竟是火车上坐我对面的女人！

女人穿着一件肥大的带毛领子的呢子大衣，坐在那里冲我微微笑着，我再次闻到了那股香喷喷的味道，她吹气如兰，神态令人迷醉。

"我下车后一直在找你，还以为你藏到枕木这里来了。"我听到她说。

找我？我狐疑地看了她一眼。她那么高大，像座美丽的仙人塔，必须仰视；她身上散发出一股暖烘烘香喷喷的味道，那味道让我的荷尔蒙正加速分泌。

"是你告诉我的，说要去平泉老叔家，是你自己在车上亲口告诉我的。你忘了？"

我当然没忘，但问题是，她在车上说自己去锦州的啊。锦州应该是刚才那趟车的终点站。她怎么也在这里下车呢？

"我也在这里倒车啊，等着去平泉。"我看到她冲我眨了下眼，好像还笑了。

"你不是说去锦州吗？"我还是问了句。

"我那是骗那个小胡子呢！"

想到了那个令人讨厌的小胡子，我禁不住也笑了。我们都笑了，像情人间的冰释前嫌。

"坐到这里来，多坐一个人会暖和……你怎么一个人出这么远的门啊。"

"你不也是一个人吗？"我说，"而且，我已经十四岁了。"

"十四岁了？真的？"

"真的，骗你是小狗。"

"你可真逗，"女人笑起来，很开心的样子，"知道你让我想起什么人来了吗？我弟弟！我最小的弟弟也和你一样，十四岁，就连你刚才说话的语气和神情都像他，不过，他可比你高多了，"她用手比画着，"差不多高你一个头呢，他是他们班最高的了。"

我第一次因为自己的个子矮变得十分沮丧。

"不过，男孩子嘛，没准过了这个冬天，你的个子就像他一样蹿起来了！"

她再次让我靠近她坐下，我听话地坐过去了，她还把自己的大衣敞开，让我和她披一件大衣。我忙摇头，说不冷。她说："你害羞什么啊，过来，和我靠紧点，火车过来还得等一会儿呢。"

我的身子和女人越靠越近，我不冷，身子却开始了哆嗦。我一直盯着前面站台上的一个人的身影，他寻寻觅觅的样子让我再次紧张，他那漆黑的冬夜里仍然让人胆寒的目光是那么富于穿透力，那么令人紧张，那就是火车上我一直躲避的那双目光，那双目光属于一个叫老开的人。此刻他已经转身，正向这里一步步迈近……

我什么也顾不得了，一头扎向女人的怀里。

我哆嗦着说："快……他，他过来了……"

"谁？"女人被我的举动吓住了，下意识地做了个往外推的动作，我却向她的怀里扎得更深，我的哆嗦也传染给了女人，女人也哆嗦开了。

女人站起来了。她的一双手开始把我往她身后推,动作温柔而坚决。

我站在她的后面,她肥大的大衣正好完全遮蔽我,而不用担心被人发现。

"大姐,是你啊。"我听到老开熟悉的嬉皮笑脸的声音。"怎么一个人啊,刚才和你坐一起的那个西装大哥呢,撇下你一个人跑了?他可真不够意思!"

"他,他去厕所方便了,怎么,你找他有事?"女人声音冷冰冰的,那一刻,我真想从后面抱住她,抱住她的屁股或她的腰,就像毫无欲念地抱住一个亲人。

"我不找他。我找坐在你对面的那个小萝卜头——就是那个小瘦子,穿棉袄棉裤,像个怀孕的小媳妇⋯⋯"

"我知道你找谁,可那孩子刚才走了,已经坐上开往北京的那趟火车了。"

"可他说要去平泉,要去平泉老叔家的啊!"

"他和我说他搭错车了,他在车上亲口和我说的,而且他说他有什么东西忘了拿了,他要回去拿那件对他很重要的东西,所以,他到了上板城就得倒车回去——"

"真的?"

"骗你干什么?是他亲口对我说的,他一个孩子,骗我们干什么?"

"哦⋯⋯要是那样⋯⋯就谢谢了。"

"你是他什么人,找他有事?"

"没事⋯⋯一个朋友托我一路好好照顾他⋯⋯人还没照顾到,他小子却跑了⋯⋯朋友说他身上带着贵重的东西⋯⋯"老开结结巴巴的,像是在边想边说,他撒谎的水平显然不如他跟踪的水平。他说这些话的时候,眼睛肯定还在到处乱转。

"那你怎么还不过去追?他也是刚上了前面的那趟火车,你这会儿再不上去,说不定火车就要发车了。"

老开终于忍不住骂了句"他妈的"。我听到了他跑开的脚步声，竟然那么轻，轻得就像跑过去一只老鼠。

直到那列火车拉响汽笛，女人才转身把我放了出来，她说："好了，吓死我了。"

说完，她低下头看看我，再次把我抱在怀里。

"这下好了，你不用怕了，那家伙跑了。我在火车上就注意他了，鬼鬼祟祟的，像个偷儿。"

"他不光是个偷儿，他还是流氓队的。"

"你怎么知道——"女人奇怪地看着我。

我没说话，有几分得意，我仰脸看着女人，她的脸庞上透着圣洁的光泽。

那列开往北京的火车过去不久，由北京开往丹东的火车就过来了，我和女人一起上了车。和来时一样，她仍然坐在我对面，一路上，她时而微笑着看我，时而把那本厚厚的书拿出来看，她矜持高傲，浑身散发出迷人的气息。一路上她都没问我老开为什么要找我，我身上究竟带了什么"贵重"的东西。一路上有这个女人，我安心又放松。

三个小时后，这列慢腾腾的火车终于到达平泉火车站了。初升的朝阳透过厚厚的冰封的窗户照射进来，广播喇叭在一遍遍提醒催促旅客准备下车，我伸了个懒腰愉快地对还在那里看书的女人说："我们到站了，该下火车了。"说完就随人流向车厢门口挤去，我一路没有回头，也没有回望女人，因为我感到她就在我身后，和我隔着四五个人的距离。我想一路上多亏她在提醒我，保护我，这回算是我提醒她了。而且我大咧咧地走在前面，像是个即将回家的旅人。我很高兴，觉得终于做了件对得起她的事。

一下火车，我就被一团清洌的空气扑了个正着。顺着人流走下站台，又走到火车站前的广场上，这时候，我把自己手中沉沉的网兜放在地上，想回身和女人告别，可转身后才发现女人根本没跟过来，我就又顺着原路往回走，回到站台上，站台上乱哄哄的人群中仍然不见她的影子，我又跑到候车室去看，候车室也没有，这时候我才悚然而惊，女人不会是忘了下车吧？想到这里，我开始疯了一样向停靠的火车跑过去，等到我跑到自己刚才下车的那节车厢的时候，火车已经拉响了前进的汽笛，紧接着我就听到了它吭哧吭哧大声喘气的声音……这列火车开始加速飞奔起来，它庞大的身躯转过一个弯后，很快消失不见，只剩下两条锃亮的铁轨留在了身后。我不甘心，又在车站附近找了找，还是没有，她高大的身影就像她身上那种浑然一体端庄而神秘的气息一样，在我面前消失得干干净净……

熟悉的香喷喷的味道闻不见了，我开始被一种湿漉漉的酒香包围。当我走在平泉的大街上时，我闻到的都是这种酿酒厂发散出的浓郁香气。

凭借着早在心中熟稔的地址，我很快找到了老叔家，我把沾染了无数风尘、寒雾、铁路上种种不明的气息以及自己汗液的那个信封从绒裤里拆下来递给站在我面前这个陌生的男人——他让我叫他老叔。我看到这个老叔见到我就哭了，他的眼泪大得惊人，亮得惊人，他拿过那封信就一把将我拉在怀里，死死地把我抱住，他口里一直喃喃着："你可救了老叔一命了，你可救了老叔一命了……"

饥饿的熊

熊宝德一个人在大道上来回溜达，像一头饥饿的熊。

紧邻村公路的两边人家，差不多都姓王。王家要算四顷地二小队的大户了。这些王姓人家一看到村街上饿得打遛遛儿的熊宝德，就立刻指使孩子悄没声地把大门关严了。四顷地有能人，能人都出自二小队，四顷地也出奸人，奸人又都出在二小队啊。想到这里，熊宝德心头就生起一团气，这气说不清是怨是怒，只是让他火烧火燎地难受。他想，你们用不着躲，用不着藏，我熊宝德就是饿死，也不会上你们家门前去讨吃食！

二小队算得上是四顷地的一块风水宝地。前面是苍苍莽莽的一条山脉，山前一条大河套，宛若一条碧光闪闪的游龙，游龙转身处，依山就水建有一座小水库，小水库常年碧波款款，如一面映山映水的大镜子。水库的上面就是大道，大道边就是二小队。二小队的正北是个小山岗，有风水先生形容说，那是宝座的后靠背，"后靠背"的后面是条沟，沟里住着几户人家，人家的背面突兀隆起一座大山，那大山宛若一尊蹲踞在那里的老黑熊，它的主峰就叫老熊峰。熊宝德的哥哥熊宝金就是从老熊峰上跳下来摔死的。

二小队的位置，除了像风水先生说的像皇帝的宝座，细一琢磨还有点像个金元宝，发挥一下想象力，那位置还有点像停泊的一条小船。这样得天独厚的地理位置当然是人才辈出，小队长王贵在二小队里只能算是小人物，四顷地村六条沟八个生产队近五千口人，顶数二小队的"人物"多，不要说外面镇上批发站站长王云，供销社会计王珍，就是四顷地村的五个支委就有三个是二小队的，村委会里的两个车把式，也有一个是二小队的，可见二小队在整个四顷地的影响。因此走在外面的二小队的人就有些骄傲，人物也都有些小小的个性：男人话都不多，但说出来的话好像句句都是真理，女人粗声大嗓，走路喜欢昂着个头，真是恰到好处地诠释了一句俗语"昂头的老婆低头的汉"。

那一年，熊宝德的老娘还活着，给出工回来的儿子预备午饭。孤儿寡母两口人，贴了一大锅圈的玉米面饼子，那饼子也出奇的大，上面紧邻锅沿儿，下面都探到锅底了。除了这一圈玉米饼子，熊宝德的老娘还熬了一大铝盆的稀饭。饭刚熟，赶巧二小队队长王贵的女人出沟回来看到了。队长王贵的女人，在王贵任队长期间，没事总喜欢到队里的各家去串门，串门时，喜欢瘪着个大胖脸，冷着对大驴眼，严肃着一具庞大臃肿的身躯，好像自己是微服私访的达官显贵，处处拿腔作势。

王贵的女人见了熊宝德的老娘做这么多饭，驴眼都快睁破了，脸瘪得跟大马路似的。女人说："你和宝德两口做这么多饭干啥？自己吃得了吗？吃不了不是糟践粮食吗？队里的粮食来得容易吗？"王贵的女人什么事都喜欢和队里挂个勾，联系一下，也不管自己这么联系有没有道理、对不对。她以为是对的，不管队里哪个人家的粮食，还不是从队上的地里长出来的？而队又是哪家的，还不是我王贵家，我家王贵是队长嘛，队长是我男人嘛。熊宝德的老娘不待见这个女人，也当即冷下脸来："就这么多也只够我家宝德一个人吃，这我还怕他吃不饱呢，他吃不饱，怎么会有力气给集体出工，怎么给我挣工分挣口粮养活我？队上肯白给我口粮吃？"

熊宝德是四顷地村出了名的大肚汉。大肚汉熊宝德在25岁的时候死了老娘。没了老娘的日子，就成了熊宝德饥饿的日子开端，那肚子就再也没填饱过。

熊宝德不管日子过得多么凄惶，也算二小队里的一条汉子。不过，在这个有五月太阳明晃晃照耀的正午的街上，熊宝德的脚步却有些零乱。熊宝德早晨吃了两个玉米饼子一碗稀饭，可那点东西在肚子里转了几转，不到半个钟点就消耗尽了。家里有粮食的主儿，出工时怕饿，会带抹了黄酱的玉米饼子，歇工的时候就跑到树荫下去啃几口。每到这时候，熊宝德总是躲他们远远的。这是头饥饿的熊，也是头有自尊的熊，他怕人看到自己饥饿的样子，怕别人听到自己肚子翻江倒海的声响，怕控制不住的口水条件反射一样填满嘴巴。每当这时候，他总会因为自己下咽的很大的口水声而羞愧难当。

上午出工，二小队里有人咋咋呼呼说起沟外那个大名鼎鼎的"流氓队"，说"流氓队"那个"不要脸的女人"昨天被抓进了大牢。熊宝德知道那个女人，女人是沟里五队的。人长得满脸横肉，死鱼眼，身子胖得像头猪，却喜欢穿颜色鲜艳的衣服，走起路来两爿肥屁股翻飞，摇摆得又像只刚刚从河里走出来的鸭子。她也不年轻了，孩子都有了三个，最小的丫头都满地爬了。谁见到她都是在路上，不是在出沟的路上，就是从沟外回来的路上。后来人们才知道，她那么热衷于向外面跑，原来是加入了"流氓队"。"流氓队"是个什么样的组织？"队"里的人又都干什么勾当？四顷地的人没人能说得清，只说是一群男女流氓整天光着身子在一起厮混。他们在一起能怎么混？无非是耍流氓呗！要不怎么叫"流氓队"！这当然是四顷地人的想当然。现在，这个女人连同"流氓队"的几个主犯被公安抓了，他们才恍然大悟，原来"流氓队"不光男男女女在一起耍流氓，他们还一起偷、一起抢、一起"拍花子"倒卖人口呢！熊宝德对"流氓队"一无所知，对那个倒卖孩子的"不要脸"女人也没什么更深的印象——他对大牢却有了浓厚兴趣。因为二小队的人都说大牢里有吃有喝饿不着，干的还竟是女人干的轻省活儿——熊宝德干活不怕吃苦，也不贪图轻省，但"有吃有喝""饿不着冻不着"却极大诱惑了他。他想，只要不挨饿受穷，人在哪儿不是过日子呢？

太阳当头照，熊宝德连饿带晒，头晕眼花。他想找个没有太阳照的地方，就顺脚走到王宝贵家后院的梨树下去了。熊宝德在梨树下刚站定，就见一个穿素底蓝花小褂的小姑娘冲他一路小跑过来。小姑娘一边跑，一边冲他招手。那小姑娘，他认识。姓吴，叫吴小玲。吴小玲的爸爸也是四顷地响当当的人物，当过兵，当过狱警，"小片开荒"回来后还当过村里的民兵连长。小玲上面有哥哥姐姐，下面有妹妹，小玲的妹妹刚满月的时候，好好的一家人却出了一件天大的事，小玲的爸爸竟在熊宝德现在待的王宝贵家的这棵大梨树上把自己吊死了……

熊宝德见到小玲冲自己招手，白白的脸就红了。他想装着没看到，转身走开，到小水库坝上歇会儿去。可他心里是这么想，脚却像被焊在那里一样，怎么也挪不了窝。小玲脆生生地说："宝德叔，你快去我家吃饭吧。我家粽子刚熟，我娘让我喊你到我家吃粽子去！"熊宝德本想硬气地说："我不去了，我吃过了。"可一看到小玲的眼神，他的谎话就说不出来了。小玲说："我家中午还做了海带宽粉炖肉，我爸也叫你呢。"

熊宝德管小玲的妈叫二嫂子。二嫂子身子不高，声音很高，人也厉害，打自己的孩子全队有名，家里的孩子只要是在外面淘气，被她知道了，不管是烧火棍、铁条子，还是笤帚疙瘩，她抄起什么是什么。家里的孩子都怕她，也不光自己家里的孩子怕她，外面的人对她也畏惧三分。小玲的爸爸刚吊死那年，王贵和几个人在街上说死鬼的闲话，说死鬼是因为后沟老曹家那个女人死的，死得不值。王贵个子高，身子有一米八，爱留大背头。他说这话时正好被二嫂子听到，二嫂子不由分说，跳起来抓住王贵的大背头，左右开弓就给了王贵俩嘴巴。二嫂子说："死鬼活着的时候，你们一个个都恭恭敬敬，人死了就嚼起舌头根子了，有什么好话说到明面上来，让我也听听！"打得王贵满面羞愧，一句话说不出来。

二嫂子的厉害在整个四顷地有名，二嫂子的好心肠在四顷地也是尽人皆知。那年月要饭的人多，每年自打开了春，要饭的就隔三岔五来了，要饭的都知道二小队人家富，但二小队人家的粮食却最不好要。他们来这里要饭，大抵是冲着二嫂子家来的。来二嫂子家要饭的，只要你带个碗来，没多有少，她从不让你空着出来。如果刚好赶上二嫂子家里吃饭，不管这要饭的是男是女是大人还是孩伢儿，都会被二嫂子当成客人让到炕里（村里待客的最高礼节），吃过了才行，而二嫂子家里的孩子却在外屋眼巴巴地盯着桌子上的饭菜直咽口水。

去年，也是端午节，熊宝德正在二嫂子家吃饭，和老谷一起喝酒，刚好赶上一对从白马川过来的母女来要饭。二嫂子家锅里的粽子刚熟，一家人谁都没吃呢，二嫂子就先把粽子剥了给这对要饭的母女吃了。这对母女吃完粽子要走，二嫂子不让，说大过节的，你们就别去别家要了，就在我家过个节吧，有啥吃啥。熊宝德记得那天他们吃的就是海带粉条炖肉（新入赘过来的二哥老谷好这口）。那对要饭的母女可怜呀，小女孩长这么大都没吃过这样的菜。小女孩夹起一根粉条，问她妈妈："妈妈，这个是啥呀？"妈妈说："孩子，这个是粉条。"小女孩又夹起一块五花肉来，问她妈妈："妈妈，这个是啥呀？"妈妈说："孩子，这个是猪肉。猪肉最好吃了。"小女孩后来夹上了一根长长的海带，问她妈妈："妈妈，妈妈，这个又是啥呀？"她妈妈就哭了，说："傻孩子，这个是海带，吃吧。海带可好吃了。"她妈妈转身对二嫂子说："我这个可怜的孩子长这么大都没吃过这些东西呢。"

其实二嫂子家里并不富裕，原来的二哥活着时，连一身像样的衣服都没有，吊死时，裤子上的补丁一个接一个的，脚上穿的黄胶鞋也是被二嫂子补过又补的。二哥吊死后，为了把四个孩子养大，二嫂子就从沟外的煤矿招了吃商品粮的矿工老谷做上门女婿。

熊宝德在二嫂子家吃粽子，和老谷喝酒，和孩子们一起吃大家都爱吃的海带粉条炖肉，就想，自己要是二嫂子的家里人多好，二嫂子要是自己的亲嫂子多好啊。几乎所有二小队的人都欺负自己是孤儿，没正眼看过自己，只有二嫂子还把自己当个人，渴了管口水，饿了管顿饭。

从二嫂子家里吃过饭，熊宝德出门看到她家放窗台上的镰刀有些钝了，就想去后沟小河边常磨刀的地方给磨磨，再去老熊山给她家割捆紫荆来。这事他常干，他觉得自己不能总是在二嫂子家白吃白喝。

熊宝德刚到惯常磨镰刀的地方，就有些后悔。因为那里已蹲了个人，是自己的邻居孙家女人。熊宝德想，怎么会在这里碰上她呢？他很别扭。女人正低头撅着屁股在那里洗衣服，一抬头发现了熊宝德，就停下手上的动作，用沾着水的手在头发上抹了抹，似笑非笑地看着他，说："是宝德兄弟啊，中午没家去？在哪里过的节啊？你侄女可还在家饿着呢！"熊宝德说："我早晨留饭给她了她饿什么。"转身要走。女人说："宝德兄弟，别走啊，我说着玩呢。来，坐下，跟嫂子说会儿话。"熊宝德转念一想，我一个大男人怕她什么，就蹲在小河这边，自顾自磨起镰刀来。女人没话找话，说："这是谁家的镰刀啊？钝成这样，也不知磨磨，还让你来磨？这家人可够懒的。"熊宝德不理她。女人说："宝德兄弟磨完镰刀是要去哪儿？割柴？满山都是青不楞，不好烧啊？别是去割紫荆吧？要是去割紫荆，给我家也捎点来？"熊宝德还是不理她，看都不看她一眼。女人就叫唤了声，说："哎呀，我后背刚挨野蜂子蜇了下，这会子火烧火燎地疼，你过来给我查看查看。"说着就要撩衣服，熊宝德正眼都没看女人，站起身，抓起镰刀就走。女人见惯用的伎俩没管用，脸就红了，有些恼，说："熊宝德，你把你侄女锁在家里饿得又喊又叫那算什么，那是犯罪呢！小心公安用麻绳捆了你去坐牢！"见熊宝德还是不理自己，人眼看要走远，又悔了刚才的恶声恶气，扎叉着一双湿手追过小河说："好宝德兄弟，你要真的去割紫荆，就给嫂子也捎回一捆吧，我也好编个拾菜的小篮子，你那该死的玉斌哥半年多不回家了，我这个守活寡的女人命苦啊……"

女人的男人孙玉斌在离家二十里外的小煤窑挖煤，不知为什么很少回家来，家里的活差不多都是女人一个人干，肩挑背扛，家里的队上的，的确不容易。但这女人却不值得可怜，女人命苦，性子却浮，有些水性杨花，爱勾引男人。她勾引男人，说白了就是图占他们个便宜，弄些个好吃好喝，给自家的活找个不用花钱的帮工。四顷地的好男人哪个不躲着她？

孙家和熊家在二小队都算孤姓，所以孙家和熊家才成了邻居住在这沟口，出工要比别人多走一里路。都是孤门独院，可能是同病相怜吧，也搭上傻侄女"祸害"过孙家的园子，孙家的活，熊宝德过去没少干，挑水，劈柴，拉个墒，赶上啥是啥。熊宝德虽是个正当壮年的光棍汉子，却从没对这个女人起过歪心，兔子还不吃窝边草呢，何况还以嫂子相称。孙家的女人却熬不过，打上了熊宝德的主意。她家的篱笆墙已经快占到熊家的地面了，熊宝德院子里种的瓜菜，只要有模样的，她摘下就走，反过来还对熊宝德说是他傻侄女干的。去年夏天的一个晚上，女人在自家的院子唤熊宝德，那唤声又娇又急，熊宝德还以为女人真怎么了，连忙放下饭碗跑过来，女人却赤着个脊背给他，说蚊子真可恶，把她后背给叮了，让熊宝德过来给她"挠挠"！熊宝德还真的过去了，过去一看，眼就花了，那后背白茫茫一片，既没红也没肿，还没等熊宝德反应过来呢，女人撩起的衫子却"唰"地放下了，女人盯着熊宝德的宽胸脯，问熊宝德饿不饿？熊宝德说："我刚吃过饭。"女人把身子贴过来，说："宝德兄弟，你要是饿呢，嫂子就喂你，保管让你吃饱。"女人一边说，一边用身子把熊宝德往屋里挤……女人把熊宝德挤到里屋的土炕边，只顾往熊宝德的脖子上吹气，熊宝德却一眼看到了墙柜上孙玉斌的照片，一害怕，还是推开女人逃走了。孙家女人热脸贴在冷屁股上，又羞又恼，心想，看着身子挺好，却是只呆熊！女人没占到熊宝德的便宜，还丢了许多的好处。因为从这之后，熊宝德就不过自家院子来了，家里的水没人挑了，干柴也没人劈了，就连到了熊家的篱笆墙，也被熊宝德一夜之间挪了回来。女人心头又平添了些恨，说怪不得老熊家人丁不旺，就冲这个熊宝德也得断子绝孙。夜深人静的时候，孙家的女人也想入非非。孙家的女人算是风月场中的老手了，整个四顷地，她见识过的男人多了，没有谁能躲过自己火辣辣的攻击，男欢女爱的事，正常的人哪个会拒绝，何况还是送到口上的肉？除非熊宝德真是头呆熊，要不就是哪里有肉喂饱着他呢！女人把二小队的女人琢磨了个遍，也没想到会有谁看上他，那就只有一个可能……想到这里，孙家的女人自己都吓了一跳。但她坚定地认为，这事没准是真的，在四顷地，男男女女那点子破事有什么能瞒过自己？

熊宝德有个傻侄女跟自己一起过。傻侄女是哥哥嫂子留下的。

他这个侄女，人傻得厉害，却特别能吃。熊宝德有时就想，怎么老熊家的人都这么能吃呢？自己已经是个有名的大肚汉了，偏偏还有个同样能吃的傻子。其实这个傻侄女比熊宝德小不了几岁，可智力还不如一个三岁的孩子，傻侄女平时也和熊宝德说几句简单的话，她流着哈喇子冲熊宝德喊："叔，我饿。"或同样流着哈喇子冲熊宝德撒愣："叔，我要拉屎。"

侄女能吃，能吃的人一般都比别人容易饿，侄女饿的时候，叼着什么吃什么，家里院子种的小葱、韭菜、白菜、大萝卜，没有一样是长到自来熟的。自家院子里的东西吃得差不多了，侄女的"黑手"就要伸到别人家去，四顷地那时家家是土墙篱笆院，土墙高不过半腰，翻身就上去了；杨树枝柳树条架的篱笆，有个窟窿就能钻进去……每次孙家女人横眉立目地告到家里来，熊宝德只有赔不是，还连带着给她家做几天义工。谁让祸害人家的是自己的侄女呢！打过几次，邻居家不敢去了，她又把"黑手"伸向了公家。没办法，她饿呀！地里的甜棒秸、青玉米，果树上的青果子，绿小豆一样的酸山楂，只要是能放到嘴里的，她是见啥吃啥，而且胆子极大，除了熊宝德她谁都不怕。有一次，她正掰地里的青玉米就着浆水啃，被队长王贵抓到了，王贵吹胡子瞪眼吓她，她反过来也学着王贵的样子噘嘴瞪眼睛。王贵说："你再偷就把你手剁去。"傻子也说："把你手剁去。"王贵说："再不老实就用绳给你捆起来！"傻子也说："给你捆起来。"王贵自己都给气乐了，说："这个傻子。"王贵当然跟这个傻子没办法，但王贵有办法治熊宝德啊，上工扣他工分！年终扣他口粮！给他安排队里最重的活！熊宝德因为侄女受的窝囊气多了！

侄女能吃，能吃的人一般也比别人能拉，这个傻侄女也不例外。别人家几岁的孩子都知道要把屎拉茅坑里，侄女不行，你要让她上茅房等于杀了她，恐怖的哭声会传到很远。二小队的人都不是一般的人物，听到这样的哭声，就有人对熊宝德说话了："宝德啊，侄女再傻也是你亲侄女，也是你老熊家的血脉……"听那口气，仿佛熊宝德犯了虐待罪。熊宝德只好任她在院子里到处大小便，侄女方便完了，熊宝德再拿把铁锨铲了扔到猪圈或茅坑里去，也算为自家积了肥，麻烦是麻烦了点，毕竟不浪费。问题是侄女不老老实实在自己家院子里拉，她一不注意还会撅着个屁股跑马路上去拉。熊宝德的家过了门前的小河沟就是大马路，那可是一村人出沟的官道。侄女这样，不但有碍观瞻，还影响了村里人的正常出行，这问题可就大了。有一次，王贵的女人就由于不注意而一脚踩在傻子布置的"地雷"上，为此，王贵的女人拎了那只踩了屎的鞋子，捏着鼻子来找熊宝德了。王贵的女人不但大吵大闹，还上纲上线了，说这是熊宝德故意让傻侄女占社会主义的道，挖社会主义墙脚，在社会主义的康庄大道上布置陷阱了。这样的帽子由小队长的夫人扣在脑袋上，熊宝德很是诚惶诚恐。

端午节这天，熊宝德下工回来，就觉得家里事情不妙。傻子竟然把屎拉在灶屋了！他进去时，傻子正抓着自己的秽物到处抹着玩呢！锅台，土墙，门框，到处都是。见熊宝德进来，侄女不抹了，抬头冲他喊："叔，我饿。"熊宝德手里拿着两个粽子，那是二嫂子让他留给侄女的。现在他看到侄女直想吐。他把粽子放到里屋，出来把侄女拎到院子外面的茅坑边，他又气又恨，情急之下还踢了侄女两脚，说："你就知道吃，就知道拉，我让你拉，让你拉！"侄女一见茅坑就害了怕，她就怕厕所里那个黑乎乎的毛洞眼。侄女一下子哭了，嘴里呜里哇啦的。

别看家里穷，熊宝德却是个爱干净的男人，家里的一应家什都收拾得井井有条。他最见不得别人家小院和屋地的肮脏。西院孙家女人的院里就肮脏得下不了脚，到处是鸡屎猪屎，她家的鸡和猪散养着，随地就拉，拉了她也不去收拾。过去，每次给孙家挑水他都如临大敌，唯恐脚下踩了什么脏东西。

熊宝德皱着眉头，用水缸里的清水和灶膛里的冷灰清洗着侄女涂抹的秽物，一边洗一边后悔刚才打了她，毕竟是个傻子！何况是自己怕她白天出去乱跑才把她关在屋里的，不然，她也不会把屎拉到屋里。侄女这时正坐在院外，一边抹眼泪一边胆怯地向这里看着。再看一眼侄女，熊宝德眼里的泪水就无声地下来了。他想哥嫂真是造孽，怎么就生下了这样一个侄女？生下来倒好，都图清净走了，却把她留给了自己，一起在人间挨饿受苦。他想侄女与其这样毫无意义地活着，还真不如和哥嫂一样死了呢，她要是真死了，或许还好一点……想到侄女死，熊宝德忽然害怕起来，他怎么能想自己的侄女死呢？好歹是条人命！要死，也只能自己去死，也许死了就好了，死了就了了，一了百了。可是，万一自己真的死了，谁又来照顾这个傻侄女？

熊宝德一边掉泪一边乱想，不想院子里就走进一个人来，来人正是孙家女人。她是来看看熊宝德给没给自己捎捆紫荆回来，进来却看见傻的坐在地上，呆的在屋里掉泪收拾，女人在院子里转了一圈也没转到自己想要的荆条，就来问熊宝德："中午没去割紫荆？"

熊宝德见是孙家女人，心里的气又来了。孙家的女人从不出工，又和自己住邻居，她一定听到了侄女要拉屎的叫声，侄女虽傻，拉屎却还知道去外面的，最起码会喊。如果她喊了，孙家的女人过来，把挂在门上的锁摘掉，侄女也不至于拉屋里了。这个女人没事就到处惹风骚，到处寻便宜，却从不肯帮别人一下。

想到这里，熊宝德没好气地说："荆条是割给队里二嫂子家的。"

孙家女人说："哪个二嫂子啊？队里的二嫂子多了。"

熊宝德说："王凤芝二嫂子。"

女人说："我说呢，原来是给她家割的，她家那么多人还用你割？"

熊宝德没理她。

女人说："给二嫂子割，没顺便给我割点？亏我还跟你张了口，这么点面子就不给？我也是你嫂子呢，你怎么就忘了，你还占过我便宜呢！"

女人话里有话。熊宝德心里的火一下子起来了，说："你有事说事，没事就走，割荆条你自己没长手，为什么总要别人割？我这里忙呢！没空搭理你！"

熊宝德说完，就顺手把门关上了，把孙家女人愠怒的一张脸关在了外面。女人讪讪地站了会儿，脸就阴沉起来，她扭着身子向外走，走到院门口，看到了傻子，她脑筋一转，忽然笑了……

熊宝德是第二天一大早被基干民兵五花大绑给捆走的，因为有人举报他强奸了自己的傻侄女。整个上午，二小队的工地上都是王贵女人的粗门大嗓："你们听说了吗？熊宝德把自己的傻侄女强奸了，现在正押在大队部受审呢！不信？是我们家王贵跟着去的，傻子见人就喊，叔，强奸我，叔，强奸我——傻子别的不知道，强奸却知道——"

有人不信，说："那傻丫头可是她亲侄女！"

王贵女人说："亲侄女咋了？熊宝德快三十的人了，也没个女人，憋不住自己，挡不住就把亲侄女给干了，这是头饿熊，他什么事做不出来？他想着傻侄女不会说不会舞，可傻子也知道好歹，知道告诉别人她叔强奸。"

有人就气愤了："熊宝德要是真干了这丧天良的事，挨枪子也不多！"

"应该下油锅炸！"

"应该千刀万剐！"

熊宝德的事，二嫂子也知道了，二嫂子也是听王贵女人说的。王贵女人知道二嫂子经常接济熊宝德，隔三岔五叫熊宝德到家里吃顿饱饭。现在好了，你看清你们接济的是个什么人了吧？他每天出门就把傻子锁起来，回来想打就打，想骂就骂，想怎么着就怎么着……他想强奸自己的侄女就强奸自己侄女，你们就一点没看出他是个强奸犯吗？还给他吃给他喝的？

二嫂子觉得这事蹊跷。熊宝德打骂侄女这事倒有可能，傻子嘛，什么麻烦事惹不出来？可要说熊宝德强奸傻子，她说什么也不信。

熊宝德被五花大绑捆在了大队会议室的门框边，两个基干民兵正看着。民兵过去都是二哥手下的人，认得来人是二嫂子，忙问二嫂子干啥来了。二嫂子把民兵拉到一边，问熊宝德到底出啥事了。民兵说："熊宝德把自个儿的侄女强奸了，有人报案，他侄女也亲口承认了。"二嫂子说："他侄女是个傻子！"民兵说："熊宝德自己也认了。"二嫂子就问谁报的案，民兵开始不肯说，后来见二嫂子生气了，才说是孙玉斌女人，她还告发，熊宝德不但强奸自己的侄女，还几次调戏她，有一次还差点把她给强奸了……二嫂子说："孙家女人的话你们也信？"民兵说："我们也没全听她的，关键是熊宝德自己承认了，大队书记刚才已和乡公安打了电话，下午公安就来接人了。"

二嫂子去看熊宝德。熊宝德头低着，眼睛合着，听到二嫂子的脚步声，那脑袋就更深地垂了下去，有眼泪从他紧闭的眼里流了出来。

二嫂子说："熊宝德，你真做了那事？"

熊宝德一听二嫂子这样问，竟呜呜呜地哭了。

熊宝德说："我对不住二嫂子！"

二嫂子说："你跟我说实话，那事你真做了？"

熊宝德说："二嫂子，这事您就别管了！"

二嫂子生气道："你的良心让狗吃了？真后悔让你在我家吃了那么多的好粮食。"

熊宝德突然号啕大哭，说："二嫂子啊，你信不过谁，还信不过你宝德兄弟吗？你宝德兄弟也是人，不是畜生啊！"

二嫂子见他哭得撕心裂肺，也就明白了八九分。二嫂子说："你要是屈得慌，乡公安来了，就喊个冤，未见得他们连查都不查就抓你关大牢。"

熊宝德说："不了，我都签字画押了，事不是我干的，但我是真想去坐牢……"

熊宝德又说："二嫂子，你心眼好，我去坐了牢，我那侄女就拜托您照顾照顾，饿了给她一顿饭吃。"

二嫂子叹了口气，说："你放心吧。"

熊宝德因强奸罪被法院判入狱八年。熊宝德蹲了监狱后，他的傻侄女就由二嫂子一家帮助照顾。二嫂子的几个儿女都给傻子送过饭。儿女们去的次数一多就有了怨言，他们嫌傻子脏，不愿意去，二嫂子只好一个人去。她那时刚怀上矿工老谷的第二个儿子，身子重，即便这样，她还是挺着身子，坚持给傻子送了半个月的饭。除了把饭送给傻子，她去了还要替傻子收拾一番，走前还嘱咐傻子，叫她不要到处乱跑。

二嫂子八月里生下了老谷的第二个孩子，之前，二嫂子的三女儿夭折了，女儿夭折后，二嫂子的身体就坏了下来，到生下小儿子后，二嫂子因为产后受风，几乎瘫在炕上，地都下不了了。二嫂子坐在炕上发了愁，自己动弹不了了，孩子们又都不愿意去，谁给傻子送饭呢？

二嫂子没想到，傻子在这个八月不用人给送饭了。因为傻子死了。

傻子死也是八月的事。那年，从七月开始，四顷地就开始落雨，天是晴一天雨两天，到了八月，山里的雨忽然就像着了魔一样，连天扯地不断了，开始是山前的大河套发了水，六队和七队的山上还闹了泥石流，河套里的水一夜之间就成了性格暴躁的大黄龙，从沟里一路叫喊着冲杀出来。二小队的人闲得无聊，都披着雨布或麻袋在马路上居高临下去看水。

这场大雨不但让山前的大河套成了腾挪辗转的怒龙，就连傻子家门前的那条往日清澈的小河沟也发了水，傻子每天都守在小河沟旁看水。小河沟连着上游的几户人家，大水一发，上面几家遭了殃。大人孩子们忙着挪到高处躲雨，家里的鸡鸭鹅狗照顾不过来，就被迅猛的河水裹挟着冲下来了。傻子来看水，其实是邻居孙家女人的主意。孙家女人对傻子很和气，说："傻子快过来看水啊，水里有好东西呢，捞上来嫂子给你炖了吃。"傻子就高兴地跑过来。河水越来越大，她递给傻子一个耙子，两个人等着上面被水冲下来的活物。傻子很能干，一会儿捞上一只鸡，一会儿又捞上一只鸭，鸭还活着呢，捞上岸还知道自己拐拉拐拉地跑。傻子很高兴，美得直跳脚。不想脚下的河堤就垮了，傻子就成了大水卷走的另一个活物。

傻子被水冲走的场景是孙家女人描述的。也有人说，傻子是被孙家女人故意给推到河里的，因为孙家女人早就想独占熊家的房产，她想着熊宝德进监狱肯定出不来了，熊家的财产早晚是自己的。但孙家的女人显然被利益冲昏了头脑，因为即便熊家人没了，处理房产的事也轮不到她。傻子死后，二小队专门来了拆房的。二嫂子听说王贵派人去扒熊宝德的房子，气得在炕上直拍手，冲着窗外喊："王贵，你们这是犯法啊，傻子死了，熊宝德还是要回家的——"

想到熊宝德有一天回来，熊宝德委托自己照顾的傻侄女死了，而他唯一栖身的房子也没了，二嫂子的眼泪再也控制不住了。

熊宝德在监狱里最不放心的还是自己的傻侄女，谁想六年后，等自己减刑出来，傻侄女竟死了。刚知道侄女死，他还是有些接受不了，后来却也没见他追究什么。或许，他是觉得侄女死了，对他抑或是她都算是种解脱吧？熊宝德只是看到原来的房子现在成了荒废的地基，伤感而又愤怒。他回来，不但看到自家房子没了，就连孙家的房子也不见了。原来是孙玉斌在外面挖煤看上了沟外的一个女人，把挖煤的钱都给了那个女人。家里的女人只好和他离了婚，把房子拆了卖掉，嫁给了另外一条山沟里的男人。据说那男人又馋又懒，还爱打女人，女人嫁过去后，没少挨揍，过得很凄苦。但四顷地的人都说，那女人罪有应得，也是她的报应。

熊宝德下定决心想要回自己的三间房子。但他上哪里去要呢？当初以集体名义扒的房，扒回的东西都归了个人。这家一根椽子，那家一根檩条，东家一块砖，西家一片瓦。那么多人拿了东西，你去找谁要？当初做决定的是二小队队长王贵，可现在，队长早不是王贵了，队长换成了王宝成。王宝成要他找王贵。王贵说，二小队姓王的都去扒你家房子了，你嫂子是搬了你家一个猪食槽子，现在在院子里扔着呢，你要，搬走就是了。

熊宝德欲哭无泪，最后还是二嫂子一家收留了他。

熊宝德在二嫂子家一住就是一年，直到一年后，队上把看场院的一间小泥棚分给了他。

熊宝德依旧能吃能喝，不过他再没饿着过。有人看见他经常一个人开小灶，小灶有酒有肉，就猜测他在狱里是攒了些钱回来的。二小队的人都觉得熊宝德这个人"毒"，吃小灶从来没叫过旁人——其实他叫过老谷二哥，也叫过二嫂子的三个儿子，不过二嫂子都不让他们去。二嫂子说:"熊宝德过够了苦日子,现在好不容易吃饱了,咱们不能去吃他。"二嫂子是这样说,自己家做了好吃的,却会让丈夫或孩子给熊宝德送。

二嫂子招赘的女婿老谷虽是个粗莽矿工,心地却善良,他让不是自己亲生的大儿子小军顶替自己到国营煤矿上了班,吃上了商品粮,自己提前退休回家帮二嫂子下地出工挣工分。分产到户后,又自己开荒种地。本来看着身体不错的老谷,有一年竟生病死了。老谷一去世,二嫂子家就似将倒的大厦,眼看岌岌可危了。当时老谷的两个子女还小,二嫂子身体刚刚恢复,家里的活多亏了熊宝德,春种秋收,背苹果砍棒子,他样样抢在头里。可奇怪的是,作为帮工的熊宝德却再也不肯吃二嫂子家一顿饭,甚至连二嫂子家的门槛都不肯迈进去了,每次都是干完活就走人,生分得都像陌生人了。

其实是熊宝德仁义。他想着二嫂子一辈子不幸,又一辈子刚强,现在二嫂子成了寡妇,他不想让人去嚼二嫂子的舌头。

不久,有人给二嫂子提亲。二嫂子为了老谷两个未成年的儿子不得不再次改嫁。这次二嫂子嫁得很远,嫁到口里一个大平原去了。二嫂子走的那天,四顷地送她的人竟有好几百口。二小队更是家家不剩,过去那么强势的王姓人家也都来了,王贵女人更是哭得上气不接下气,说二嫂子这一走不知啥时才能见面,王贵女人想到王贵不干小队长后,二嫂子一家也像接济熊宝德一样接济过她家,人心都是肉长的,她怎么能舍得二嫂子走呢?

送行的队伍中,却独独少了熊宝德。

熊宝德正躲在他场院里的小泥屋中号啕大哭。

他从来没这样哭过,哭得震肝震胆,哭得心都碎了。

二嫂子带着两个孩子嫁走后,熊宝德也离开了四顷地,谁都不知道他去哪儿了。

火车与匕首

一

上午九点半,早晨的雾气还没有完全消退,学校的操场上像刚下过雨一样,湿漉漉的。天空被一层灰蒙蒙的东西笼罩,分不清是薄云还是浓雾。高一(3)班的新生面孔也显得灰蒙蒙的,他们懒洋洋地列开队形。前面的女生身子一律胖乎乎的,身形笨拙,像是一群在海滩漫步的企鹅。后面调皮的男生忍不住先笑出了声。体育老师严厉地看了他们一眼,笑声虽止了,身体动作却暴露了他们的心不在焉和随意懈怠。这个班的课间操真是太不像样了。体育老师的脸上一副恨铁不成钢的表情。

旁边有几个高年级的同学在看热闹。他们或勾肩搭背,或抱着膀子,歪着身子。小巴站在全班的队形中间,一边做操,一边看外面那几个人,他们看自己班同学的样子像是看耍猴,这让小巴心里很不舒服。他们凭什么这样看我们?他们有什么权利嘲笑我们?他们为什么不老老实实待在自己班里?他们究竟想干什么?小巴看着外面那几个吊儿郎当的小子,恨不得上前踢他们每人一脚。

还真就有人踢了他们,不过,踢他们的不是小巴。小巴虽然内心冲动得厉害,可还是规规矩矩地待在自己该待的地方,胳膊和腿伸展得很老实。因为老实看上去更像漫不经心。踢他们的人是个大个子男生，兰志勇。学校里很多人都叫他勇子或勇哥。

小巴没看到兰志勇是从什么地方过来的，却清楚地看到他过来后就像踢皮球一样照那几个人的大腿或屁股都踢了一脚，被踢的那几个人不但没恼，还立马收敛起脸上的嬉皮笑脸，做出一副恭顺的样子。

兰志勇的举动很快吸引了班里同学的注意，几个从操场上走过的年轻教师也向这里看过来。一个年轻女老师浅灰风衣上的纽扣好像突然被什么照亮了，一下晃疼了小巴的眼睛。小巴抬头看了看，天还是阴的，太阳并没出来。小巴很奇怪。那个女老师是小巴的专业课老师，叫徐展。现在徐展就在操场边上看着他们。班里的同学都被眼前的一切弄得有些发呆，手脚上的动作也开始变形。体育老师立刻喊起来，说："看什么看，做你们的操！"小巴想，这个体育老师干吗不去管旁边捣乱的学生，却总是对他们横挑鼻子竖挑眼呢？看来他也是个吃软怕硬的家伙。

体育老师喊过之后，兰志勇也跟着喊了起来，说："看什么看，看什么看，找踢了是不？"胆小一点的，就收起目光不再看了。小巴也以为事情到此结束。他们继续看他们的，而他们也继续做这种在小巴看来完全没有必要的生硬的体操。可愣了会儿，兰志勇不知为什么突然冲了进来，抬脚就踢了小巴身后的一个男生。那个男生一下傻在那里，不知自己怎么了。很快他的声音里就带出了哭腔，问兰志勇为什么踢他。兰志勇说："为什么？我这就叫你知道为什么。"说着又抬腿踢了男生屁股一脚。男生的眼泪唰的一下就下来了，又说了句为什么踢他。兰志勇非但没收敛，还照着男生的大腿处又踹了一脚，男生差点就趴地下了。兰志勇说："我告诉你我为什么踢你？因为你做操的样子太难看了，伸胳膊拉腿的还哭鼻子，样子像个娘们。"

兰志勇说完，得意地向四周看了看，说："你们看到了吗？谁要是做操像他一样像个娘们，我就踢谁！"

小巴觉得在这种时刻第一个冲出去阻止兰志勇的应该是小葛，他想起那天那些眼前翻飞的阔大叶片，多么像武侠片里的落叶萧萧的背景啊。小葛不出来又会是谁出来呢？

可小葛没有，小巴不知道小葛为什么没能及时冲出来。忍不住冲出来的却是小巴，完全冲动得莫名其妙了。他不知自己冲过去想干什么。是想阻止兰志勇，问他是个什么东西，我们做操凭什么你来指手画脚？还是想冲过去和他打一架？

兰志勇刚看到小巴时也有些懵。开始，他以为遇到了挑战的对手，立刻变换了脚下的步伐，微微叉开腿，站出了个武术中的那种惯有的姿势，有模有样，像是个即将开打的拳师。但他很快发现不对劲。他面前的这个同学，个子不高，身子看上去单薄得就像片树叶。

小巴攥着拳头的样子像是头愤怒而冲动的小牛，小牛冲过去不知为什么不动了，他低着头一声不吭，不像是对着兰志勇去的，倒像是想仔细研究兰志勇的双脚。兰志勇不由自主地低下头，他没发现自己的脚有什么破绽，他的马步扎得很稳，脚下是一双自己在体育课上常穿的蓝条白帮球鞋，球鞋的样式很时新。

小巴还是抬起头来了，他的黑眼睛里像是燃了两团黑色的火焰。

"你凭什么踢他？"小巴问。声音不高，因为过分的压抑，那声音好像不是从嘴里发出的，而是直接来自胸腔，所以尽管声音不高，还是让听到的人感到了共振的轰鸣。兰志勇毕竟是个经验丰富的家伙，他很快镇定下来，面前的小个子男生并不值得他为之紧张。

小巴说："你为什么打他？"

兰志勇说："我看不惯就要打，你不服啊，不服我连你一起打，你信不信？"

兰志勇觉得眼前的对手真是不自量力，他一拳就能把这个小个子打倒，一脚就可以把他踹趴在地上。不过，兰志勇刚打了一个，他今天不能再打了，再打就过分了，过分了就不好了。

他虽然没动手，却有点盼着小巴先动手。如果小巴先动手，那情况就不一样了，他就可以以正当防卫的名义好好教训一下这小子！让他失望的是，小巴并没有动手！小巴站了半天最后只是说了一句话。

小巴说："我不信！"

兰志勇说："呵！不信你就试试，咱单挑怎么样？"

小巴说："单挑就单挑。"

兰志勇说："行，有种，就这周六。"
小巴说："周六就周六！"
兰志勇说完就走了，小巴傻乎乎地站在那里，觉得背后那枚纽扣的光还在晃。

二

小巴第一次记住兰志勇是在篮球场上。

那天校园里正刮秋风，篮球场上空那些翩翩飞舞的落叶给小巴留下了深刻的印象。小巴的同学小葛正在球场上运球。小葛像个 NBA 的运球大师，把篮球在身前身后运转得像一颗围着太阳转的星球，把看守他的一个高个子对手甩来甩去。围着的同学热情高涨，他们高声叫着笑着，把巴掌拍得啪啪响……小葛在上篮前不但成功冲破了高个子的围追堵截，把篮球顺利送进了篮筐，还因为合理冲撞，把高个子撞了一个跟头，高个子恼羞成怒，一个鲤鱼打挺从地上起来，向小葛冲了过去。高个子的鼻子几乎碰到了小葛的鼻子，两个人脑袋上蒸腾的热汗像是熊熊燃起的怒火。高个子嚷道："你带球撞人了知道不？你想干什么？"

剑拔弩张的时刻，小巴先紧张起来了——他紧张什么呢？他的身子不自觉地向后退，拳头却攥起来了，掌心里出了汗。小葛却很镇静，面对大个子气势汹汹的逼问，不但没退却，脸上还带了淡定的笑意。投中的篮球再次回到小葛手中，他用一个手指顶着快速旋转的篮球，看着人高马大的对手，说："是吗？撞到你了？那我不是故意的，对不起啊。"

小葛那天的对手就是兰志勇。小葛面对兰志勇的时候不但像个英雄，更像个身怀绝世武功的高手。

那天兰志勇走后，很多班里同学过来，七嘴八舌地问怎么了。小葛也走了过来，他救援似的抱着小巴的肩膀冲出同学的包围圈。其实，他很早就发现他这个同学的与众不同，他瘦小忧郁、落落寡合、思绪沉重,眼珠里始终纠缠着愤怒和忧伤。小葛觉得自己有必要劝解一下他。小葛说:"你惹他干吗?"

小巴直冲冲地说:"他要和我单挑。"

小葛说:"他其实就是个痞子、流氓……"

小巴说:"我不怕他,单挑就单挑。"

小葛说:"不行,我不能让你吃这个亏,我得去找姓兰的谈谈。"

小葛后来找没找兰志勇,找到后又和兰志勇说了什么,小巴不得而知。因为小葛没和他说。小葛第二天没来上学,说是病了,替他请假的人说小葛感冒发烧很厉害。小葛没来,小巴突然有种进入绝境的感觉,他的害怕来得是那么迅速。而之前,他只是有些隐隐的担忧,为什么小葛没来,他会感到失去支撑般的无助呢?而小葛不来的那天正是周五,那一天,小巴像丢了魂一样,一天的课下来,他什么都没记住,脑袋里想着的一直是"单挑"的场面。他和兰志勇的"单挑"。他当然打不过兰志勇,这是毫无悬念的。他自己非常清楚。他会输得很惨,会被兰志勇打得很惨,他设想了很多遍决斗的场面、各自使用的武器,他是应该攻击还是先防守呢?如果攻击,他是打他的上三路还是打他的下三路?无论采取什么样的进攻手段,最后他都会败在兰志勇的脚下。他不是兰志勇的对手。既然不是他的对手,那么他的"单挑"又有什么意义?日后还不是成了同学们嘲笑的把柄?如果那样,他当初的挑战就失去了意义。

小巴开始后悔自己的冲动了。班里比他厉害的,比他身体好的男同学多得是,为什么他们就不冲动?虽然,从表面上看,他冲动之下做出的举动会有某种"英雄壮举"之类的效果,可实际上,小巴从最开始冲出去的一刹那就被一种紧张和懊悔紧紧地攫住了——就是说,他有足够英雄的冲动,却没有成为英雄的足够胆量,他的胆小、怯懦和深深的自卑随着虚荣心的瞬间满足顷刻间灰飞烟灭了。

小巴初二那年见过两个痞子打架,是一个大流氓打一个小痞子。大流氓先是抡圆了巴掌在小痞子的脸上来回抽,紧接着又用膝盖狂顶小痞子的肚子,小痞子最终被打倒在地,满地翻滚,可大流氓还是不肯罢休,仍追着用脚朝小痞子的身上踹。小痞子抱着脑袋在地上滚来滚去，像是个被揉皱了的破布口袋在地上翻滚，一声不吭，表情扭曲却不见一点痛苦——甚至有些享受——小巴当时非常骇异，又非常困惑，与此同时，他的双手也紧紧地攥成了拳头，手心出汗，心跳加速。他非常愤怒——连他自己都说不清楚为什么会愤怒；他还非常冲动，他的冲动不是想过去制止大流氓或者是挽救小痞子，而是想上去加入其中！然而，他的脚却像被焊在地上一样一动不动。小巴为此感到屈辱。

屈辱的事情并不止一桩。之后不久发生的一件事再次震动了他。那次他和他初中时最要好的同学雅民到营子大街看电影。电影晚上开始，他们没事，就早去了，在街上转着玩。忽然间四五个青年冲过来，其中一个逼住小巴，让他别动。另外几个团团围住雅民，上去就是一通拳脚。小巴看到被打倒在地的雅民用双手护住自己的脑袋像皮球一样在街上滚来滚去，自己却不能（也是不敢）上去帮他一下！几分钟后，打人的流氓四散一空，小巴忙跑过去拉起雅民。从地上爬起来的雅民擦了擦鼻血，反倒安慰小巴，问他们打没打他，还笑着一瘸一拐到对面的马路买雪糕给两个人吃……

从小到大，小巴都是那种别人眼里的好孩子的形象，好学上进，自尊心强。其实他心里想的和别人想的完全不一样，他心里想做的不是成为什么好孩子，他觉得好孩子都是那种一望上去傻乎乎只知道低着脑袋学习的家伙，他一点都不想成为他们，他渴望的是那些具有挑战性的角色。

小巴是个理想主义色彩浓厚的愤怒少年。

让他记忆深刻的还有初三补习班的一场集体械斗。补习班里原本念得好好的一个同学在临近中考的时候突然不念了，谁都没想到这个不念的同学几天后会领着几个营子街上的小痞子来寻仇。他们气势汹汹地拎着棍棒就闯了进来，堵在门口，让无关的同学都出去，女同学都被放出去了，男同学却一个都没动，他们在那一刻居然保持了一致的惊人立场。来打架的想带走那个和他有仇的高个子同学，去操场上"单练"。高个子同学当然不会出去，出去说不定就会被这些家伙打死，他们手里的棍棒打死一头牛都绰绰有余。最后寻仇的失去了耐心,抡着棍子就奔高个子同学过去了。班里立刻乱成一团,打人的挥着带来的棍棒,被打的也抄起了身边的桌椅自卫……后来,不知谁大喊了声:"警察来了,快跑……"痞子们闻言立刻向教室外面跑,小巴看到身边的一个男同学把手中的粉笔盒向他们砸去,砸中了一个人后背。小巴手中的椅子也趁机扔了出去,椅子落在黑板和讲台之间发出一声巨响……后来赶到的老师和同学都夸小巴勇敢。小巴却红了脸。他举起椅子与其说是大胆,不如说是胆怯,与其说是勇敢,不如说是心虚,他抄起椅子与其说为了战斗,不如说为了自保,只有小巴自己最清楚他那把椅子是多么虚张声势……

三

周五晚上,第一堂晚自习还没开始,班长刘洪生走过来,他碰了下小巴的肩膀,用手指了下窗外,说有人找。见小巴站起来要出去,又拉了下他的衣服,让他小心点。小巴立刻知道外面是谁找他了。他硬着头皮,尽量装得若无其事。他的面孔因为故意做出这副冷漠无视的样子而显得有些发紧。

兰志勇和他的几个小跟班在教室外等他。一个小跟班看小巴出来,献殷勤一样地通报给兰志勇,说:"勇哥,那小子出来了。"兰志勇抱着膀子,大大咧咧对小巴说:"忘了跟你说了,这个周六我没时间,单挑的事咱们下周再说吧。"说完傲慢地转身离开了。

小巴足足有一分钟才反应过来。他的紧张像血一样漫进整个身体里面去了,兰志勇突然的改口,让他一下无所适从。他不知道是该失望呢,还是该庆幸。回到教室后,很长时间他的样子看上去都显得有些呆愣,班长刘洪生和几个一直关注着事态进展的男生一直在观察小巴。小巴觉得他们的目光像刀子一样无处不在。他觉得班里这些男生,包括班长刘洪生都很让他失望。事情发生后的这几天,他们既没关心地问一下小巴的感受,也没有人把这件事反映到学校或班主任那里。他们究竟想干什么?是嫉妒他,还是想看他的笑话?

不管怎么说，小巴还是暂时得以放松了。几天来一直紧绷的神经突然放松下来，小巴像害了场大病一样，感到无边的脆弱和孤独……

小巴是周六的中午坐火车到家的。他家锁着门，院子的门却敞开着，邻居二条妈告诉他父母正在高岗上收苹果。小巴就去高岗接他们，刚过马路，就看到从高岗下来的母亲，背着一大篓子苹果坐在一处坝台上休息。小巴忙过去，叫了声娘，觉得眼眶里突然湿热了一下。

母亲很疲惫，看到小巴的反应也很平淡，她拒绝了儿子要替她背苹果的决定，自己趔趄着背着苹果站了起来。小巴只好跟在母亲后面。快到家的时候，母亲问小巴，怎么不好好在学校上学，这么快又回来了。小巴说今天周六，正好伙食费也快没了，就回来拿……母亲突然咳嗽起来，身子也哆嗦着停下了，她好像很生气。母亲说："你上次走，这还不到两个星期吧，怎么伙食费又没了？你是看我们在家供养你读书容易是吧？一点都不知道节省，你一个星期就要花掉二十多块钱，你要是再这样下去，我们怕是供不起你读这个书了！"

小巴没想到母亲会突然说出这样一些话来，因为在他的印象里母亲是个很宠他的人。为了他能上这个高中，母亲翻山越岭找到当小学校长的二舅王红旗家，求王红旗去找他的同学——下台子职高的校长，提前去通融、送礼、说情。母亲对他读书是抱着巨大希望的，因为母亲不止一次说，家里顶数小巴弱，如果他不上学在外面出息，他回到家能干些什么呢？小巴兄妹几个，母亲最疼他，怕他考不出去会在家受苦。如果小巴考不出去，那么等待他的只能是两条道，一是回到家来"做个庄稼耙子"，二是去外面的小煤窑背煤，做个"煤黑子"，而这两条路无论哪条，都是小巴不想也不屑于走的。因此他把母亲当作家里唯一理解自己的人。可今天的母亲怎么了？是她心情不好，还是家里实在没钱了？他想一定是家里没什么钱了，因为除了他，他还有一个弟弟一个妹妹在外面的中学念初中。

小巴还是觉得很委屈。外地求学的孤独感和之前突然遭遇的"单挑"事件给他的挫败感和耻辱感再次袭击了自己，他的眼泪在毫无准备的情况下一下子汹涌而出。谁知母亲看到小巴的眼泪不但没安慰他，好像还更生气了，说："你哭什么哭，你长这么大除了会哭还会什么？你眼看着就十八岁了，就要在家里挑大梁过日子了，也不知道帮家里分忧，就知道伸手朝家里要钱，你说你什么时候才能出息点，让我省省心呢……"

小巴听着母亲如刀子一样的话，突然愤怒了。"你也不用这么说，你不就是不想让我念这个高中吗？那好，正好我还不想念了呢！"母亲听到小巴抢白自己，也流下了眼泪说："你这个不懂事的东西，谁不想让你念了啊？用不念书来吓唬我啊？我让你读书还不是为了你，你说你这个样子不读书，出来还能干什么？一篓子苹果都能压趴你……"

小巴晚饭都没吃，他去了二条家。二条比小巴大三岁，在营子镇水泥厂上班。小巴去过水泥厂，整个水泥厂弥漫着一股又灰又呛的烟尘，工人们都穿着那种只露了两个眼睛的连帽工作服，远看像一群灰色的鬼怪或幽灵，近看又像一群换了装的士兵。在村里，小巴和二条关系最好，小巴小时候几乎是在二条家长大的。

小巴替二条写过情书。二条十八岁的时候有人给他介绍了一个下柳河的姑娘，两个人接触了一段时间，不知为什么闹了别扭，姑娘家嚷嚷着要分手、退亲。二条舍不得那姑娘，就想到了给姑娘写信，他找到正读初中的小巴。小巴虽然恋爱的经验为零，但他杜撰情书的本事却堪称天才。他的信写得既深情款款、缠绵悱恻，又充满了空泛而高蹈的人生理想。从马克思到燕妮，从保尔·柯察金到冬妮娅，从贾宝玉到林黛玉，古今中外的爱情故事被他枯肠搜遍，确实起到了移花接木的神奇效果。两个月后姑娘和二条还真就奇迹般地和好了。

小巴坐在二条家炕上，看二条脱掉那身灰色的工作服，认真地洗脸。二条妈一边给儿子递毛巾，一边嘟囔着下柳河姑娘家的事。等二条收拾完和小巴坐在一起，二条才告诉小巴，他准备今年腊月就结婚，二条说："腊月正好赶上你放寒假！"小巴说："也许到不了寒假了，我……我不想念了！"二条说："为什么？整个乡就你一人考上了高中，你怎么能不念呢？"

二条默默观察了小巴一会儿，走过来递给小巴一根香烟，给他点着，说："小巴，不是我说你，你不能不念，你看看你父母，为了供你上学读书多不容易，你要是有什么事情就和我说！没钱我借给你，有人欺负有我呢……"小巴眼泪都快下来了。二条忙逗他："那是为什么，你倒是说话呀，别是恋爱了吧？要是恋爱，我可就帮不了你了，我和我媳妇的情书还是你替我写的呢。"二条说完嘿嘿笑了起来。

四

从小到大，小巴都是那种不显山不露水的听话的好孩子。他刻苦努力，品学兼优，是四顷地唯一一个考上高中的初中生。他不知自己是该高兴还是该悲哀。高兴的是，他考了一年，又补习一年，终于考上了高中，悲哀呢，是因为他没能如愿或像别人期盼的那样考上市重点。

小巴既对考上这个鸡肋一样的职高感到内心受辱，又是那么迫切地想要逃离他补习的学校。除了自己没人能明白他内心的挣扎和纠结，有一种往事不堪回首的辛酸和沉痛。他像是个刚从战场上下来的伤兵，遍身伤痕。不错，他初中时刚刚经过一场初恋，这场初恋以悲剧告终。可那又算得了什么呢？这样的年龄，这样的花样青春，经历一场有始无终或有因无果的初恋都是再正常不过了，不过是场必然到来的荷尔蒙冲动。这冲动，会随着时间的延长烟消云散。或许是他故意夸大了自己的失意或受伤害的程度，因此他像一头被人追打的落水狗，想悄悄地在无人所知的地方躲起来，舔舐一下新鲜的尚未结痂的伤口，独自咀嚼往事，暗自垂泪？还是想重新开辟根据地，重打鼓另开张？

他安慰自己，虽然考上的只是下台子高中，谁说下台子不是个芳草萋萋的所在呢？但小巴还是失望了。他来后发现整个下台子的女生无非两种，一种是面容黑而焦枯，细瘦如豆芽菜一般寡淡的，一种是黑而油腻，矮胖如企鹅般蠢笨的……他用这样的形容词把她们写进日记，就像是自己用枪枪毙了自己，这就是理想和现实的差距吧？差距像是被子弹轰开的黑洞，四周都是参差锋利的边缘。

  小巴迷上了学校的图书室，那个光线昏暗的图书室里的书并不是特别多，可他还是一而再再而三地往那里跑。他在那里借了几本书，全是那个叫小乔的年轻妇人介绍给他的。小乔老师可能从事惯了这昏暗的图书室的管理员的工作，她脸色苍白，语调柔和，身似弱柳，走起来姿态袅娜……小乔老师是个称职的图书管理员，热衷于向来这里看书的新同学们介绍图书室的新书。小巴第一次来这里，想借一本《战争与和平》，小乔老师让他先从《复活》看起。小巴记得小乔老师和他说这话时，并不是在图书室内，而是在室外，就小乔老师和小巴两个人。那时候同学们刚刚吃过晚饭，正在不远处的一个水池子前排队洗碗。小乔老师看着那些男生女生，对小巴说："《复活》是托尔斯泰自己最喜欢的作品，安娜·卡列尼娜是托尔斯泰最喜欢的人物，你看过《复活》，再看《安娜·卡列尼娜》，这两本小说看完了，我建议你再看《战争与和平》，这部小说挺长的，可以在寒假里看。"小乔老师的话是对小巴说的，可眼睛一直在看着别处，那时候西天已是一片灿烂的晚霞，小乔老师的脸就罩在一片霞光里，金黄、圆润、柔和，还透着股神秘。小巴记得小乔老师的话，她的话轻得像一阵低语，温柔而又私密。他毫不犹豫地听取了小乔老师的建议，高高兴兴地抱走了《复活》，回到寝室，很长时间里，他都一动不动地看着那本书，那上面的字他一个都没记住，眼前全是小乔老师慵懒而又诱人的形象。

  但是三天后，当他把《复活》还给小乔老师时，他不但全部读完了那本书，还可以向小乔老师复述书的内容，点评书中关键的人物。小巴有点紧张，他磕磕绊绊说着，因为掺杂了急于表白的炫耀成分，使得他的话多少有些词不达意。小乔老师耐心地听他说完，又很快给他找来了《安娜·卡列尼娜》，小乔老师说："你再看看这本，这个比《复活》更好。"确实，如小乔老师所说的，小巴读《安娜·卡列尼娜》时很快进入了小说的情节之中，安娜在绝望中卧轨自杀的细节描写甚至让小巴流下了眼泪。全书读完，他第一个想到要去图书室，想和小乔老师交流一下他看完这本书的一些想法。他抱着书，几乎是小跑着奔向图书室，一路上脑子里都是小乔老师温柔的眼神，低沉得近似私语的声调，他简直着魔了，小乔老师的喃喃低语成了不可抗拒的磁场，是那么深深地诱惑着孤独的小巴。

图书室大门深锁，小乔老师不在。小巴抱着书，在那里站了很长时间，小乔老师仍旧没来。小巴固执地站在那里，等着他的小乔老师，他有满肚子的话想对她说，可她究竟去哪里了呢？晚饭的钟声响过了，刷碗的人仍在排队，他奇怪那些排队刷碗的同学，为什么都不出声，像是一部无声电影里机械的队形。紧接着晚霞落尽，天空暗淡，星星一颗两颗地渐次多起来了。小乔老师杳如黄鹤，不知所终。小巴还在那里等着。他没去问别人，也没人主动告诉他为什么图书室的门是一直关着的，他等的小乔老师为什么一直没来。

两天后，小巴终于等到了小乔老师，不过，他却一句话也不想对她说了，那天下午的冗长等待已经把这个十七岁少年的热情销蚀殆尽。小乔老师对还书的人絮絮叨叨地说着这两天她去了哪里，她说她去了趟县城，回了趟家，说县城的书店来了很多的书，说图书室这里的书太老太旧太落伍了。轮到小巴递上要还的书时，她的眼睛明显亮了一下，语调也要比平时高出一些，她说："看完了？这本书好吧？安娜这个人物塑造得多么成功啊！安娜的悲剧震撼人心，她选择卧轨自杀不是她性格软弱，是因为她绝望了，人绝望了，是什么事都做得出来的，知道她为什么绝望吗？是因为爱情……"小巴发现两天不见，小乔老师变得像个絮叨的老太婆，小乔老师在说话的时候，小巴一直在观察着她的面孔。他发现小乔老师轻涂了脂粉的面孔苍白而又憔悴，低垂的眼角处织着细碎的鱼尾纹，还有低头可见的脖颈处的褶印，以及她一绺干枯而缺少水分的头发垂下来遮住的露出抬头纹的额头，这一切都让小巴有种恍若隔世之感……

晚上，小巴去宿舍后面的水池子打水，再次碰见了图书室的管理员——小乔老师，她当时正弯着腰在水池边刷牙，清亮的月光下，满口雪白的牙膏沫子泛着清光。她看到小巴走过来，直起身，把牙刷从嘴里拿出来，用水漱掉牙膏沫，让他先打水。他和她什么都没说。直到他转身走了，才听到身后传来的小乔老师吃吃的笑声。

小巴回到宿舍内却忘了洗脸洗脚，一头钻进被窝，小乔老师月下丰腴的面庞却逐渐清晰起来，再也挥之不去了。他想，完了，我会因了她失眠的，结果他不久就酣然睡去了，睡前他还在想，小乔老师或许会吃吃笑着和他一起走进梦乡。她那样吃吃地笑，是什么意思？是在嘲笑他吗？她为什么要嘲笑他呢？事实上，他并没有梦到小乔老师。他梦到的是个似人非人的怪物，怪物有脸却没有五官，光着闪烁着清辉的身子，像一条银光闪闪的美人鱼，他和美人鱼极尽悱恻缠绵之能事，把过去从没做过却一直想做的事做了个结结实实、浑浑噩噩、一塌糊涂……

五

回到下台子的前三天一直都没见到兰志勇。

星期一，小葛来到学校，听说兰志勇取消了上周六的单挑，有些不相信地说："他取消的？"小巴说："是。"小葛问："为什么？"小巴说："我不知道。"小葛笑着说："没准他摸不着你的底，害怕了，所以取消了。"

星期二上午语文课，语文老师布置了一篇作文，作文没命题，语文老师胸有成竹地说："你们都是高中生了，应该锻炼一下自己的形象思维能力和想象力，这次作文你们想写什么就写什么，但一定要真实。"语文老师还提到了刚刚没念的富士山，说："你们尽管敞开了写，不过不要像刚走的那位，把自己打扮得跟个小丫头似的不说，还总爱在作文后面落上个什么款。落款也行，放着祖国大好河山黄山泰山五岳恒山不落，却偏偏落上个东夷的富士山。"

班里同学轰的一下笑了。小巴却没笑。他笑不出来。

富士山这个名字第一次公开亮相是在班里的作文讲评课上，当语文老师一字一字念出富士山的名字并问富士山是谁时，班里同学不知是谁带头笑了，接着是笑声一片。在笑声中，一个长着红润圆脸，个子不高，腼腆如女孩子的男同学站了起来，他当时的样子有些害羞，因为被老师故意抑扬顿挫念了名字还有些紧张，显得十分扭捏。语文老师是本地人，说话带有明显的口音，那口音怎么听都有调侃和嘲弄的意味，"你是富、士、山……"老师也笑了，"我还以为真是一座山呢！"没人知道老师的话里是不是有故意的成分，富士山几乎是上前抢过了老师手中的作文本，而后把脑袋扎到课桌上再也不抬起来了。

富士山就住在小巴的下铺。但小巴过去只知道住他下铺的叫付长俭，现在才明白付长俭就是富士山。印象中的富士山是个生活规律，羞怯寡言的男生，他像小巴一样很少和人说话，每天起床和放学后的第一件事，就是从自己枕头底下找出一枚圆圆的小镜子，像女孩子一样来回照，也像女孩子一样往脸上搽雪花膏。他可能是班里唯一一个搽雪花膏的男生。

那次富士山气呼呼地回到宿舍，说："有什么大惊小怪的，不就一个笔名吗？我就是喜欢富士山。富士山有什么不好吗？真是少见多怪！"

下次，他的新作文后面仍然会署上富士山的名字。这是个古怪和执拗的家伙。他比小巴更加独来独往，每天照例拿一枚小圆镜照来照去，每天早晨的宿舍内照例飘着他的雪花膏气味。

有一天富士山突然喊了小巴的名字。小巴愣了下，因为这是富士山第一次叫他的名字。富士山站在小巴对面，探究而颇感兴趣地问他，小乔借给他的《复活》和《安娜·卡列尼娜》，哪个更好看？富士山说："我猜，很多去借书的人其实不是奔书去的。"小巴问："为什么？"富士山还装模作样地背了一句诗："东风不与周郎便，铜雀春深锁二乔。"真是莫名其妙。

不过，那之后，最起码有那么一段时间，富士山和小巴成了形影不离的朋友。有一个周末两个人还结伴坐下台子的小火车去了一个叫樱桃沟的小镇，那个小镇只有一列小火车通过，要驶过长长的隧道，隧道过去，他们惊奇地发现樱桃沟就像一个世外桃源，美丽、精致、神秘，各种城市设施一应俱全，小镇上的人民风淳朴，对谁都笑脸相对。富士山和小巴用半天的时间逛了小镇，中午两个人还在一家小饭店一起吃了顿丰盛的午餐，傍晚时分他们才恋恋不舍地坐小火车回去了。回来的时候，富士山对他又说了句莫名其妙的话，他说："学校最漂亮的就要算小乔老师和徐展了，不过，那个徐展太骄傲了……"

他们从樱桃沟回来没几天就发生了那次近乎轰动的作文事件。不知是故意还是无意，语文老师那次把小巴和富士山的作文一起拿到课上进行点评，语文老师朗读了小巴的作文，并对小巴的作文给予了高度的评价，他毫不吝惜自己的赞美，好像小巴就是他眼中一颗冉冉升起的新星。紧接着语文老师提到了富士山的作文。他说："刚才朗读了一篇好作文，下面我再说一篇不是很好的作文，这篇作文我就不给大家读了——作文为什么不好？我也不想多说，大家可以课后向这位同学借阅。我想同学们的眼睛是雪亮的。至于这个作文是谁写的，我也不准备公开他的真实姓名了——"说到这里，语文老师用他凌厉的目光在全班扫视一圈，突然就落到了前排的富士山头上。语文老师话锋一转，语气也变得严厉起来，"这个同学，作文写得差些也就罢了，我想不明白的是，作文写得那么差，为什么还要一而再再而三落那个款呢！他是想通过这个东洋的款表明自己的与众不同，还是想通过这个款标榜自己卓尔不群？要我看，落那么个款，完全是猪鼻子插大葱——装象！"

"哄——"教室里的笑声一下子爆发出来了。这笑声就像是个突发的灾难，突然降到富士山的头上，毫不夸张地说，他一瞬间就被打蒙了，他粉白的圆脸这时就像一个突然吹胀了的红气球，那个红气球越吹越大，眼看就要爆了。

那一刻小巴没笑，他紧张地看着富士山，一时间他突然觉得自己很卑鄙，好像是他和语文老师合谋表演了这出闹剧。

作文事件后，小巴发现，过去那个腼腆、内向的富士山突然像变了一个人，变得爱说爱闹起来。有时他会故意和班里的女生开很过火的玩笑，或者和班里最凶的男生顶撞——有两次如果不是被人拉着，甚至就要动起手来，即使被人拉开，富士山也会挣扎着口出狂言向人示威："你狂什么狂，牛什么牛，你以为打架我就怕你啊，不信咱就白刀子进红刀子出……"

富士山说这话时面露狰狞，令人侧目。他变得爱说了，可朋友好像更少了，连小巴都有点躲着他的意思。紧接着小巴又发现了富士山的异常，这种异常是针对专业课老师徐展去的。

徐展漂亮、年轻，而且骄傲。徐展第一次来上课就在班里引发了一阵骚动。徐展教他们的课程中有一门是"动物的遗传与育种"，记得第一堂课，她刚在黑板上写下这个标题，下面就爆发了一片哄笑声。以后几乎每次徐展上课，只要她往黑板前一站，下面就是一片耳语或窃笑，等徐展愤怒转身，厉声责问谁在捣乱时，下面是一片憋着的鸦雀无声，待她再次面向黑板时，身后憋着的声音就像自来水一样开闸释放出来了……徐展的耳朵里是一片"我我我"争相承认的怪声。

富士山突然一改过去在徐展的课上低调、清高的样子，他着迷地盯着徐展的身子看，那样子已明显超出了一个学生对一个老师的注视，也不像一个暗恋者对对象的迷恋，那样子在小巴看来更接近一个花痴和一个变态狂。在小巴看来，班里几乎有三分之二的男生（包括小巴自己）爱上过徐展，可谁都比不过富士山的大胆和狂野，他盯着徐展的胸脯和屁股看的那种眼神和一个流氓没什么本质区别。有一次他和小巴在厕所蹲坑，富士山说："我知道班里有很多人暗恋徐展，可我相信徐展不会看上他们中的任何一个——包括你。"他指着小巴突然豪放地笑了起来。富士山说："你们不了解徐展，徐展看上去冷漠，内心里却像火一样狂热，她需要的征服，是大胆而狂野的征服。我一定要征服徐展。你们等着瞧吧，我一定要让徐展成为我的女人！"

富士山说这话时咬牙切齿，像只野兽！

徐展很快发现了富士山的不正常，她被富士山看毛了，开始有意躲着富士山，躲避着他大胆的火一样的目光。但她发现自己错了。因为躲避带给她的是更肆无忌惮的围追堵截，有几次她挑衅地将目光逼射过去，想以此让这个已经不知羞耻的男孩收敛些，但最后她发现，这根本没用。有一次她实在被富士山盯得受不了了，就当众喝令他站起来，问他究竟在看什么，想干什么。富士山站起来做出一副逆来顺受的表情，说："我什么也不想干，我就是想看看老师，难道这也错了吗？"

和白天的肆无忌惮相比，晚自习上的他更像真实的富士山，一个内敛羞怯的男生，喜欢安安静静地坐在那里看书或学习，那时的富士山几乎是全班女生的暗恋对象，可这一切只有小巴最清楚，富士山根本没对班里的女生动过哪怕是一点的感情。

有一次熄灯前，富士山突然爬上了小巴的上铺，他趴在小巴的耳朵根说："我完了，我发现我真的爱上徐展了。"

好像是为了证明自己对小巴说的话是真的，也好像是为了说服自己爱上徐展是真的事实，富士山收敛起自己狂野大胆的围追堵截，又开始变得柔情脉脉起来。他用他的目光耐心而执着地又编织了一张温柔的大网，和原来的网比起来，这种网更是无处不在，无鱼可漏，更让人无可奈何。

富士山后来转学离开下台子，完全是因为爱徐展无望。因为徐展突然有一天在课上高调宣布了自己订婚的消息，富士山一定是受不了打击才选择离开的下台子。徐展这件事做得让人匪夷所思，不可思议，然而更让人不可思议的还是富士山，富士山临走时竟然一点伤心的表情都没有，反而有点兴高采烈的，他神秘地把小巴拉到一边，告诉他转学是想去县城学医。"我会选择学妇科。"富士山说，"你别笑，世界上最好的妇科医生都是男大夫。"富士山还说，"不管你们信不信徐展订婚的真假，我是信的，我信她说的订婚是真的。她迟早有一天会离开这里，她最后肯定也会出现在县城！会调到县城工作、结婚，甚至生育……"富士山说到这里哈哈大笑起来，"所以我要先她一步了，我要去县城等着她！我会把她弄到我的床上去的，哪怕是产床……"

富士山走后，小巴从原来的上铺搬到了下铺，他在富士山原来的铺上铺床单时，意外地发现床头有几处用刀子划出来的字迹，小巴仔细查看，竟是"徐展我恨你"！

六

　　小巴曾是徐展的专业课的第一任课代表。小巴在富士山走前表现得中规中矩，上课认真听讲，积极完成作业。徐展对他也不错，经常把他当成学习榜样叫起来表扬。但不知道为什么，自从富士山走后，小巴也开始变了。首先是小巴被叫起来提问时的表情，慢慢变得不情愿，甚至是抗拒起来。他还搞起了恶作剧，好像故意要和徐展过不去，课堂上一反常态地大声说笑，徐展板书时故意嘘声起哄，被提问时更是装疯卖傻，阴阳怪气，徐展问东他说西……以致终于有一天，徐展被他气得摔门而去。

　　小巴为此差点成了全班同学的敌人。首先是女生，她们对小巴气走徐展的愤怒溢于言表，而班里那些最为调皮捣蛋的男生也没因此把小巴归到他们阵营中去。他们居然也故意冷淡他。小葛是小巴在这个学校里为数不多的几个朋友之一，可自从那次小巴气哭了徐展后，小葛对小巴也冷淡下来了。那天徐展走后，坐在后排的小葛不知为什么也跟着徐展出去了。小葛走过小巴时，用巴掌貌似不经意地碰了下小巴的脑袋，而后什么也没说就出去了。教室里鸦雀无声，小巴觉得自己的后脑勺已经被小葛有力的手掌削掉了一块，呼呼的风声顺着破了的黑洞涌进了脑袋里。

　　小巴被班主任叫去狠骂了一顿，甚至学校的教导主任也来了，想看看这个调皮捣蛋的学生生着怎样的三头六臂。结果教导主任很失望，因为他眼里的小巴根本不值一提，他甚至连预备好和班主任一起批评小巴几句的想法都一并取消了。他笑着走出班主任办公室的样子让小巴顿时有受辱的感觉，他一边听着班主任的训话，一边在心里暗暗发誓，"等着吧，你们！总有一天我会让你们对我刮目相看的！"

　　星期二的中午，小巴意外地出现在学校图书室里。小乔老师还像过去那样倚在门框那里问小巴借什么书。小巴说他想看看有没有最新的杂志。小乔老师笑着说，"你来得巧，上周正好新到了一批杂志。"小巴在放杂志的阅览架子前翻了翻，他找到一本《啄木鸟》，问可不可以拿到宿舍去看。本来杂志是不允许带出阅览室的，但小乔老师那天竟答应了他，说："好吧，不过可要记得及时还回来。"小巴感激地看了眼小乔老师，想到那个晚上做的和她有关的梦，不禁惭愧得红了脸。

那天中午小巴一直在看《啄木鸟》上面的一篇小说，小说的名字挺长，叫《一半是火焰，一半是海水》，是一个叫王朔的北京人写的。那篇小说吸引了小巴，他下午甚至把那本杂志带到了课堂上，利用老师不注意的空档偷偷地拿出来看一眼，再看一眼。到傍晚时，那篇小说已经被他看了三遍，他还看了杂志上一篇叫魏人的作者写的破案小说，但他觉得魏人的那篇比王朔的差远了。晚饭之前，他就把杂志还给了小乔老师。小乔老师看他还得这么快，还问他看完了吗，说不用这么着急的。小乔老师温柔的语调让小巴既心碎又心猿意马。

小巴是在星期二的晚自习开始动笔写老师布置的那篇作文，不知是不是受了王朔小说的影响，他一下子文思泉涌，下笔如有神助。多年以后，他还记得自己那篇作文的题目是"火车与匕首"，他在作文里虚构了一把子虚乌有的匕首：那把无处不在的匕首正在接受着某种黑恶势力的挑战，作文里的主人公正在以大无畏的精神等待着那把匕首的出击。出击可能会有伤痛和鲜血，但是主人公为了公平和正义无怨无悔。小巴作文里的主人公是个沉稳、果敢又心思缜密的人，同时还不乏侠骨柔情和悲悯情怀。这个人物不仅真实可信，甚至还感动了塑造这个人物的作者：小巴自己。就是说，小巴被自己写的作文感动了。写完作文，小巴热血沸腾，心情激动，这段时间以来的不快和压抑一扫而光，他觉得自己就是作文里的那个"他"。他将和"他"一样，揣着那把匕首无怨无悔地挺身而出了。

但他没想到那篇作文会给自己带来这么大的麻烦。

作文是周三上午最后一堂语文课交上去的，下午，语文老师就找了小巴，闪闪烁烁地问一些在小巴听来莫名其妙的问题，比如小巴多大，家里生活怎么样，弟兄几个，听着像是查户口，眼神里却透着无限关心。语文老师对自己不错。这小巴知道。但老师的问话却让他紧张和不舒服，他不明白老师问这些和作文无关的事想干什么？最后语文老师终于憋不住了，问小巴是不是在学校里碰到了什么过不去的事了，如果碰到什么事，就和他说。老师最后对他说了一句莫名其妙的话："作文写得不错，可我从里面嗅到了危险的味道……"

其实从作文里面嗅到危险味道的不光是语文老师，周四上午刚上课，小巴就被班主任老师单独叫到了办公室。班主任老师倒是开门见山，说小巴的那篇作文"几乎全学校的老师都传看过了"。班主任老师就是这样说的，班主任还说小巴这样做很危险，有什么事不能通过老师和学校来解决呢？为什么要动刀动枪？这里是学校，不是黑社会。小巴不禁笑了，他说那不过是一篇作文。同时，他在心里对语文老师出卖自己感到无可奈何和愤怒。他怎么能让全学校老师都知道呢？作为一个语文老师，他难道连一篇虚构的作文都看不出来吗？

班主任说："请你相信我，相信我们。我们都是有多年教龄的老师，有自己的分辨能力，知道什么是作文什么不是作文，现在我要求你把东西交给我们，我们会给你保密，也会对你负责的。"

小巴说："什么东西？"

班主任说："作文里写到的东西啊，你自己写的怎么还忘了？"

班主任不想磨叽了："就是那把匕首啊……拿出来吧！"

小巴斩钉截铁地说："没有。那是作文。是我编的！"

班主任说："你就别和我隐瞒了，我是你班主任，把它拿出来给我，对你有好处。"

小巴说："可我真的没有。我说了那不过是篇作文。"

班主任说："你把自己当小孩，也把我们都当小孩吗？还什么作文，什么虚构？别以为你们私下里那些鬼鬼祟祟的勾当能骗过我？我不过是不愿意管你们罢了，都是高中学生了，老大不小了。"

小巴说："我没骗你，可你说的那东西我真没有。"

班主任说："我好事做尽，好话说尽，你要是再不拿出来我也没办法了。"

周五一早，小巴没上课，因为教导主任突然带了学校秩序维持会的几个队员来了，他们把小巴堵在了宿舍里。小巴还是第一次见到校教导处主任，一个瘦高的戴眼镜的男人，他身后的维持会的队员，小巴却都在体操课上见识过了。可小巴想不到，他们会是维持会的队员，而兰志勇居然是他们的队长。

教导主任一见小巴就很不客气，让他赶快把东西交出来。小巴重复了他说给语文老师和班主任的话。他感觉很疲惫。他一遍遍重复着那几个关键词：作文、虚构、没有。可他的话在教导处主任听来完全在撒谎。兰志勇说："我早看出这小子不地道了……我去维持他们班上操，他居然跳出来要和我单挑！我看再问他也没啥意义了。要不我们就动手了，搜……"教导主任看了眼兰志勇，又看了眼小巴，说了一个字："搜！"

小巴顿有受辱之感，他对教导主任说："搜可以，要是搜不到呢？"教导主任说："搜不到我就信你一回，不管你是不是撒谎。可要是搜到了，你也别怪我不客气……"

兰志勇也说："搜到了我先让你好看！"

兰志勇亲自带头搜了起来，他干得很利落，像是经过特殊训练，把小巴床铺的边边角角都搜了。搜的过程中，小巴突然有些恍惚，好像自己真有这样一把匕首，被他藏在褥子底下，被子的一角，或者就在枕头下面。那把匕首闪着冷光、厚实、坚韧、手感舒服。他开始还有些紧张，可随着兰志勇的搜索，他慢慢地放松下来，搜到最后，他的脸上竟少见地带出笑来。

兰志勇不放心，又让手下搜了一遍，还是没找到。兰志勇最后甚至连小巴的邻铺和上铺都搜了。

兰志勇坐在铺上直喘粗气，不知是累的还是气的。他对教导主任说："不知道他藏哪儿去了……他肯定有，我知道。他是冲我来的……"

兰志勇是最后一个出去的。出去前，他对了小巴说了一句话："我改主意了，周六的单挑取消了。"

七

那几天下午放学,近处回家的同学都会看到校外那条小路上一个人徘徊的孤单身影。有一次小葛从附近的山地里回来,竟发现小巴一个人在两条锃亮的铁轨中间往车站走。小葛很奇怪,问他在干什么。小巴说没事,随便走走。小巴的行为越发古怪起来。他脸上始终笼罩着一层忧伤的气息,而他淡漠的眼神中又时不时透出一股凛然的杀气。

八月十五前一天,小葛突然提出要请小巴到自己家里过节。小巴拒绝了。谁知第二天中午小葛就买好了一网兜的啤酒和月饼来找小巴,说下午要和小巴出去过中秋节。那是小巴和徐展发生课堂冲突后,小葛做出的最具实质性的让步,他所表现出的友情豪爽而又真挚,小巴再拒绝就太不近人情了。

那天下午,他们早早地出发了。小葛先带小巴去了南山的果园,并和小葛一起品尝了园中的果子,直到他们的高声谈话把看园子的老人吸引出来了,才洋洋得意地离开。从山上下来,天已然黑了下来,小葛拉着小巴在一处林间小路上坐下来,拿出啤酒和月饼,还有他们刚刚偷摘下来的还没吃完的苹果。他们喝着啤酒,看着月亮从远山升起来,又大又圆,比他们手中的月饼大多了。

小葛问:"兰志勇这几天有什么动静没有?"小巴说:"兰志勇取消了上周六的单挑。"小葛笑起来,说:"是你写出来的那把刀子让兰志勇害怕了?"小巴也笑起来,说:"谁知道?我觉得姓兰的敏感多疑,像个娘们……"小葛说:"他要是真取消了也是好事,可谁知道他心里琢磨什么呢?我这两天左眼皮跳了又跳,总觉得有什么不对劲的地方,怕是没好事,你自己小心点。要真有事了就来找我。"小巴说:"没事,能有什么事呢。"

可偏偏就来了事。还真让小葛说准了,真有事了。周五那天晚自习刚开始,兰志勇就找他来了。他在窗外向小巴招手。小巴这才想,坏了。

兰志勇说:"我又改主意了,单挑改今天晚上了。"

兰志勇定的地方是校门外的供销社后院。兰志勇说半个小时后在那里见面,谁不去算谁孬种,谁不敢单挑谁是孙子,乖乖地从下台子滚蛋!说完他就走了!

小巴回到教室,坐在座位上发呆。晚自习班里一片出奇的静,静得有点反常。因为通常这个时候的晚自习,班里是最热闹的,说说笑笑、打打闹闹的,今天怎么了呢?小巴看了眼四周,发现班上的同学像是听到了发令枪的队员,一个个整齐划一地在低头看书。就在几分钟前,兰志勇在外面招呼他时,教室里面还是一片叽叽喳喳声,大家齐刷刷的目光似追光灯一样照着他,让他如芒在背……现在,那些目光却都变成了怕光的老鼠,一齐躲避了他,就连班长刘洪生也不知躲到哪里去了。可惜的是小葛不在,他多么希望小葛这时能过来碰他一下肩膀,说一声:嗨,你别出去了,我出去!或是我和你一起去!可是小葛不在,小葛不在,也没有人站出来哪怕是安慰性地对他说一句话,什么都没有。只有沉默。冷酷的、决绝的沉默!或许还有人在沉默中期待着发生一些什么吧?发生什么呢,无非是小巴的失败!当初小巴一个人站出来,并不是想扇全班男生的嘴巴!他只是看不惯兰志勇他们。班上看不惯兰志勇的很多,他们为什么在最关键的时刻集体失声了呢?

小巴怀着末日审判的心情走出了教室,外面很黑,黑得像是被谁在夜空泼了层墨汁。他的身后鸦雀无声。他别无选择了。他往越来越黑暗的操场一角走去的时候,的确有一种走向法场的感觉。学校只有一个大门,在学校的东北角,出大门左拐就是供销社的大门。小巴像是个在暗夜里蜗行摸索的人,暗黑的环境既让他紧张,心狂跳不止,又让他增强了一点勇气,能有什么呢?大不了就是受些羞辱。顶破天去,无非一个死。不忧生,又何患死?都去他的吧。

供销社的大门是虚掩着的。小巴双手一推,那门就吱吱呀呀地开了。里面还是一片黑暗,就在他随着大门的打开走进去的一瞬间,围墙上突然飘下了几条黑影,他们瞬间把小巴团团围住。一个声音说:

"老大,他来了。"又一个声音说:"没别人,就他自己!"

小巴突然觉得这场面有些可笑,像是他合谋出演的一幕蹩脚的电影。兰志勇站在山墙旁边的一个土堆上。小巴很快被带了上来。电影的场景越来越逼真了。接下来该发生什么了,小巴甚至充满了期待。是的,期待。他几乎就要强迫认同这个角色了。镜头正对着他。可他还是颤抖起来。

关于那个晚上后来发生的事情,小巴记住的情节很不连贯,甚至有些支离破碎。那天晚上他被带到兰志勇身边,先是被兰志勇搜身,他听到兰志勇松了一口气,紧接着,他就被谁踹了一脚,到底是谁踹的呢……后来,他从地上爬起来,有个影子就过来了,不知是想打,还是想吓他。

"把手举起来!"小巴听到这声指令,几乎不做任何反抗就配合地举起了双手。完全是下意识的举动,像镜头感极强的演员,不用认真复习台词,只要导演的"卡"一响,他就会配合着做动作……

八

一个星期后,小巴黯然离开了下台子。他再也没有脸面在这个校园里待下去了。他一个人背着包袱卷走出秋风阵阵的校园,身后好像有人送小巴。不多。屈指可数。虽然屈指可数,可他事后还是想不起来都有谁送过他了。他的记忆跟死了一样,记住的只是走出校门前在学校小卖部那里看到的一张脸。那是兰志勇的脸。兰志勇当时正站在小卖部的门口,吃着一种叫小浣熊的干脆面。他把干脆面放在嘴里嚼得嘎巴响,用一种似笑非笑的表情目送着小巴离开,一句话没说。

退学的那一个月是小巴一生中最为难堪的日子,他不但要听着父母的唠唠叨叨和唉声叹气,还要不时回放咀嚼和兰志勇那不堪回首的一幕,他没想到不念书的日子比在学校更难熬。

小巴重新陷入孤独之中,他常常一个人跑到大路上去,一走就是两三个小时。他低着头,怕碰到任何一张相熟的脸和一句哪怕是最无心的问候。小巴迷上了写信,他的第一封信是写给富士山的,富士山看来早已撇下了下台子曾留给他的阴影和对徐展的怀恨和迷恋。他变得信心满怀,大有春风得意之志,好像天涯处处是芳草……他的劝说非但没能让小巴释怀,反而让他更加忧郁和伤怀了。那一个月里,小巴做得最莫名其妙的一件事是,他居然给下台子的一个女同学写了一封信!而在这之前,在学校里,他几乎从来没和那个女同学说过一句话,他给她写信的原始动机是如此令人怀疑。信的内容小巴记不住了,女同学给他回了信。不过,信却不是女同学写的,是班长刘洪生的代笔。刘洪生在信中感谢他还记着他的这些同学们,说同学们也一直在怀念着他……这口气让小巴一下脸红起来,仿佛自己是个心怀叵测的小偷,在惦记着别人菜园里的青菜时,却被菜园的主人发现并送他几棵,同时暗示这菜园是他的一样……

　　让人尴尬的事情远不只这一桩。他回来不久,正赶上二条开始筹备自己的婚礼,听说小巴不念书了,也没深问,只说不念也好,正好在家给二条帮忙。说实话,小巴没有什么可以帮二条,他也不知道应该帮他什么。为了结婚,二条去美发馆烫了个时髦的爆炸头……爆炸头烫好后,二条怕被水泥厂的灰尘弄脏,还小心翼翼地用一块头巾把那脑袋蓬松的毛发包裹起来,包裹后又戴上了那顶鬼子兵式的连耳帽……二条怪里怪气的样子让很多人发笑,唯独小巴笑不出来。回到家,脱下帽子和头巾,二条看上去是那么高大、俊朗、一表人才……再过不久他就要和他心仪的姑娘结婚了,小巴被一种非常复杂的情感包围着,二条结婚,他非但没高兴起来,还从心里感到忌妒,抗拒,他甚至盼着二条的婚礼出点差错……本来他对自己替二条写情书的姑娘无知无觉,可现在一想到二条不久之后就和那个和他通信的姑娘一起步入婚姻的殿堂,和她一起同床共枕生儿育女,小巴的心里还是很不得劲,仿佛与二条结婚的是自己相爱许久的恋人。

　　夜深人静的时候,小巴反思自己,觉得自己的想法不但亵渎了他和二条的伟大友情,还让自己看上去显得变态和心理阴暗,但他管不住自己的心!回到家里的那一个月里,小巴不止一次在暗夜里流下悔恨的泪水,并偷偷地抽自己的嘴巴。在父母叹气抱怨的时候,在富士山铺展自己的理想并劝说他的时候，在女同学让班长刘洪生写来回信的时候，在二条心无芥蒂地渴望发小们祝福的时候……

小巴觉得自己毁了，毁他的人不是别人，是兰志勇，他发誓不能饶过这个小人、流氓、痞子、恶棍，总有一天他要去下台子找兰志勇，报复他！

二条的婚宴需要大量硬柴。他找了几个人，也找了小巴。进山的一路上，他们互相开着玩笑，打探着谁有了女朋友，谁又离结婚快了的消息。小巴难得地笑了，脸上的表情也云开雾散，有了神采。可到目的地后，小巴就笑不出来了，因为一旦走进深山，干起活来，小巴才发现自己笨到根本不知道怎么砍柴，是用斧子砍呢，还是用手攀下那些干树枝弄折它们。二条干活前就交代过，弄树枝可以，但不能砍树，因为一旦被看山人发现砍树，那罪过就大了。小巴一到林子里就懵了，因为他实在分不出那些树枝哪些是干的，哪些是湿的……看别人各自热火朝天地干着，他急出了满脑袋的汗……好不容易找到了些干树枝，小巴想去掰折它时，又发现看着细细的一条，他使了吃奶的劲竟都弄不折，他一个人和那条干树枝较劲的样子非常可笑，看上去像是个心怀巨大仇恨的人在和树枝做游戏一样荒诞……两个小时过去了，同去的每个人都弄了满满一大背篓的干柴，小巴手里只有几根干巴巴的小树枝。有人当场笑了。二条故意用玩笑安慰他，说小巴大学生嘛，他是我故意派来监督你们的。小巴觉得无地自容，同去的人都去二条家准备吃午饭，他却一个人讪讪地偷着回了自己的家。

二条来找小巴，小巴恨不得找个地缝钻进去。

二条真心实意地说："整个四顷地，就咱哥俩最好。你读了那么多书，怎么还不明白这个道理？还这么小心眼？你不比我们，你这些年一直在念书，没干过这种活，再说会打柴算什么本事？什么都不如好好读书，以后有个好出路……这些日子我忙着准备结婚，一直没问你，怎么好好的，说不念就不念了？究竟是为什么？"

"为什么？"小巴突然感到十分委屈，眼泪很快就充满了眼眶，"能为什么？上学老是挨人欺负！"

小巴没想到他简单的一句话，会让二条动真格的！第二天早晨二条就带着弟弟三条、双岁和小群儿来找小巴了,让他带着他们去下台子找"姓兰的"去!三条是被二条临时抓的差,他在镇上的小煤窑上夜班,刚下班就被哥哥二条给截住了,让跟他走。三条糊里糊涂地被带到了小巴家,一听他们谋划的是出去打架,立刻嚷嚷他不去。二条说:"小巴被人欺负了,你敢不去!"三条人滑,嘿嘿笑,说:"我和小巴一样不会打人,还尽挨人打,小时候在家就老是被大条二条欺负。"他还劝二条也别去打人,说:"你再过一个月你结婚了,万一出点事怎么办?"这话把二条说恼了,他让三条滚,三条也不脸红,真的转身走了。

小巴看着气呼呼的二条说:"要不算了吧。"二条说:"算了还行?你挨欺负就等于欺负我一样!"二条又问双岁和群儿是不是。双岁和群儿也说:"就是,这事不能算,欺负人欺负到四顷地人头上来了,打他去!"

他们很快出了沟,没想在沟口又碰到了小巴的同学雅民和虎子。雅民和虎子一听说小巴被人欺负了,二话不说,就要跟着二条他们走。双岁问二条是不是弄个家伙带上。二条说:"要什么家伙,你要是想学三条,这会儿回去不晚!"双岁被二条说得面红耳赤,说:"我什么时候想回去了?我是怕大家吃亏,毕竟下台子是人家的地盘。"虎子说:"弄个家伙也好,我有办法。"说着就去了路边的木器厂,几分钟后,虎子就抱了一抱打磨好的棍子出来,那棍子粗细和擀面杖差不多,却比擀面杖长,也不知干什么用的。二条接过一根耍弄了一番,说这家伙好使,别说一个兰志勇,就是一群兰志勇他也能把他们打趴下。

他们每人手提一根木棍在营子街面走过,招来很多人注目。那些目光反射到他们身上,让他们每个人都有了一种所向披靡的感觉。几个人边走边商量,在哪里打兰志勇好。意见不大一致,雅民和双岁坚持最好别在校园里打,最好把人约出来,那样打出问题来学校也不好管了。二条和虎子则坚持在学校里打,二条说:"我们就是打架去的,去就是让他们看看,我们哥们他也敢欺负!"虎子说:"对,打架既是示威,也是目的,得让他知道咱们哥几个的厉害,得见点血……这个姓兰的真不是东西,我见了非把他打残废了才好……"小巴一听害怕了,嘟囔说:"要不去吓唬吓唬他得了。"小巴这话一出,大伙不干了,说:"打架就是为你去的,你怎么还退缩了?"小巴红了脸,说:"我不是退缩,我是怕到那里打群架,会把警察招来。"虎子说:"警察招来怕他个屁?警察来了还有我爸呢,县里还没有我爸不认识的警察呢!"二条一听乐了,说:"那最好,警察要是向着姓兰的,咱把警察一块打了,让他装孙子!"

那天下午火车上人非常多,几个人在车厢里前后走了一遍,连一个空座都没找到。在家里娇生惯养的双岁就急了,让群儿和他一起走,两个人走到能坐六个人的地方往那里一站,看着座位上的人也不说话,座位上的乘客一看他们立刻别开了脸,都把眼睛望向了窗外。双岁和群儿又来到另一座位上,这回双岁看都没看他们,把手中的木棍"砰"的一声往座位中间的茶几上一敲,结果那六个人像被电击了一样一下都跳了起来。双岁和群儿就各站了一边,大喊着让小巴他们坐过来。几个人旁若无人地坐下,双岁嚷嚷着要打牌,二条说:"打什么牌呀,再有半个小时就到了,到时候打人不比打牌来劲?"二条这句话说得豪迈,在座的每个人都变得跃跃欲试,连平时很少说话的群儿都兴奋起来。他走腔走调地率先唱了起来,"少林少林——"最后一句大伙都跟着一起唱:"有多少英雄好汉一起传扬!"

刚才被夺了位置的有人找来了乘警,乘警过来问小巴:"你们是干什么的?"二条就说:"我们都是下台子高中的学生。"乘警不信,说:"你蒙我,学生带棍子干什么?"虎子就油腔滑调地说:"我们上的是职业中学,要在山上实习住宿,老师怕有山牲口,就让我们每个人回家带了根棍子,打狼用的。"乘警说:"打狼?我看你们就像群狼!你们最好给我老实点!"

乘警说完转身走了,几个丢了座位的人冲乘警又是挤眉又是弄眼,谁知乘警看都不看他们就过去了。乘警的这一举动无疑又给了双岁勇气,双岁冲那几个丢了座位的乘客瞪眼,说:"怎么的,我坐了你们座儿了,不服就过来啊……"说得那几个人敢怒不敢言。

九

一个月不见,下台子就让小巴认不出了,他走时,学校周围还是青纱帐,有一大片没有收割的庄稼。现在,青纱帐不见了,只有一大片裸露的荒芜,被割倒没有来得及运走的玉米秸秆像灰色的尸体一样到处横陈着,而那些剩下来的割得短短的玉米根茬,还残留着镰刀锋利的痕迹,每根玉米根都以一个凌厉的角度伸向天空,像是一片片被倒栽在那里的刀子。

下台子中学就处在这片刀子地的一边,过去没注意,现在看清楚了,学校北面就是一条弯曲的河流,河流的北面是一脉灰苍苍的走势雄伟的山。和刀子地和那脉山比起来,学校显得孤单而寒碜,突兀、单调、毫无生气。

他们到时,正是下午最后一节课的尾声,有的班上体育课,放学放得早,同学们三三两两地走在校园里。小巴他们进去时,没引起任何人的注意,看门老头几乎连看都没看他们一眼。几个人商量了一下,决定由小巴和雅民先去兰志勇所在的班级找人,他们在操场上等。

兰志勇正在班里上课,雅民过去敲了敲门,一个戴眼镜的老师出来了,见雅民眉清目秀,满面微笑,没引起他的任何警觉就问找谁。雅民说:"兰志勇。"

兰志勇很快就出来了。小巴从窗户看到了兰志勇,兰志勇的身子晃荡着,带着一种不可一世的劲头。他大咧咧地出来,问谁找他。雅民说:"是我。"兰志勇说:"你是谁?我不认识你。"雅民笑着指了指小巴,说:"你认识他吧?"兰志勇这才注意到小巴,他明显吃了一惊,不过很快镇定了。兰志勇说:"你们找我干什么?"雅民笑着说:"没事,想叫你出来聊会儿,想你了。"兰志勇说:"好,你们等着。"看得出来,他根本没把小巴和雅民放到眼里,小巴是他的手下败将,而雅民的个子和小巴差不多,长得白白净净的,又像个姑娘。

他出来后，没看雅民，对小巴说了一句："你不是不念了吗？怎么回来了？"

雅民看他出来了，就收起笑容，说："别废话，跟我们走。"

兰志勇说："好，你们说上哪儿，我奉陪！"

雅民说："陪什么陪！快点，到外面去！"

兰志勇说："你厉害，你厉害行了吧，你说哪儿吧？"

小巴说："那就上次单挑的地方。"

兰志勇说："那里啊，行，今儿带家伙了？"

小巴说："还有脸说，说单挑却带了一帮人打我。"

兰志勇忽然笑了："我们没打你，真没打你，你忘了？是你自己把手举起来的！"

雅民上前推了兰志勇一把，说："再废话，我在这里打得你满地找牙信不信？"

兰志勇看了雅民一眼。这时，他才注意到不远处操场那里有几个人向这里走过来。

兰志勇转身想回教室，被雅民拦住了。雅民说："怎么，害怕了？"

兰志勇说："我去换双鞋，这鞋不方便。"

二条他们看兰志勇出来都过来了，二条问小巴怎么了，怎么还不出去。雅民说，他想换双鞋！二条说，让他换条腿得了。说着就拎着棒子要冲过去，被双岁抱住了。双岁说，让他去换！兰志勇这时才感觉不对劲。他磨磨蹭蹭地往宿舍走，到宿舍的时候，又说忘带钥匙了，又要回教室去找钥匙。他低三下四地说："你们让我换双球鞋再跟你们走，行吧？"二条说："好，不过你可得快点，我们的耐心是有限度的。"兰志勇一个人慢慢地走向教室，虎子问二条用不用跟着，二条说："不用，咱看着他呢，他跑不了。"群儿说："他不会去找帮手吧？"虎子说："找帮手好啊，找帮手才有意思！"二条说："对，来一个打一个，来两个打一对，来一帮打一帮！"

兰志勇磨蹭了会儿果然回来了，不过，这次他的身后还跟了两个同学。虎子说，嘿，果然带人来了，来的人他对付了。虎子嘿嘿笑着迎了上去，那两个家伙看到手里玩着大棍子的虎子，立刻站那里不动了。

兰志勇来到宿舍门前，门锁怎么也打不开。他说钥匙拿错了，还得回去换。二条上去，一把薅住了他的脖领子，一个巴掌左右开弓就是两个耳光。兰志勇的鼻子立刻出了血，血很快流到嘴角。兰志勇都快哭了，说："你干吗打人？"二条说："不干嘛，想打，打你好玩，你要是不老实，我用棍子揎你你信不信？"

兰志勇的门还是打开了。看着兰志勇那副狼狈样子，小巴非但没有复仇的痛快感觉，居然不合时宜地可怜起他来。在二条打他的那一刻，他竟然还想过去拦一下，他现在才明白自己心里所谓的复仇，不过是想"吓唬"他一下。他肚子里装的都是小乔老师之仁，是令人可鄙的仁慈和柔肠。他清楚自己为什么会在兰志勇面前举起手来了，他本来就不是一个杀伐果断的人。这一发现，令小巴倍感悲哀。

兰志勇进屋换球鞋，他们就在外面抽烟说笑。虎子拿着根棒子守着那两个同学，逗猫逗狗一样，一会儿戳戳这个，一会儿捅捅那个，两个家伙站在那里吓得一动不敢动。

下课了，有班里的同学先发现了小巴，回去一说，很多人围过来。小巴觉得这些同学不是来看他的，而是来看他的哥们的。他们都是势利眼！他们和小巴小心地说着话，问他这一个月过得怎么样。小巴哼哼哈哈地说，就是和哥们一块混呗。他的话让他的同学一脸羡慕。小葛也来了。小葛来后先是问小巴他们吃饭没有，如果没吃，他一会儿就去食堂给他们打。小巴很奇怪，小葛什么时候开始吃食堂了。小葛把小巴领来的人都看了一遍，把小巴往后拉了拉，说："这些人都是你带来的？"小葛说："兰志勇是该打，可你这样一闹动静就大了。有人已经去报告老师了，闹不好老师会报警。"

这时兰志勇磨磨蹭蹭终于出来了。双岁冲过去就踹了兰志勇一脚，说："你换鞋呢还是买鞋呢？"又回头叫小巴，说："给我狠狠打，让他欺负你！"

小巴被群儿推到兰志勇面前，犹豫了一下，不知该怎么动手打他。二条冲过来，抢起棍子就照兰志勇的大腿弯处打了一下，兰志勇毫无防备，一下就跪倒在小巴面前了。双岁和雅民哈哈大笑起来。小葛红着脸过来拉兰志勇，说杀人不过头点地，兰志勇已经认错了，就算了吧。

这时虎子冲了过来，说："你算哪根葱？你也找揍啊？"

小葛平静地说："我是小巴的朋友。"

虎子没揍小葛，二条的棍子却落在了小葛的头上。二条说："朋友？我看你倒像姓兰的朋友，我就打你这朋友了！"

十

几个人最后是跑着逃出校园的，他们以为后面一定会有人追来，就一边跑一边向后看。跑了一段，看没人追，再加上跑不动了，几个人就慢下来。虎子说："跑什么啊，出不了人命的。我们跑什么？"他因为没亲手给兰志勇一棍子还愤愤不平着，到半路时差点杀回去。他骂："真不过瘾。谁先跑的啊！"双岁说："我还以为兰志勇多厉害呢，咱们刚出现他就怕了，吓得躲到宿舍里不敢出来。"群儿也说："就是，还是校痞呢，校'屁'吧！不过，二条你那棍子打得可不轻，要真把人打坏了，可不是闹着玩儿的……说不定他们一会儿就带人追上来！"

二条说："打就打了，打死他老子给他偿命，怕个屁？"虎子和双岁也说群儿："一看就不是干大事的人，胆子忒小，打就打了，怕他们怎么的？"说着虎子和双岁还纷纷耍起大棍，嘿嘿哈哈地回头舞弄起来。

到火车站时，天已经擦黑了，回去的火车只有晚上十点的一趟。灰暗狭小的候车室里就他们几个人，候车室里不知为什么停了电。双岁骂骂咧咧地用手中的棍子这里敲一下，那里打一下。雅民和二条正在那里点烟抽，烟头如鬼火一样，闪了，灭了，闪了，灭了。虎子和群儿嫌候车室里太暗，就跑到外面站台的月亮地里撒尿。外面的站台上空荡荡的，天空上的月亮和星星却出奇的大、亮。两个人开始还互相开着"谁大谁小"的玩笑,后来就都不说话了……

小巴坐在黑暗中,眼看就要哭了……他无论如何也没想到,二条会把棍子敲在小葛的头上……为什么?为什么会出这种事呢?他现在的脑袋里全是小葛倒下去那一瞬间的形象!二条的棍子一过去,小葛就倒下了,额头上很快流出了血……倒下的小葛正好看了小巴一眼,眼里流露出的是不解和哀伤。

当时带头跑的是群儿和雅民,他本想留下来,看看小葛怎么样了,可他们一跑,自己就不由自主地跟着跑起来。他跑得上气不着下气的,跑一会儿,回头望一眼;跑一会儿,回头望一眼。后来他不跑了,还是禁不住一遍遍地回头望去。回望的一路,都很安静。怎么就没人追来呢?难道真的出大事了?小葛究竟被打成啥样了?小葛会死吗?小巴脑袋都想疼了,他觉得不管小葛怎么样,今天他们捅的娄子都足够大了。尤其是二条,他过些日子就要成为新郎了,如果他真的把小葛打出个好歹,会怎么样?会被抓起来吗?会坐牢吗?会被枪毙吗?小巴想起初中时被学校组织去看枪毙人的场景,被枪毙的人跪在河滩深处,执行的法警一枪过去,人就栽倒了,栽倒的样子多像……多像小葛栽倒的样子啊,现在小葛怎么样了呢?还有学校的老师们,他们怎么一直没出面呢?或许他们已经报警了吧?或许接到报警的警察现在正从四面八方往这里赶……

小巴静静地坐着,他这会儿只能静静地坐着,等着即将到来的一切。

西 厢

一

四十五岁生日那天过得兴味索然又了无意趣。这是可以预见的场面。老婆崔莺莺比平常早回来一个多小时,买了肉,特意多炒了两个菜,还开了瓶酒。做这些的时候,她没有说一句话,寡瘦的脸上有一种难得的红扑扑的颜色,样子比往日悦目多了。

孩儿们也提前赶回来了。儿子说:"看我妈给您开的这酒,是您最喜欢的'百年富贵',这酒名取的,就好像是给您量身定做的一样。"

我拿起酒瓶,禁不住笑了。我平时很少笑,因为笑起来样子不好看,一笑就露出了我招牌性的大板牙和半截暗紫的牙床子。

这酒确实像我的私人订制。我的名字就叫富贵,"百年富贵"的富贵。事实上,我姓苟,这姓不好,但名字叫富贵。我爸爸念过两年小学,他没把我们姓苟的叫成"狗剩儿""狗不理",而取名"富贵"已经很难得了。

儿子学习一般,初中毕业念的是三加二。女儿学习还不错,去年考了个三本。两个孩子每年将近三万的学杂费,已经让我负债累累;崔莺莺愈加沉默寡言,本来就黑瘦的她越来越像根干柴棒了。她在东风镇给人搞装修,合伙人还是彪子。两个孩子用的钱几乎全出自崔莺莺铲墙皮、刮瓷、刷涂料一分一分攒下来的血汗钱。

女儿红着脸给我夹了一筷子菜,吭哧了半天,说出这次回来的真正目的:她想要个笔记本电脑。

儿子也替他姐说话:"爸,就给我姐买一台笔记本电脑吧,人家大一就用笔记本电脑了,就咱家比别人差?"

儿子说话的口气有点像我,这一点我挺喜欢这小子。他把百年富贵酒倒满我的口杯,还用刚才的口气说:"我和我姐一样,我们宿舍也是六个人,不过,我们还用不上笔记本电脑……宿舍的五个人,每个人用的都是苹果手机,就我用的是诺基亚手机,现在您满大街去看看,谁还用诺基亚手机?"

"苹果手机多少钱……一只?"

"和一台笔记本电脑差不多,好一点的五千多吧!我想要那种最流行的土豪金。"

五千多!女儿夹的那口菜我还没咽下去,就差点被儿子倒的这口酒噎死。我把酒杯往桌上一顿,说:"你们吃了我得了,我没钱,一分钱没有。想要那些玩意出去找你妈要去。"

听我这样一说,女儿把身子一扭,真出去找她妈去了。儿子也开了腔:"你没钱?你前些年干装修挣下的钱花哪里去了?不会都扔西厢那条胡同去了吧?"

儿子的话等于在我千疮百孔的肺管里开了一枪,我一时傻在那里。等明白过来那话里的恶毒,想用手和脚同时回敬这个忤逆不孝的儿子时,他却先我一脚窜到屋外去了。

那一刻,院子里满是白花花的阳光,那些白花花的阳光就像无数根钢针刺入眼中,让我有一种瞬间失明的痛感……

二

"生活就像个婊子,一个无情寡义的婊子。不管你多么器宇轩昂,不管你多么优秀无双,只要你手中没钱,她就会毫不犹豫地把你抛闪一旁。"这是多年前我在北京搞装修时，趴在冰冷潮湿的地下室床上写的一首诗。我当时很为自己能写出这样的诗句高兴，甚至想把这首诗拿到黑孩的报纸上去发表，结果遭到了拒绝。但发表不发表又算得了什么呢？一点都不妨碍我对它的喜欢。现在，当我有机会再次重温这句话时，它仍然犀利得像一根冰针，让人有一种彻骨的冰凉。

本来，我在东风镇还有一份工作，可就在生日的前一天，被正式辞退了。

我在镇政府每月拿六百块钱的工资，已经干满了三年。钱虽然少得可怜，可我从没动过要离开的念头。我贪恋的不是那份工资，是那份体面……表面看起来确实足够体面，如果你不多嘴，外面没人知道你拿的工资还不够人家的四分之一。我不是个多嘴多舌的人，如果不喝酒不碰到女人，我在外面就像个哑巴。对于我这样的人来说，钱多当然很重要，钱少也算不得什么，我又不是没挣过大钱，钱对于我来说可有可无得就像根鸡毛。我常常这样安慰自己。

但没钱也是万万不行的，就在一个星期前，黑孩打电话告诉我，我那本小说集《狗男女》就快出来了，让我准备好剩下的一万块钱，尽快给他们打过去。我电话中嗯嗯啊啊答应着，心里却在想那一万块钱上哪儿找去。

我出的那本书的名字叫《狗男女》。我觉得这名字非常好。当初黑孩和他介绍的那家出版公司的编辑和我讨论是不是换个书名，说这名字听上去是不是有点那个了。我说不换，坚决不换，千金不换。我喜欢它！它亦庄亦谐，亦褒亦贬，可哭可笑，可夺眼球。我告诉他们，世上人事，无非男女，而世上男女，又有多少是狗男女？何况我本姓苟，我喜欢狗，也喜欢狗男女，觉得有他们的存在，这世界才如此生机勃勃和妩媚妖娆……在我的坚持下，小说集最终还是定名《狗男女》，他们也睁一眼闭一眼不再说什么。他们能说什么呢？我是花自己的钱给自己出书！为这本书，我已经花掉了从北京逃回来时手里硕果仅存的两万块，现在又有一万块的窟窿等着我了。

说到《狗男女》就不得不说黑孩。他是我的老乡和同学。黑孩本名不叫黑孩，叫顾全顺，因为自小长得又黑又丑，又喜欢自嘲，又喜欢写文章，就用黑孩做了笔名。大学毕业后，黑孩去了北京，因为写了篇吹捧某文化高官的报告文学而声名鹊起，十几年后成了《华夏艺术报》的副总编。

几年前为躲一次交通事故欠下的外债，我走投无路，跑北京干装修第一个找的就是黑孩。在北京那几年，我没事就去编辑部找他玩，他当时在一座有玻璃幕墙的二十层高楼的一个狭小房间里工作，每次见他不是在写字就是在画画。每次我去，他都问我他写的字画的画怎么样。说实话，他的字很丑，初中时的钢笔字还写得一塌糊涂，更别说毛笔字了；他的画更一般，有一次看他在一张宣纸上用粗毛笔画画，我不知那算不算画，照我看，那画就像个鸭蛋，丑陋的圆石头，更像坏孩子作文本上被老师狠狠圈上的大零蛋。看到他的画我就笑了，我说："你画的是个啥，是个'笨蛋'吗？"我跟他说话从来不客气。但他很客气地对我说："苟富贵啊苟富贵，你知道你为什么不长进吗？这才叫文人艺术，现在流行这个。"说完，他把那幅画慷慨地赠送给了我。虽然觉得黑孩的字画真不好看，可他每次送给我的字画我还是一张不扔地保留起来。

三年前，我抱着黑孩送我的字画走进了东风镇党委书记邱大成的办公室，从此成了东风镇的一名编外工作人员。

可三年后，就在我生日的前一天，邱大成却要辞退我了。

那天，邱书记把我叫到他办公室，让小李给我倒了一杯冒着芬芳香气的花茶，还亲自把一根软中华递到我手上。他先说了段开场白："富贵呀，实在对不起了，现在上边风声紧，政府机构改革可能要玩真的了，我只好忍痛割爱了，你是个人才，可我也实在没福气留你了。"接着他就让我立刻回值班室收拾一下，说他已经和镇上会计打了招呼，让他们多开我一个月的工资。最后他说，"富贵呀，明天你就不用来镇上了，回去好好搞你的创作去吧。"

邱大成真是个混球，几句话就把我打发了。混球书记和我说这些话的时候，眼睛始终没看我，而是盯着自己宽大办公桌上的一份文件。我觉得有一股气在心中蒸腾，很想骂几句什么。事实上，整个过程我屁都没放一个,只是手指微微哆嗦着,慢慢地吸那根很贵很贵的软中华,是软中华啊,一根就要好几块钱呢!

混球书记说完,见我还没走,冲我挥挥手,他想挥挥手就把我轰走。像轰狗一样轰我出去。可我不想走,不想就这样走。我应该说点什么,硬气地说点什么。可说什么呢?说混球曾经答应过给我一个编制?说混球曾经要把我的工资涨到一千?说混球一个月前还满口答应在他调走之前把我弄到西厢县文体局去编县报?说混球曾经拿过我多少黑孩送给我的书和画?现在,我送给他的那些书画被他挂在墙上,被他附庸风雅地摆在书柜里,被他参差不齐地树在一个青花瓷的大瓷瓶里,就连那个青花大瓷瓶也是我给他买的呢!

混球书记见我迟迟还不出去,本来和颜悦色的脸上不大好看了,就好像我是一泡赖在他屋里的臭狗屎。老子虽然姓苟,但绝不是狗屎。我想我必须证明这一点。

我说:"邱书记,我的小说集《狗男女》就要出版了……"

"你那本书我听说了,我不明白为什么你放着好好的英雄的东风儿女你不写,偏偏要去写什么道德败坏的狗男女。看来镇里那么多人向我建议让你走是对的,不走,不知道你要给我惹出多少麻烦来……"他的厚嘴唇一直嘟嘟着,脸上那种厌恶的表情一直飘散不去。

这时候混球办公室里的电话突然婉转地唱了起来。他拿起电话嗯嗯哈哈,久久不肯放下,却再不肯多看我一眼。我傻站了一会儿,走到青花大瓷瓶前,在那里我沉默了三十秒,然后我双手抱住那个大瓷瓶,像力士一样举过头顶,朝那个已经秃顶的混球书记狠狠砸过去,青花瓷瓶呈爆炸状粉碎,混球的脑袋像开了染坊似的血花四溅……

当我抱着两卷书画蹑手蹑脚像贼一样溜出混球的办公室时,我确信眼角的余光看到了那个仍然傲然挺立的青花瓷瓶和毫发无损的混球书记,此刻他鲶鱼一样的目光正越过瓷瓶瞥在我的身上,就好像瞥在了一个叫花子的身上,瞥在一堆臭狗屎身上,目光里毫无怜悯,有的只是不屑和鄙夷。

三

我揉着脑袋从床上爬起来，屋里屋外没一个人，空空荡荡的，院子里也不见一个人影。阳光慢吞吞地爬到了院墙根，正和那里的倭瓜藤和丝瓜架纠缠不清。崔莺莺和孩儿们都走了。崔莺莺肯定开着那辆响声雷动的三马子到火车站送他们了，三马子开动的声音那么大，怎么就没吵醒我？

我的脑袋更疼了，像有一根无形的钢针正顺着脑壳的缝隙往里钻，顺着这个缝隙，外面的风像一群被人追杀的小鬼纷纷涌入，它们吵哄哄闹嚷嚷地动来动去，用它们锋利的牙、尖利的喙和锐利的十指疯狂撕扯着我的血肉和神经。疼痛如此汹涌，我有点黯然神伤。他们是多好的一对孩儿啊，闺女平时很少张口，儿子的手机也是三年前买的。可问题是，我现在真没钱，我手里仅有一千二百块钱。他们不知道这是我在东风镇最后两个月的工资。

头疼得越来越厉害了，像被谁在里面安了个定时起爆器，正在倒计时。这是这几年酒后新添的症状。

我翻箱倒柜找止痛片。原来正屋里的抽屉里是有的，那里常年备着各种廉价的药片，包括整盒整盒的止痛片，现在那些盒子还在，可里面的止痛片却不见一粒，难道那些止痛片都被崔莺莺吃了？她这两年，吃止痛片像吃糖豆，干活一累就吃这种药，一吃就是一大把……

药没找到，我又回到床上。双手高举过头顶，腿则耷拉到床的一侧，脚上的一双皮鞋挂在脚趾上，一副欲说还休的样子。如果此刻房顶上有一双眼睛，她一定能看到我的样子就像一具沉重的尸体。我现在躺的这张床上，曾经躺过瘫痪在床的父亲，五年前他躺在这张床上死了；还躺过得了脑梗半身不遂的母亲，两年前她也死了，就是在这张床上喝的药水。我到现在也想不明白她为什么要死，而且居然选择喝药水去死，好像受了谁多大冤屈。而更早的时候，这张床还躺过我弟弟，一个壮实得像黑车轴一样的小伙子，但他后来也死了，不是死在这张床上,而是死在一辆水泥搅拌车的轮子下……想到某一天自己也会死在这张床上,我就会变得特别绝望,没有人能体会到这种绝望,崔莺莺也体会不到,她现在就想着装修、钱、儿女。她想过她的丈夫会在未来的某一天也在这张床上死去吗?

一个人躺在这张床上,仰望着屋顶,想到死去的一个个亲人,他们的影像就像黑白电影里的画面一样一张张在屋顶上无声滑过,我想着他们,眼泪会不由自主地从眼睛里涌出来,大颗大颗的眼泪,感叹号一样连缀在脸上。

四

现在去西厢真是太便捷了,中巴车,不到十分钟就有一辆。奇怪的是车次越多,车上碰到熟人的概率就越低,这很好,唯一让我感到不安的是,很多班车上的司机和售票员还是会第一眼把我认出来。

"末代皇帝又要出巡了?"我刚上车,那个胖胖的女售票员就和我打招呼。她居然叫我"末代皇帝"!这还是我第一次被人当面叫末代皇帝!记得有一次,她指着我"啊啊"半天,说真像,你长得可真像电影里的一个人……到最后她也没能说出我像的人是谁。她不说,我也知道自己像谁。我当然知道自己像谁,已经不止一个人说过了,说我长得非常像末代皇帝。我高高瘦瘦,眼睛大大的,还戴着圆圆的黑框眼镜,确实和那个倒霉的末代皇帝十分酷似。

"又去西厢?有阵子没见你坐我们这趟车了。你不是天天去西厢吧?"她是个饶舌的胖子,是不是所有的胖子都这么饶舌呢?

"听说西厢的房价又涨了,你准备在西厢买房了?"她为什么问我西厢的房价?难道我看上去像个准备在西厢买房的人吗?我才不会在西厢买房,在东风镇我都不会买,何况西厢。我在四顷地有个大院子,有坐北朝南的"四破五"大房子,还有东西厢房,我老婆是装修队的老板,我是个名声在外的……文化人!我为什么要在西厢买房?在四顷地生活多好,在四顷地我生活得更像个皇帝。

看我一直没搭腔，她又奇怪地盯着我看，好像我是个怪物，好像过去我曾许多次和她故意搭讪而这次却故意装着不理她的样子。我觉得自己不奇怪，她倒是个奇怪的人。

　　"头疼。"没等她再次开口我赶紧说。我不能不理她了。我指了指自己的脑袋，"中午喝多了，不想说话。"

　　"那以后少喝点。酒可不是什么好东西。"她突然来了句，样子有一种莫名其妙的妩媚。正当我琢磨她缘何用这种口气和我说话的时候，她已不再理我，掉头和闷头开车的司机聊起"汽车站那条胡同"的事，说昨晚那里又有人在卖淫嫖娼时被警察抓了。

　　"那里就像西厢的一截烂肠子，早该治理治理了。"女胖子售票员愤愤地说。

　　她的话在我听来像一种暗示，更像一种警告。她是在暗示谁，又在警告谁？是我吗？

　　西厢班车站前一如既往的热闹和狼藉，各种廉价的五颜六色的出租车排在站前广场，黑车司机像苍蝇一样见到有人下车就嗡嗡嗡地围了上来。我嫌恶地从那些嘴里冒着烟臭蒜臭韭菜臭的司机中挤出来，又往前大步走了十几米才肯停下来喘口气。二十多年了，二十多年来西厢县城没什么变化，如果说变化，也只是变得越来越脏，越来越乱，那些突兀之间冒起来的高楼大多在城西，沿山而建，逐河而居，高大的广告牌子上写着：山水宜居，西厢福地。我站在站前广场遥望着那些一幢幢拥挤着的高楼，看着广场附近那些低矮无序像野蘑菇一样生长的小房子，感觉那些楼群更像是建立在一片即将废弃看着却是百废待兴的垃圾场上，在我的角度看，那些楼多么像一群身躯过分发育的衣衫褴褛的拾荒者啊。

　　我还是不由自主地走向了那条胡同，走向那条被胖子售票员形容成"一截烂肠子"的胡同，完全是习惯使然。那是一条倾斜的街道，不宽，左边是棚户区一样的低矮民居，右边是错落建开去的一栋栋六层楼房，二层以上是住户，一层是商铺，各种商铺混杂，百货店、洗头房、小吃铺和各种面目不清的小旅馆，整个街道散发着一种古怪的味道，确实像一截烂肠子。不过，我喜欢这里。这么多年了，我现在还数不清西厢到底有多少条街道,可对这条胡同却熟悉到闭着眼也能如鱼得水出入正常。街道的中央,靠左,就是西厢二医院。当年,我父亲住院,我母亲住院,都在这里。那些年我在医院陪床,一住就是一两个月,在医院待得烦了,我就跑出来到胡同里透口气。去百货店买包烟,去吃桂林米粉或杭州小笼包,或者干脆去洗头房做个干洗和按摩。这里的洗头房通常有小姐出没,不过我不喜欢在洗头房里找她们。我喜欢的去处是那些小旅店,什么春红旅店、梅香客栈,这些旅店都很小,小姐也乏善可陈,最大的一个叫站前旅馆,打通了上下两层楼,是一个外号叫黑玫瑰的东北女人开的。她今年已年过五十,人胖身壮,看上去就像一朵妖娆绽放的大丽菊。

我就是那些年迷上这条胡同的。准确点说,是迷上了这条胡同的站前旅馆里的春色。那时黑玫瑰手里有两个头牌姑娘,一胖一瘦,一白一黑,一热辣火爆,一沉静如藤。因为她们,黑玫瑰的站前旅馆终日客流不断,来此寻欢作乐甚至要提前预约。当然,她们的价格也是西厢最贵的。那时我没少往这里跑,那时我在北京还有个小装修队,装修队还雇着几个工人,手头上还有些活钱,那些钱砸在医院里也是砸,砸在这里也是砸。怎么说呢,那两个头牌姑娘的身段、长相都各有千秋,属于冰火两重天,但都同样让人着迷。

站前旅馆的兴衰好像和这两个姑娘联系在一起,也好像和我有着某种隐秘关联。后来这两个姑娘一个去了深圳一个回了东北,站前旅馆一度冷清下来,而我在北京的装修队也出了事,一个油漆工在三楼的住户家装修时鬼使神差般地从楼上摔下来,摔断了一只胳膊一条腿。我把他送到医院躺了两个月,就再也不敢去看那对每次见到我都要流眼泪的苦命夫妻了,然后我一个人揣着仅剩的两万块钱偷偷跑回了四顷地。

他们一直没找来过。那个油漆工是安徽的,他老婆在工地上帮忙。他们一直感谢我收留了他们。或许他们也会恨我吧?或许他们也想找我而没找到?谁知道呢。我在外面一向谨慎。

我还是到站前旅馆来了。旅馆里相当冷落,登记处一个40岁左右的寡瘦女人无精打采地看了我一眼,她不认识我。一个月前,这里登记的还是一个脸上长痣的姑娘。

"住店吗？"

"不住。"

"不住？"

"嗯。不住。"我看着她。她被我看得有些不知所措，她这样子不像四十岁的女人，倒有点像刚刚出道的小姑娘。

"大姐——"她把脑袋探出来，向里面喊了一嗓子，"有人。"

又过了会，黑玫瑰就略显疲沓地出来了。她站在走廊里，像打量牲口一样看了我一眼，然后过来，故意用抖颤的肉身撞了我一下："稀——客呀！"

一个月不见，她相貌老多了。她把我带到一间客房，刚进门，就把我推坐到床上，然后在我身边像一口白面口袋一样轰然躺下，把身上的裙子大幅度向上一撩。

"来吧。我知道你喜欢这口。"

我笑了："今天不行。有事。"

"你能有屁事。"她一把抓向我，"怎么的，又被哪里的姑娘抓了去了？"

"想哪儿去了黑玫瑰，我现在是个穷光蛋。姑娘见了我都躲着走。"

"穷光蛋来我这里干什么，我可不是你的免费蛋糕。"

她确实给我提供过两次"免费蛋糕"。第一次是那两个姑娘还在，我喝多了酒来找她们，她们却被别的男人带走了。我没处浇愁，很失望，她把我带到一个房间，撩起裙子，说来吧，老娘和她们没区别。第二次是一个月前，我来这里等贝多芬，从下午等到半夜，她也没来，黑玫瑰寻上门来，为我再次免费撩起她的裙子。

"我想过来看看，最近有没有人到这里找我……"

"你是说那个叫什么芬的女人？"黑玫瑰冲我翻白眼，"没有，一次都没有，就那次一回，后来连个影子也没见。你也是个傻子，把女人领到这种地方来，正经女人不喜欢。"

把贝多芬约到这里确实很荒唐。她现在早已不是二十五年前的那个淳朴的姑娘了。从她穿的衣服，手上拎着的皮包，以及她开着的那辆红色马六身上我闻到了一种别样的陌生气息……

看黑玫瑰不悦，我把一张五十块钱的钞票拍在她双腿之间，然后站起来。我可不想给黑玫瑰留下一个爱占小便宜的印象，之所以拍给她的是一张五十的纸币而不是一百，是觉得她目前也就值这个价。

从站前旅馆出来，前行不到五百米，有一间"四通八达"网吧。网吧名四通八达，其实很小，是一间改造的小三居，里面密密麻麻摆满了过时的电脑。我在最里面的一处位置坐下，伸了个懒腰，看到能上网的电脑，我的心就踏实下来了。

贝多芬的头像还是黑的，我再次给她留言，最近一段时间，我已多次留言给她，她从没给我回复。我告诉她，此刻我正在西厢，在鸿运大酒楼。我是特意这么写的，鸿运大酒楼是西厢唯一的三星级酒店，我写下鸿运大酒楼时，突然感到刚才去过的站前旅馆是那么污浊不堪，难道像我这样的人不应该经常出入鸿运大酒楼吗？最后，我还强调性地把自己的电话号码写了出来，明知道这样有些画蛇添足。画蛇添足就画蛇添足吧，我现在比任何时候都渴望见到这个女人。

五

剩下两个小时，我一直在浏览微博。我这个微博关注了很多人，有网络大V，有当红影视明星，著名作家，报刊编辑，崭露头角的文学作者……我喜欢在微博上面看这帮家伙每天在干什么、说什么、吃什么、住什么、开什么、玩什么，我觉得这很有意思。

有个编辑发了篇长微博控诉他所在的编辑部，这个编辑我没见过，却是我的一个恩人，几年前他"力排众议"发了我的小小说《狗男女》，让我小有名气。我就是通过这篇小小说获得了全国小小说银鸽子大奖，还靠这篇小小说出了我的第一本集子。现在我的集子都快印出来了，没想到他却被单位给除名了。之前我一直以为他是个正式编辑，没想到他和我一样是个临时工，而且有好几年每月只拿四五百块钱的工资，还不如我。看到这条微博，我在东风镇的遭遇开始变得可有可无，甚至还产生了莫名其妙的幸灾乐祸，这可真是件奇怪的事，人可真是个奇怪的东西，我不由感叹。为了显示自己的不平和对他的声援，我在那条微博后留下评论，我坚决支持他去维权，让他努力把官司进行到底。一句话，必须告他们。

网吧上网的人，差不多都是孩子，他们戴着厚厚的耳机在打游戏，好像只有我一个人在刷微博。我把微博最小化，打开了自己的私人文件夹，开始翻看这些年和女人激情视频时截下来的图片。

当初我随手复制下这些照片，纯粹是觉得好玩，没有任何目的。照片上的女人也并不是同一个。保留在电脑中的照片不会发黄，没有留下岁月的丝毫痕迹，现在翻看仍有一种人在面前的镜头感。里面有几张贝多芬的照片，这个女人和另一些照片上的女人完全不同，她看上去有些拘谨，有些羞涩，一双手好像完全不知道如何放，不是用一只手抱住自己的胸，就是用一只手无望地遮在小腹上。照片上的人好像有些害怕，有些迷茫，好像即将面对反动派的严刑拷打，也有一种对未来一无所知毫无把握却又心生向往的纠结。只有一张，她像个健美教练那样岔开双腿，一副爱谁谁豁出去的样子，看上去有一种凛然和放荡的妩媚。

贝多芬那些照片有一个共同的特征，就是她好像是在冬天被迫向人展示出她的裸体，脸上都是一副怕冷的神情。其实那是夏天，是个火热的夏天。那个夏天，我母亲用整整一瓶农药把自己弄死在家中那张老式木床上，那个屋里的农药味道整整弥漫了整个夏季。那个夏天，我都躲在东风镇的一间值班室内，我不敢回四顷地，怕那些过分热情和悲恸的乡亲们提到她，他们抹着眼泪，或者面带微笑地问我，她好好的为什么会死呢？为什么会喝了农药死呢？他们问得多了，我会害怕，就好像我是一个漏网的杀人犯，母亲是被我杀死的一样。

我没法回答他们，母亲为什么会死，为什么会喝农药死。这对于我来说同样是个同磨盘一样沉重而巨大的疑问，让我喘不过气来，让我头疼。我就是那时患上头疼毛病的。我回避它，可有时候我也禁不住对自己发问。我在东风镇政府值班室对着空虚的墙壁和雪白的天花板，一遍又一遍地问着，妈，妈！我的亲妈哎，你为什么不好好活着呢？你为什么会死？你是真的活够了吗？你活够了就去死，可你为什么还要用你的死来折磨你的儿子呢？要知道我是你唯一在世的儿子啊！问着问着，就会有虫子一样的眼泪从我的眼角爬出来，可这时候，冷漠的母亲只会用一张凄然麻木的面孔在天花板上俯视我，什么话都不说。

多亏东风镇的值班室还有一台能上网的电脑，不然我会发疯的。后来我就迷上了电脑，迷上了网上聊天。我觉得网络真是个神奇的玩意，如果不上网，我觉得自己就是个可有可无的人，没人管没人理也没人关心，但一上网就不一样了，自从有了那么多不知从哪儿咕嘟咕嘟冒出来的网友，我感觉自己的生活变得有意思多了。比如有一天晚饭后，我感觉牙有点疼，后来，我就在空间里随便写了句"牙疼得厉害……"，写完这句话后，我就忘了这事，也忘了牙是否真的疼过。我跑到政府外面的小卖部去买烟，还和烟摊的老板聊了半个多小时，等到天黑之后回到值班室，再次打开电脑，登录空间，发现之前只是随便写的一句话已经有了不少网友的回复：

怎么了？
含口盐水，存一分钟
弄上个花椒
去牙科看看，我同学在牙科上班，可以免费给你治！如果是小毛病的话！
上火了吗
这么大火呀？
看来你得吃药了
别乱吃药，去牙科看看
蛀牙？
牙疼不算病，疼起来要你的命！
……

"他们"在关心我，体贴我，甚至在大咧咧地和我开玩笑。这感觉改变了我对网络的认识，觉得网络并不是虚拟的，冷漠的，而是有血有肉有人情味，最起码比东风镇那帮自以为是的孙子强多了。

东风镇也有很多女人，那些女人在我面前都高傲得像仰着脖子走路的野天鹅，和这些势利的女人相比，网上的女人就可爱多了。她们不但和我聊天，还和我视频。那些女人我都不认识，之前从未见过，以后也不会有机会再见，正因如此，我们才完全没有距离感，不用多久，我就会和其中一个或几个打得火热……这一切演变得如此之快，发展得如此之快，快得有些让人猝不及防。网络这玩意真是新奇，而网络和欲望纠缠在一起的时候就不光是新奇，还让人上瘾了。最早出现的是个东北女人，她视频中的样子很像站前旅馆的老板黑玫瑰。她起码有五十岁了。我确定是这个人勾引了我。她的挑逗是赤裸裸的，没聊两天就开始给我发淫秽的图片，还说那些图片都是她自己的，是她和别的男人聊天时自己截下来的。然后她问我想不想看。然后就开始脱自己的衣服。

和那些女人激情视频时我说的话有限，那些话短促，干脆，不像是绵绵情话，更像是一个国王在对他的女仆发号施令：

　　脱！
　　快脱！
　　往下脱！

结果她们就真的脱，脱，脱，直到完全脱光自己。

我已经忘了贝多芬是如何出现的了，QQ上的好友有好几百人，有些人加进来后就从没说过一句话，更不可能知道是男是女。直到有一天我无聊地翻看那些好友的名单时，发现有个叫"贝多芬"的头像在亮着，我们才有了第一次对话：

　　你好音乐家。
　　我不是音乐家。
　　你不是贝多芬吗？

谁说贝多芬就非得是音乐家？

那么说你也没有失聪了？难道你不知道贝多芬是个失聪的天才音乐家吗？你不知道贝多芬全名叫路德维希·凡·贝多芬，英文名字是 Ludwig van Beethoven，生于1770年，死于1827年，是德国著名的作曲家、钢琴家、指挥家，维也纳古典乐派代表人物之一？

我告诉她：贝多芬一生共创作了9部编号交响曲、32首钢琴奏鸣曲、10首小提琴奏鸣曲、16首弦乐四重奏、1部歌剧、2部弥撒、1部清唱剧，以及3部康塔塔，另外还有大量室内乐、艺术歌曲、舞曲。从1796年至1800年，整整四年，贝多芬的耳朵像他的音乐一样日夜作响，最终让他成了一个著名的人。

我在一个陌生网友面前滔滔不绝地卖弄自己的学问。在网络如此发达的今天，学问这件事已经难不倒像我这样的聪明人了。

"我也知道你。"贝多芬说。

"你知道我？知道我什么？"

"我知道你叫苟富贵，你博客的名字叫花开富贵，是著名的小小说作家，全国小小说银鸽子奖得主，省作家协会会员，柳河市东风镇宣传部部长……"

我哈哈大笑，没错，这些都是我写在自己博客首页的自我简介。

"你真是东风镇的宣传部部长？"

我又哈哈一乐，不置可否，否定什么呢？那不过是我杜撰出来的一个职位。事实上，东风镇并没有这样一个部门，也没有多少宣传工作让我去做，我在东风镇更像个打杂的。最初镇里派给我的工作是在政府办帮忙，往各科室送报纸，偶尔写点材料，我总是把那些材料写得比文学作品更像文学作品，文采斐然、字词优美得让领导们无处下嘴。后来他们干脆连材料都不让我写了，就让我坐在办公室接电话，晚上替人值个班什么的。这工作更像个打更的，但我喜欢。因为没有具体工作，我大多数的白天都无事可做，躺在值班室里一支接一支地抽烟，喝茶，看报，累了就蒙头大睡，直至黑夜降临。而东风镇的黑夜却是诱人的。机关干部早早下班回家，只留下几个值班的人像幽灵一样在空空荡荡的办公大楼外面晃荡。他们很少搭理我，我在他们眼中就像个吃闲饭的懒汉，这样的懒汉又有谁喜欢搭理呢？不过，我才不管他们呢，我喜欢一个人待着，待在值班室里。太阳一落山我就兴奋，就开始蠢蠢欲动，我在值班室叼着根烟走来走去，等着外面的走廊彻底静下来，等着外面的夜彻底黑下来。这期间我会用别人的茶叶给自己沏一杯滚烫的茶水，等茶水凉下来，我就拉上窗帘，打开电脑，像个耐心的渔夫一样等着那些同样不甘寂寞的女网友像一条条贪馋的鱼儿来咬钩。对于新来的，比如像贝多芬这样的，我多少要做一些"功课"，需要点耐心和时间，而对于那些熟客，我甚至连简单的铺垫都不需要就直接命令她们：脱！

那可真是件过瘾的事。

六

贝多芬和她们不一样，她叫我苟老师。

"苟老师，你忘了二十五年前那次笔会了吗？"

"二十五年前的笔会？"

"是啊，二十五年前，笔会，西厢招待所，那个下大雪的冬天，你真的忘记了吗？"

西厢招待所？大雪？不记得了。我坦白。自从八年前开着三马子把一个老人撞下路基后，我也受到了刺激，记忆力已经变得越来越不靠谱了，许多事情都要人提醒几次才有印象。

"对啊，就是那次笔会，我们十几个人住在那里，但吃饭都去街上的饭店。那次笔会是西厢报主办的，西厢报的主编姓杨，叫杨天晴，是个北京下放的知青，他还是县文联主席，这些……你都忘了吗？"

我恍惚想起来了。西厢。招待所。会议室的暖气坏了，很冷。杨主编的一口京腔京韵。一场突然而降的大雪。十几个人跑上街头，天越来越黑。灯火通明的饭店。热气腾腾的火锅。

"……那天晚上我们吃的是火锅？"

"对。终于想起来了。还不错,还记得火锅。"她开心地笑了,"不过,你还记得我是谁吗?"

"你不是贝多芬吗?"我坏笑。

我还是想不起来她是谁。二十五年毕竟太遥远了,遥远得就像一个梦。那天的大雪也像个梦。那天东风镇有两个人参加了西厢笔会,黑孩和我。我们坐在一辆颠簸得特别厉害的破公共汽车上,汽车上冷得哈气成冰,可我和黑孩因为第一次参加笔会而特别兴奋,两个人张着嘴大笑着说了一路。后来我们到文联登记,被安排在招待所后面的一排平房住下。每间平房可以住四个人。我和黑孩和另外两个男人住一个屋,那两个男人是谁,来自哪里,又叫什么名字,我早忘了个干干净净,那么贝多芬又是谁?

"我知道你早把我忘了。那次会上就我和倪姑两个女孩子。倪姑是城里的姑娘,又那么漂亮。你不会把倪姑也忘了吧?"

"倪姑?"我想起来了,一个梳辫子的漂亮姑娘,冷漠得就像具石膏像。我和黑孩给她起了外号叫"尼姑"。

"对,是倪姑,她当年还在西厢一中读高三,你那时可坏了,吃饭时故意过去喊人家'尼姑',你还说自己是'和尚',说和尚和尼姑坐在一起才有意思。你还想和我换座儿,当时我就坐在倪姑边上。我还真给你换了座。我那时的样子是不是特别傻?特别不起眼?是不是特别容易被忽视?"

"……真忘了,时间太久了。"

她发了个大哭的表情。"可我一直没忘,永远也忘不了。那天,你就坐在我的边上,你和倪姑说话,人家不理你,你就和我说话,你和我说话却显得那么正经,你说,你怎么穿得这么少,穿这么少你会感冒的,你还问我叫什么名字,问我写什么东西,问我干什么工作。你的话那么多,像是被倪姑冰冷拒绝后的无聊的反抗,可我却一点没觉得你无聊,还觉得你那么温暖,那天我也喝了点白酒,我记得你和我说话时,我的脸一直红着,越来越红,越来越烫……"

"那你的真实名字叫什么?"

"笔会开了三天,第二天倪姑就不来了,人家正忙着高考冲刺。

倪姑走后,笔会上就剩下我一个女的,我显得可有可无,好像是你们那些人的陪衬,开会时听你们高谈阔论,喝酒时看你们吆五喝六。可我觉得自己一点也不孤单,真的不孤单,我特别喜欢和你们待在一起,和你们这些西厢的才子们待在一起,哪怕自己变成个哑巴,什么也不说。什么也不说,光听你们说就是幸福的。我那会儿刚当上代课老师,也不会写什么东西,是杨老师鼓励我,才在县报上发了首小诗,谁知道只发了首小诗就幸运地被叫来参加笔会了,认识了你们,怎么说呢,我觉得很幸运,就是现在,我仍然觉得西厢有你们这样一群才子是特别美好的事。"

"后来呢?我是说笔会是怎么结束的?"

"后来……后来……笔会就结束了,大雪也停了,街上却刮起了大风……你真不记得了?笔会结束那天还是你送我去的班车站呢,我们是从招待所一路走到班车站去的,路那么滑,我一路摔跟头,你就一路拉着我。风那么大,我冷得直打哆嗦,嘴唇都冻紫了,话都说不出来,你就特男人地把自己的军大衣敞开,把我拉到怀里,用军大衣使劲地裹着我,那军大衣上全是你的烟味,你那么高,而我那么瘦,那么矮,小得就像只街上流浪的小猫小狗……依偎在你的军大衣里,实际是依偎在你的怀里,你那时就知道一路向前,一路去挡风挡雪,你不知道,依偎在军大衣里时,我哭了,整整哭了一路……后来到了班车站,你就站在风中看我上车,你还问我眼睛怎么了,那么红,那么肿,我就说是冻的,后来班车开了,你转身大大咧咧地走了,我却一路看着你,看着你走远,直到消失,我又忍不住哭了……"

她一直在追忆,在回望,我却有点走神,喝了口晾在一边的茶,茶早凉了,我又点燃了一支烟,这么一阵工夫,我刚买的一盒烟就已经瘪下去了一半。我突然有点后悔和这个贝多芬搭话。没错,她确实唤醒了我关于那次笔会的一些回忆,我也确乎想起了是有这么一个女孩,她哆嗦在我的棉大衣里,一句话都没有……可那又怎么样呢?我到现在还想不起她的名字。

"你是真忘了,忘得一干二净……我后来还给你写过信,你连一个字都没回。"

或许吧，我想不起都有谁给我写过信来着，也想不起那些写信人的名字。二十五年前，我还那么年轻，那么潇洒，那么……玉树临风，说得上风流倜傥，应该会有很多女孩给我写信吧？我记得有个胖乎乎的女孩，她住在一个深山里的兵工厂家属区，几乎每天给我写信，让我去她那里玩，后来我真的去了，坐班车坐火车，中途又倒一次小火车，然后我见到了她。为了和我见面她把父母都打发走了，一个人住在那种兵工厂统一盖的家属房子里等我，那种房子乍一看都一模一样，以致有一次我去外面公厕回来后差点迷路走到别人家去。她在那个小屋里不停地和我聊天，给我沏最好的茶，给我买最贵的烟，给我做她最拿手的豆角沾卷子的样子像只卡拉熊，紧紧地抱着我，可我还是走了，走了就再没去过。女孩太矮了，而且头发里有一种味道，像现在的崔莺莺，崔莺莺的头发里也有一种味道，那种味道我不喜欢。后来她还给我写过很多信，那些信我一个字都没回，有的甚至连拆都没拆就扔一边了。现在我连她叫什么都想不起来了。

"那你叫什么名字？"

"……杨玉芬。"

"你是音乐老师？教小学的那个音乐老师？"

"嗯，过去是，现在教不动了，快下岗了，你想起来了？"

"还是没有。"我坦白，"我猜的，你既然给自己起名贝多芬，就多少和音乐有点联系吧？"

她好像不再因为我的忘记而生气，也没再向我发来锤子的表情。她好像被突然而至的幸福袭击得晕头转向了，我也有点意外，却没有一点幸福来临的感觉，只是预料到我和她之间的会面会有点麻烦。

确实有点麻烦。

七

两个月后，我约贝多芬在西厢见面，她爽快地答应了。我很兴奋，好像一场盛大的艳遇正在等着我。那是五月的一天，西厢一年中最好的季节，天气不冷不热。见面的地点是我定的，站前旅馆。之所以选择这个地方，一是住宿便宜，二是环境熟悉，可谓轻车熟路。我说站前旅馆，她并没反驳，我想她一定是个随遇而安，处处为人着想的好女人。定好的是下午五点见面，三点不到我就到了，一直在旅馆的登记室和老板娘黑玫瑰聊天。我和黑玫瑰说我在她这里订个单间，黑玫瑰什么都没问，还冲我眨眨眼，好像她什么都明白的样子。之后就去那条烂肠子一样的胡同闲逛，买一盒烟边走边抽。胡同里到处都是半熟不熟的脸，这样很好，我和他们偶尔点头，有时连点头都不点，一晃过去了。

我不知道自己在他们眼里是个什么样的形象，但有时我会为自己在自己眼中的形象好奇。在一家装着镜子一样的玻璃大门前，我停下脚步，清晰地看到了自己：还是那么高，那么瘦，那么玉树临风，大大的黑框眼镜罩在我大大的眼睛上，确实很像那个末代皇帝。不过，此刻我的样子可比那个倒霉的家伙强多了，很多小报上说他性无能，皇后敢给他戴绿帽子，妃子和他闹离婚，除了当过一段时间伪皇帝，他一生甚至连个"根儿"都没留下……他怎么能和我比呢？我儿女双全，对女人有挡不住的吸引力。

我解开风衣扣子。那天我穿了件风衣，风衣还是很多年前买下的，据说现在早过时了，但我喜欢，只要天气不是太冷或太热，每次出门我都穿它。我还喜欢把双手插在打开的风衣口袋里，这样走起来，会感觉很拉风。二十多年前，我就是穿着这样一件风衣去见的兵工厂那个姑娘。她对我说："富贵，你穿风衣的样子真是迷死人，你要是再胖点，戴上墨镜就是电影里的小马哥。"同样是二十多年前，我穿着这样一件风衣去见了崔莺莺，那时她还是克里木的一个好姑娘，据说是方圆百里都数得上的漂亮的姑娘。她见了我后，两眼始终盯在我米色的风衣上不肯离开，结婚后，她才对我说了实话，说自己是因为先看上了我穿的风衣才看上穿风衣的我。

我穿着风衣在那条胡同转了两圈，抽完了一包烟，回到站前旅馆时，旅馆前的空地上已经多出一辆崭新的红色马六。马六边上站着个女人，穿着时尚的毛裙，戴着墨镜，涂得猩红的嘴唇，如果她嘴上再叼个烟卷就更有意思了。

我没想到她就是贝多芬,还想过去"借个火"和她搭讪,看现在的风衣男还能不能吸引一个陌生时髦女人的注意。

她却一眼把我认出来了,她一边摘下墨镜,一边冲我打招呼:

"你好。"

"你好,你是贝……"她以这种方式出现多少出乎我意料。想象中,她应该是一个拘谨的穿着紧身中式服装,戴着白框眼镜的女人。

她说:"我是杨玉芬。"

没想到杨玉芬变成了这样一个时尚的女人,这对我倒是个新挑战。我把她请到了旅馆二层的单间,请她在一张沙发上坐下。房间有点暗,还有一种别样的味道。杨玉芬四顾一下房间,眉头稍稍皱起。我递给她矿泉水,她打开了,嘴往那里沾了沾,却没喝。我敢肯定她没喝。我多少有些尴尬,想好的话一句也没说,在房间干坐不到五分钟,我们就出来了。

吃饭的地方是她定的,也在一条胡同里,在胡同中央一个黑墙红瓦的四合院内。不过,这条胡同可比站前旅馆那条胡同看上去好多了。她没开车,我们是走着去的。刚进大门,就有漂亮的女服务员笑脸迎上来,杨玉芬冲她们点点头,说定好了的,服务员就知趣地退下了。

菜点得不多,四菜一汤,很精致。饭前,她问我是否来点白酒。我说好。这个吃饭的地方雅致得有点让人不舒服,我确实想喝点酒。酒上来后,我问她要不要来点,没想到她竟答应了,说:"给我一个小杯子吧,我用小杯子陪你喝点。"

喝上酒,我的胆子就大了,开始毫无顾忌地看她。

"怎么样,想起我是谁没有?"她被看得有点不好意思。

"你现在这样子,我更想不起来了。"

她低头一笑:"我变化大吗?我也知道自己变了,变得有时自己都不认识自己了。"

"是变好了还是变坏了呢?"我把杯中酒一饮而尽,斜睨着她。

"你希望我是变好一点还是变坏一点呢?"

"最好坏一点。"我说,"好人有什么意思?"

"变坏了你就更认不出我了。"

"你一出现我就认出来了。心想,这不就是二十五年前的那个村姑杨玉芬吗?"

她笑起来:"我怎么觉得你一点都没变啊,还是当年调戏倪姑的那个'和尚'。"

我感觉我脸红了,我居然还会脸红。不过,我想这一点杨玉芬看不出来,因为我一喝酒就会脸红,酒已经成了我掩饰自己脸红的道具了。"一开始确实没认出你来。怎么说呢,你变化太大了,变得这么年轻……时尚……还漂亮……"我恭维着她,斟酌着用词。

"好了,好了,别跟我拽词了,我知道你心里想的是什么。"

"那我想的是什么呢?"我皮笑肉不笑地冲她笑了下,好像被她窥破了机关一样。

"要是冬天就好了,"她喝了一口酒,话题却岔开了,"最好再下一场大雪,还挤在西关的那个饭店一起吃火锅,你还记得西关那个火锅店吗?我后来还去找过几次,早不见了。"

"雪?火锅?"我随口应付着,眼睛不由自主望向窗外,窗外是将晚的五月艳阳天。

"是啊,绿蚁新醅酒,红泥小火炉,那才有喝酒的气氛,不是吗?你还记得刚才说到的小姑娘倪姑不?我也很多年没见过她了,去年见过一次,也变得快认不出来了,她现在柳河市一所中学教书,听说离婚了……不过,听说又要结婚了……"

"是吗?"我有点心不在焉。说实话我一点不关心什么尼姑不尼姑,也早忘了曾经对她的调情。她结不结婚离不离婚和我没有关系,横竖又不会和我结婚。我现在满心思想的是,快点把酒喝完,早点回到旅馆的房间,然后,我要把这个看上去变得假模假式的女人狠狠摁到床上,压在身下,我要让她发出野兽一样单纯的嚎叫,而不是在这里喋喋不休!

两个多小时后,这场酒终于结束了,账是她结的。她很仗义,这很好。外面已经完全黑下来,我仗着酒劲,把胳膊搭上她肩头,她身子一抖，把我的手抖掉了。我想也好，她这是怕被人看见，那就回旅馆吧。她确实跟我上了楼，没什么话。房间门刚一关上，我就把她挤在了门那里，臭嘴一下子就啄到了她敞开的脖颈上。她挣扎，我索性把她抱住，手触到了她前胸。她低声说："你想干什么？"干什么？能干什么呢？你把我约过来我能干什么呢？难道就听你的一车废话？

她使劲挣脱我，转身站在席梦思大床旁边。我饿狼般扑过去。谁知她早有防备，我一个人重重地扑倒在床上，席梦思床垫怪叫了两声把我身体往高弹了几弹。这太失败了。等我转过脸来，这个女人已转身出了屋。我好像听到了她的两声轻笑，还有她冷静得可怕的声音。她说："苟老师，你喝醉了。"

她是在耍我吗？

八

发出的留言没任何回复，仿佛石沉大海。我很失望。我关掉电脑，走出网吧，吕长义的电话就过来了，问我现在在哪儿，我说在西厢，他说那好，我也在西厢，你过来一起吃饭，鸿运大酒楼，二层，牡丹亭。

事情就这样巧。当我赶到鸿运大酒楼二层，雅间"牡丹亭"里已一派热闹，他们觥筹交错，推杯换盏，看来饭局已经进行了一段时间，我的到来显得突兀和唐突。我算了下时间，从网吧出来到鸿运大酒楼我打车也就用了十分钟，看来这次酒局只是吕长义临时想起才喊我过来的。这让我多少有些失望。

屋里大概坐了七八位，我迅速打量了一圈，发现除了吕长义，没有一个是我认识的。吕长义的位子正对着雅间门，我刚一进来他就发现了。他脸上明显带着酒气，说："富贵你来晚了，罚酒三杯，罚酒三杯。"他这样一说，在座的纷纷回头看我，他们看我的眼神，并不热情，离我最近的一个胖子懒洋洋地拉开他旁边的一把椅子，而另一个胖子用手指点我面前不知什么时候已经倒好的一杯酒，意思是，这是你的，错不了。这两个胖子一看就是酒囊饭袋，被这样两个胖子左右夹击可不是件美事。我不得不矜持起来，说："中午刚喝过，这会儿还头疼得厉害。"一个胖子说："谁中午又没喝过呢？"另一个胖子说："就是，快来吧，吕站长已经说话了，干了三杯再说话，这可是咱们西厢酒局的规矩！"

我看了眼吕长义，他仍然是那头标志性的披肩长发，白色中式上衣，黑框平光眼镜，非常有范儿。他个子没我高，但人家骨架魁梧，脸上棱角分明，眼镜后面藏起来的那双大眼分外深邃。

每次见他，他的身边总不缺少女人。今天也一样，他的身边照例坐着两个女人，这两个女人一着红衣，一袭翠绿旗袍，大红大绿，却一点都不显俗，被包间里的射灯一照，真是光彩照人。

吕长义说："富贵啊，今天这头三杯酒你必须喝，喝完，我再向你介绍今天的重量级人物。"

我以为他要介绍的重量级人物是他身边的女人，就又朝她们看过去，穿红衣的女人此刻正和中间位置一个满面红光的西服男私语，那西服男自从我进来就没正经看过我一眼，我却对他看了再看，再看之下，就觉得他很面熟，好像哪里见过。我把眼光扫到穿旗袍的女人时，发现她也正探究地看向我。我说："你……你是？我们肯定哪里见过？要不，怎么看上去这么面熟？"

女人没说话，吕长义却哈哈笑开了，他说："紫衣，听到没有，今天一到西厢，已经有多少男人冲你说好面熟了？刚才李局长就说你好面熟，这会儿富贵也看你面熟，看来女人的漂亮脸蛋就是一张招牌啊，男人看了都面熟。"

吕长义的话，让牡丹亭里的气氛再次掀起个小高潮，冲淡了我刚来时的冷场和尴尬。那个叫紫衣的女人娇嗔道："白老师少见多怪，我就是西厢人嘛，老家就在西厢，西厢人看来自然是觉着面熟了。"

"老乡好。老乡见老乡，两眼泪汪汪。老乡见老乡，不喝酒不爽。富贵，把酒端起来，别废话，三杯都给我喝了。"

喝下三杯酒，我感觉一团火苗腾的一声爆燃了。那是兴奋的火苗。我确实有点兴奋，现在一点不觉得吕长义晚叫我过来有什么不对了，他叫我过来是为了介绍重量级的朋友给我，这说明人家心中还有我嘛！

吕长义要介绍的重量级朋友竟是那个看上去满面红光的西服男，就是吕长义口中的李局，原来他竟是西厢教育局的局长。"这可是你们西厢教育界的头牌人物，党政一把手！"吕长义加重语气说。那个李局就谦虚地摆摆手，说："老吕客气，老吕客气。"眼睛只是往我这里瞟了瞟，一副高高在上的领导做派。我终于知道为什么看他面熟了，我应该是在西厢电视台里见过他，一个任何场合都穿西装打领带的家伙。

我表面上唯唯诺诺，内心却不把这家伙当回事，你不爱理我，我还不爱理你呢，教育局局长又怎么了？还不是东风镇混球书记一样的角色。我对政治人物不感冒。

原来这一桌人物，除了吕长义都是西厢人士。也怪我孤陋寡闻，这些西厢人，我竟一个都不认识。这个缘故，影响了我在酒场上的发挥。和陌生人喝酒总是别扭的，况且这些陌生人还都是一个地方的，这尤其别扭。我又不得不装得热情一些，主动一些，因为吕长义向在座的介绍："富贵是个作家。"虽然反响并不热烈，可还是有了效果，两个胖子开始向我举杯，说："得罪得罪，作家啊。"我不知他们嘴里的得罪是什么意思，他们怎么就得罪我了。穿红衣的女人也装着饶有兴趣的样子问我都写过什么大作，我说："不值一提，我是写小小说的。"红衣女人说："小小说好，我就爱看小小说，长篇大论我才不爱看呢。"吕长义说："富贵的小小说在全国都是有一号的，他最有名的一篇叫《狗男女》。"红衣女人没听清，问："什么男女？"我说："'狗男女'，大狗小狗的狗，男女关系的男女。"我这样一解释，红衣女人听清楚了，她一下笑出了声，她一笑，传染似的，牡丹亭里的人都哈哈大笑，就连那个李局也禁不住笑了。我身边的一个胖子说："这名字好，真好，狗男女，哈哈。"我也很得意，趁他们的笑告一段落，还补充说："我的小小说集《狗男女》也快出来了，到时候一定送给在座的各位批评。"可能是我这句话有了效果，说完这句话，除了那个李局，在座的纷纷向我举杯祝贺。我也一扫刚来时的满脸晦气，对敬来的酒来者不拒。我很快喝多了，红衣女人开始叫我苟老师了，她居然要和我喝三杯，我毫不犹豫地喝了，我说："美女敬酒必须喝，三杯酒算什么，交杯酒都喝。"于是又有人起哄让我和那女人喝交杯酒，女人看了眼身边的李局，慢慢地说："喝交杯酒也行，但要男女有别，我喝一，你喝三，怎么样，李局？"李局就鼓起掌来，说："好好好。"说实话，一进来我就看出了这红衣女人和李局的暧昧，一看就是对狗男女。还有我看着眼熟的旗袍女人，在红衣女人和李局交头接耳的时候，她一直和吕长义窃窃私语，虽然这个女人表面上一副清高脱俗的样子，可一看她看吕长义的眼神就知道两个人清白不了。交杯酒喝过，我的头陡然涨大，感觉好像充血了。

　　酒喝多了，脑袋却越来越清醒。桌上有人提议紫衣表演节目，难道这女人是个演员？紫衣毫不怯场，从座上离开，往后退两步，用手把腰间聚拢的旗袍往下扯了扯。她站起来我才发现，这也是个在悄悄发福的女人。不过，她个子高挑，看起来并不明显。她站在那里，向后拢了拢自己一丝不乱的头发，说："唱什么呢？就给大家唱个《女驸马》吧。这也是我特别献给李局的，希望李局喜欢：

　　　　'为救李郎离家园
　　　　谁料皇榜中状元
　　　　中状元着红袍帽插宫花好哇
　　　　好新鲜哪！
　　　　我也曾赴过琼林宴
　　　　我也曾打马御街前
　　　　人人夸我潘安貌
　　　　原来纱帽罩啊罩婵娟
　　　　我考状元不为把名显
　　　　我考状元不为做高官
　　　　为了多情李公子
　　　　……'"

紫衣还没唱完，大家就疯狂鼓掌，大声叫好。紫衣唱完，大家还不依不饶，嚷着再来一个，再来一个。紫衣却见好就收，回到座位上，又变戏法似的拿出两轴书画，说："我这里还有字画，也是送给李局的，请李局笑纳。"

李局微笑着刚要接，却被身边的红衣女人接过了，红衣女人因为刚才被紫衣抢了风头，脸上有些讪意，动作故意夸张，说话也开始毫无顾忌："送给李局的，也就等于送给我的，送给我们大家的，大家都要看一看，看美女送了个什么好东西给我们李局。"说罢，红衣女人就把画打开了。刚打开，她就禁不住捂着嘴笑了起来，说："这画的是个啥呀？"

那画是我再熟悉不过的。那正是我之前送给混球书记，又从混球书记那里偷拿出来送给吕长义的黑孩的画：粗重的毛笔在宣纸中心任意画出的那个"笨蛋"。

很多人都被这个"笨蛋"弄得不知所措了。吕长义却拖着腔子说："这画真是太棒了，真不知怎么想出来的，一看就知道师出有名，此画深得儒家文化的精髓，深谙传统画留白的艺术，又有现代艺术家博采众长的深邃和意境，紫衣送李局此画，大有深意啊，深意是什么呢，深意就四个字：功德圆满。"

吕长义这一番解释，大家又开始啧啧有声，说："妙啊，妙，这是谁画的？怎么想到的呢？"

吕长义说："要说这画作者呢，恐怕大家也都有耳闻，他就是你们西厢出来的大文豪、大作家、大文人——北京《华夏文化报》的副总编黑孩先生。"

我故意吃惊道："原来是黑孩啊，这家伙和我还是同乡和同学呢，一起光屁股长大的发小，他屁股上现在还有块巴掌大的人形胎记。"

有人就笑了。

我说："二十五年前，西厢举办过一次笔会，那是西厢县迄今为止唯一的一次官方笔会，那次笔会我们东风镇有两个人参加，就是我和黑孩……"

这句话说完，吕长义身边的紫衣突然用手轻拍着脑门对我说："我也想起来了，没错，没错，是有那么一个笔会，我当年也参加了……那年我正读高三，因为在西厢报上发了一篇小散文，也被杨天晴老师叫过来了……怪不得你说看我面熟，我也觉得好像在哪里见过你，原来就是那次笔会，黑孩老师我倒忘了什么模样了，不过，我记得你，苟老师，你还给自己起了个笔名叫和尚呢。"

我说："难道你就是那个尼姑？"

紫衣说："是啊，我就是倪姑，身份证上现在还是倪姑这两个字呢，紫衣是吕老师给我取的笔名。"

后来紫衣出去上洗手间，我也借故跟了出来，在外面，紫衣对我说："那次笔会还有一个杨姐，你还记得不？"

我刚要说怎么不记得，话到嘴边，却摇摇头。

后来我想，这次我的头摇对了。因为紫衣紧接着说："她就是杨玉芬啊，你忘了？"

我说："时间太久，忘了。"

"我倒是见过她几次，她变化挺大的，她现在已经是一所小学的校长了，你知道她老公是谁吗？就是屋里那个李局。生活真的太奇妙了，是不是？不过她从来没对我说过这事，她的嘴可真严实。"

紫衣说完这句，我感到牡丹亭里响起了一声雷，一道耀眼的闪电从天而降，大脑顿时一片空白。我什么话也没说，我说什么呢？杨玉芬和我聊天时说过，她说自己是个快下岗的老师，而她的丈夫是一个已经下岗待业的工人。我不知道哪个才是真实的杨玉芬。

九

后来我回忆了一下那天晚上的情形，不得不同意紫衣说的，生活真的太奇妙了。

那天晚上的真实情况大致是这样的，在柳河市某县城教书的紫衣，和丈夫离婚后想调回西厢，吕长义为她找了自己师范时的同学，现在西厢教育局的局长李朗，恰好李朗后天就要随省教育厅出国考察，因此，吕长义带紫衣特地从柳河赶过来设宴欢送李朗，同时送黑孩的书画给李朗当见面礼。吕长义临时叫我，没想到会和二十五年前的"尼姑"故地重逢。

故事就是这样简单。

可简单的故事还是越来越复杂了，因为背后牵扯出一个杨玉芬。这是我万万没想到的。

对这样的一个结果，我能说什么呢？只能说，生活真的太奇妙了。

虽然还没得到最后验证，但我已经十拿九稳，我碰到的杨玉芬，很可能就是西厢教育局李朗的夫人杨玉芬。

我甚至都想为这个奇妙的组合写一篇小小说了。

不过，写小小说又有什么用呢，我现在不缺这种雕虫小技的小小说，我缺的是白花花的银子，缺的是崭新的人民币。没有钱，我的《狗男女》很可能印不出来；没有钱，我连一份六百块钱工资的工作都保不住；没有钱，连妻子孩儿们都动不动就给我脸色看……现在，还有什么比钱更重要的呢？

我一直在试图寻找那个暂时消失的贝多芬——杨玉芬，我隐约觉得这个女人没准是我的一根救命的稻草。如果说，昨天晚上没见紫衣——倪姑之前，我只是隐约觉得找到杨玉芬或许就是一根救命的稻草，那么经过昨晚的一场酒局，我发现找到杨玉芬几乎是一种必然的使命了。

我现在目标明确：这些日子我一直在找她，是想向她借五万块钱。五万块钱对于一个开着马六轿车挎着名牌包包的女人算得了什么呢？不过，这都是我之前的想法，现在我的想法变了，因为她的身份也变了，她是小学校长，丈夫是西厢教育局局长，对于这样一个女人，五万块钱是不是太少了？我应该多借点，八万？还是十万？想到这里，我就兴奋了，手心开始冒汗。我已经很久没见过成摞的人民币了，成摞的人民币掇在手里是什么滋味？一定沉甸甸的，很过瘾。

我现在对从她手里搞到钱有充足的把握。虽然那次见面没跟她发生关系,让我痛心疾首,可是不久之后,我还是让她在我面前脱光了自己。我想这就是我向她借钱的"筹码"。

那次站前旅馆见面之后,我生气了,她仿佛也做了错事一般,小心翼翼地在QQ上和我打招呼。她问我是不是真生她的气。我当然生她的气,还从来没有一个女人把我撇在旅馆自行离去的呢。不过我嘴上可不是这么说的,我只是说,怎么会呢,那天我确实喝多了。我还让她原谅我的鲁莽,说自己当时实在是情非得已。

我故意冷着她,有时她和我打招呼,如果正赶上我和别的女人视频,我更是对她的问候和搭讪回复得漫不经心,甚至开始打心眼里讨厌她出现,你知道,那就像看一个女人在当众给你表演,这时候旁边却有个喋喋不休的女人在说些不咸不淡的话,你不觉得煞风景才怪。

可女人就是这样奇怪的动物,你越是冷落她,越是不理她,她越是上赶着来了,来的时候你打都打不走。那些像风一样的女人在和我视频之后也会很快像风一样消失。在她们消失的日子里我很快变得郁郁寡欢,希望寻找到新的适合下手的猎物,而这时的杨玉芬一再顽强地出现,却是再好不过的时机了。我尝试着和她温柔地搭讪,像敏捷的猎豹一点点靠近它的猎物,我的耐心显得优雅而从容,而女人又是很容易在优雅而从容的猎手面前俯首就范的。

我大咧咧地和她开玩笑,称她为"老情人"——确实够老的了,二十五年!当我进一步尝试着想让她"脱"的时候,又遇到了问题。她不是个容易就范的人,她不像那些欲火中烧的寂寞女人,会奋不顾身地敞开自己。她保有的道德感和羞耻心常常让我抓耳挠腮,不得不想尽办法,软硬兼施……"求求你,就脱一次,就看一次……"我的恳求就像一个落水的人在乞求一根生命的稻草,估计铁石心肠的人也开始动摇了。

她却是在两个月后,在一个闷热的夏季夜晚,才终于扭扭捏捏地答应了我。当时我说了句:"二十五年前的那个冬天,自从我把你搂到我的军大衣里时我就想看一看你的裸体了。"或许正是这句谎话起了作用,或许正是这句谎话让她放下了一大堆可笑的道德包袱,谁知道呢,反正她答应了。

杨玉芬说:"好吧,就一次……"她当时就这样说的,好像下了天大的决心。我却把这次得手归功于夏天。是这个火热的夏天让这个女人放下了心中的壁垒,决定为我脱一次。夏天总是掺杂了过多的欲望,相对来说也容易让女人脱掉衣服,我相信,女人在夏天脱掉自己的衣服时会有快感,甚至也有一种窥视自己的好奇和欲望,这时,她们的道德感和羞耻心就会降低,甚至麻痹。

当杨玉芬战战兢兢,左顾右盼地站在屏幕前,我还是克制不住地使用了那些词:

脱!

往下脱!

脱光自己!

就像后来我在截图中看到的那样,杨玉芬果然脱了。她虽然脱了,可毕竟有些勉强,有些不情愿,有些不知所措。她一只手徒劳地抱住半个胸部,另一只手犹豫着是不是应该盖住自己其他地方。

我当然不会把那些截取下来的图片给杨玉芬看。杨玉芬和那些女人不一样,她们有时甚至会要求我把那些照片给她们看,和我一道分析截取照片的角度和光线,专业得像分析一张人体摄影作品。

杨玉芬和她们不一样。第二天晚上,当我们再次在网上遇到时,杨玉芬说她的脑袋"昨晚疼了一宿",她说自己睡眠一向很好,可现在"失眠了""整晚整晚睡不着觉"。她当时还说了句:"富贵哥,你知道吗?有时,我感到你就像个刽子手!而我就像一个荡妇,像一条被放在案板上的待宰的鱼!我觉得我像个罪人,我罪孽深重,才会有如此报应。"

她的话越来越难听,我不知她为什么把这种即兴的网络游戏上升到如此骇人的道德审判高度。我只是开玩笑地安慰她:"照你这么说,我也犯了个教唆罪了。这样一来,你有罪,我也有罪,这世界上的男女个个都是罪人。人活在这世界上不是享乐就是赎罪来了。大家都有罪,其实大家就都没有罪了。"

"不,我说的是真的。不过,我虽然感到有罪,但我不后悔。因为想到二十五年前你把我拉到你怀里时，我感到的除了温暖，好像我还欠了你什么，要让我以后还你一样。"

"那好啊，那你就还我，让我再看你一次？"

"不可能，我说过了，只能有一次，就一次。"

她说到做到，她的决绝让人感到匪夷所思，就像她和我说的那些话一样，令人摸不着头脑。贝多芬对我来说，就像一个谜，我甚至还想过给她建议，让她把贝多芬的名字换掉，换成斯芬克斯，把头像贝多芬也换成个狮身人面像，那样看上去是不是更有意思呢？

我不死心，多次试图让她再脱给我看。我说过这种东西有瘾，"像吃了蜜蜂屎"。我为此动过的心思一点不比第一次少，可她就是说不。后来我还试图用那种惯常用过的招数来说服她，忍不住把她那些"脱"过的照片拿出来给她看。我这样做，目的也简单，就是想让她明白一个道理："看，你原来不是脱过吗？其实这事很简单，没那么麻烦，没必要给自己上纲上线，没必要让自己背负沉重的镣铐舞蹈。你要学习让自己的身体解放，你要懂得飞翔的乐趣。你脱了，就等于飞翔了。脱第一次可能很难，但再脱就容易多了。"

当然，这些都是我内心的潜台词，我没说出来。可即便如此，她一看到那些照片后的反应还是激烈得出人意料。她忍无可忍地向我挥动起"滴血的菜刀"，骂我是"人渣"，是个"骗子"。她甚至开始威胁我："我要杀了你，我一定要杀了你。"我甚至能想象到她的双眼正在向外喷射愤怒的火苗。尽管我一再解释，自己这样做没任何别的意思，她还是不信。最终，她还是和我玩起了"失踪"……

十

送走吕长义和紫衣，我重又成了徘徊在西厢的孤魂野鬼，我还在想着如何才能找到杨玉芬。我不明白杨玉芬怎么突然就人间蒸发了，难道就是因为和她视频时那些截图？可那些截图算什么？她又怕什么呢？

我打了她的电话，手机提示是无法接通，我又给她发了短信，短信的内容和 QQ 里的留言一样，我说我想见到她，真的想见到她……我感觉自己就像一条正在寻找主人的仓皇逃窜的老狗。

快走到站前旅馆的时候，手机突然响了，我一下兴奋起来，打开手机接听时，手都有点抖了。我满心欢喜，没想到听筒里连呼带喘传出来的竟是个男声："是富贵哥吗？你是富贵哥吗？我找富贵哥。"竟是彪子。

"不是我是谁？"我没好气地说，"不好好和你嫂子装修，给我打电话干啥？"

"富贵哥，你在哪儿啊？你快回来吧，我嫂子出事了……她装修时从梯子上摔下来了，正在二医院等着你来交押金住院呢。"

"押金多少？"

"最少一万。"

"一万！你让我偷去啊？"

我赶到东风镇二医院的时候，已是下午五点多钟了。这几个小时里，我从西厢赶回东风镇，低三下四，到处求人，把所有能想到的人都想到了，把所有能借钱的人都借到了，加上自己手里的一千块钱，好不容易才凑够了一万块钱。到医院的时候，崔莺莺已经被抬进病房。她一直闭着眼睛，我去床边喊了她几声，她才睁眼看了我一下，却什么话也没说。我问："彪子呢？"她的头向门口那里摆了一下，不知什么意思。

我把一万块钱放在她床头，责备她："你干什么吃的？不知道注意点安全？"崔莺莺把眼闭上了，眼角却有泪滚落下来。

又过了会儿，终于看到满头大汗的彪子出现了。彪子说："富贵哥你怎么才回来啊，急死我了。"

我指了指床头的一万块钱，去借钱了。

彪子看了看钱，说："太好了，医生催促好几回了。住院押金还没交呢。"

彪子叙述崔莺莺摔伤的过程，当时崔莺莺正骑在自制人字梯上给一家房顶刮瓷，刮到中间时那梯子不知怎么回事哗啦一下散了架，崔莺莺毫无防备，从上面坠落下来。

"片子照过了，右臂粉碎性骨折，胯骨摔伤。"

"胳膊怎么骨折的？"

"嫂子摔下来时下意识用手拄了下地面……"

我想骂句什么，忍住了。这时候崔莺莺喊彪子，指了指床头的钱，我把钱拿给彪子，让他赶紧去交押金。

彪子跑着出去了，我坐回崔莺莺病床前，问她怎么样，感觉好点没有。崔莺莺睁了一下眼，又闭上了，她还在生我的气，气我气走了孩儿们。我知道。

过了会儿，彪子又风风火火地跑回来，说："富贵哥，医生说了，嫂子的胳膊明天就得手术，手术费最少还得三万块钱，他让我们赶紧去筹钱。"

我一听就火了，说："什么医院，抢钱啊，刚交一万，又要三万。"

彪子说："医生说，那是手术费，嫂子的胳膊如果不尽快手术，就有截肢的危险。"

我说："我去找他们，让他们把押金退了，我们去别的医院，我们去西厢，要不就去柳河市医院，我们不在这里治了。"

崔莺莺突然哭了起来。和我结婚二十多年，这还是第一次看到她哭。她虽然平时话不多，但一直很坚强，就是吵架最凶的时候，甚至我动手打她的时候，都很少听到她哭，顶多看她掉几滴眼泪。这次却哭了，是那种压抑的哭，因为压抑而让哭声都变了形的哭，那哭声一会儿喑哑，一会儿尖细，一会儿像哭，一会儿像笑。我一时吓住了。彪子也一再求我，说："富贵哥，还是赶紧想办法筹钱吧，这里有我呢。"

我跺了下脚，说："钱都借遍了，上哪里筹钱？"

彪子说："再想想办法吧，终究会有办法的。"

还能想什么办法呢，能想的办法基本都想到了。我觉得考验一个人能力的时候莫过于让他去向人借钱。如果一个人到了无钱可借的地步，也就山穷水尽了。

我现在就到了山穷水尽的地步。

从二医院出来，我把手机里那些冷冰冰的名字再看了一遍，发现过去那些经常拨过去的电话在此刻毫无用处，我想到了向黑孩借钱，向吕长义借钱，甚至还想到了向那个已更名紫衣的倪姑借钱……但我开不了口，开了口也未必能借到，如果借不到钱，那连以后见面说话都不可能了。这个时候，能救我的只有杨玉芬。

可杨玉芬在哪儿呢？

在街上走着走着，我恍惚间进了一家小网吧，机械地输入着往日再熟悉不过的用户名和密码，QQ上仍然是死一般的沉寂。我又开始翻看那些丑陋的裸体女人了，我把那些不认识的女人一一删除，毫不犹豫地删除，一点气息都不留地删除。其实，我更想删除的是杨玉芬，我现在对这个女人一点都不留恋，只有刻骨的仇恨，可当鼠标点向她其中的一张照片时，我却好像一下找到了灵感。

我把杨玉芬留了下来，然后点开贝多芬的图像，最后通牒般给她留言，我告诉她，如果二十四小时内得不到她的回音，我就让她所有的艳照在网上到处开花。

我知道这样做很卑鄙，很下作，但卑鄙就卑鄙吧，下作就下作吧，对于一个山穷水尽穷途末路的人，高尚是高尚者的墓志铭，卑鄙才是卑鄙者的通行证。

留完言，关掉电脑，对着黑乎乎的屏幕，我笑了。

刚从电脑前起身，短信就过来了。打开信息，却是彪子发过来的，彪子说："嫂子说了，让你别急，千万别把这件事告诉两个孩子，钱实在没处借，就去她娘家求求她哥。"

自从那次车祸，我背负着他哥的两万块钱的债务跑到北京后，我们就再没联系过，我和她娘家人已经势同水火。那两万块钱后来虽然还了，可我也和她娘家人形同陌路，你会去向陌路人借钱吗？他会借给你吗？他不但不会借给你，没准还会就此羞辱你。

我再也不想尝到被人羞辱的滋味了。我宁肯铤而走险，我宁肯背负骂名，我也不要被羞辱了。杨玉芬会羞辱我吗？不会。她只能唾弃我，我有什么可被她羞辱的呢。反而是她自己，她自己要承受住即将到来的羞辱。

这样一想，我就解脱了，走出网吧时，我甚至向那个网吧女老板神秘地笑了一下，也许是得意的一笑吧，谁知道呢？谁知道从她网吧里出来会出现什么？也许奇迹就在走出网吧的一瞬间发生了，谁知道呢！

那一刻我甚至有点洋洋得意。走出网吧，走上东风镇街头的时候，我的嘴角还残留着那抹微笑，可紧跟着被冷风一吹，我的眼泪却下来了。

十一

最后通牒般的留言效果是立竿见影的，晚上九点，已经消失多时的杨玉芬终于打了电话过来。虽然心里做好了准备，可接到她电话时，我的手还是一个劲地抖。

"苟富贵，你想干什么？"她叫我苟富贵？不是苟老师，也不是富贵哥，而是苟富贵。那是我吗？

我叹口气："你终于出现了……"

"我想知道，你究竟想干什么？"

"我不想干什么，我们见面谈谈好吗？"我彬彬有礼。我想，一个濒临灭绝的猛兽碰到猎物的时候也是这样彬彬有礼耐心十足的吧？

"见面？"她冷笑起来，"你以为我还会和你见面吗？"

"你会的。"我说，"过去不是你一直在找我吗，找了二十五年了，现在终于找到了，你怎么舍得不和我见面呢？何况，你是那么好的人，看上去一直是那么好的一个女人，也许从来就是，从二十五年前就是，你善良、温柔、善解人意……"

"住嘴！你这个卑鄙小人！"

"我是卑鄙，可不是个小人，认识我的人都夸我高大俊美，就连汽车售票员都说我有帝王相，像末代皇帝。"我笑起来。

"恶心！卑鄙！无耻！下流……我都不知道用什么来形容你了，你这个烂人！我真是瞎眼了，怎么会再认识你呢？"

"是啊，为什么呢，也许这就是缘分吧？"我沉着地应对着她的愤怒。我觉得如果我们面对面，她如果有枪的话，肯定会一枪打爆我的头。多亏只是手机。"你不用自责，也别后悔，你没瞎眼，你认识我没错啊，我还是你二十五年前的富贵哥。"

"你……你，怎么变得这么厚颜无耻了呢？"

"都在变。我相信你也没怎么高尚，不然……"

"住嘴！你住嘴……你到底想干什么？到底想要什么？"

我猜测，她此刻一定是哭了。

"钱。"我不想和她兜圈子了，"我一直找你……"

"就是为了钱？"

"……是。"

"一直找我就为了钱？"

"我碰到了难处，没办法……"我不想再激怒她。

"那你为什么不明说？为什么要威胁我？"

"因为你始终不出现，像失踪了一样，因为我实在找不到你……"

"要多少？说吧。"她打断我。

"八万……五万也行。"我临时改了口，"算我借你的。"

"你这是敲诈，苟富贵！"她突然再度爆发，"我要报警，我要让警察抓你这个烂人，你这个流氓。我不会给你钱的，五万？五分钱都不会给你，我宁肯给一条流浪狗也不会给你！"

"好吧……"我说，"那是你的自由，钱是你的，你当然想给谁就给谁，其实你不也一直在骗我吗？你说你是快下岗的老师，一个一直不得志的小老师，后来我才知道你真实的身份是校长。女校长，啧啧，多好听的官儿啊。当然，这在你也许真算不得什么，因为你还有更得意的，你还有下岗多年的丈夫……我多一句嘴，想问问，你丈夫是不是姓李，叫李朗啊？是不是从教育局下岗的啊？"

"……李朗，你把他怎么了？"

我笑了起来，说："我能把他怎么样呢？我这样一个烂人，能把一个堂堂的西厢教育局局长怎么样呢？他就要出国了，说不定这会儿正在省会某个高级酒店里，说不定身边还搂着另外一个女人，女人说不定穿着红衣服或绿旗袍……你不知道吧，我和他——你亲爱的丈夫，我们昨天晚上就见过面了，我们还一起喝了酒……"

她失控地哭起来。她确实哭起来了。这很好。她哭了好一会儿，才平静下来。她说："李朗是个怎样的人，我比你了解，比你知道，用不着你来说三道四……"

"好吧，我闭嘴。"我说，"我刚才不过是发挥了一下想象力，不算数的……"

"你不会把……不会把那件事说给他吧……"

"没有。怎么会呢？你也不必自责。不说他了，说说我们的事，我的事……我是说钱的事，你答应了？"我说，"我是实在没办法了才找你，她人还在医院里呢……不然……"

"谁……谁在医院里？"

"别提了。我现在就需要钱，算我借你的好了，我会还给你的……"

"……你什么时候要？"

"最好今晚。"我忙说。

杨玉芬答应了。她问我在哪里见面。我让她把现金给我准备好，然后在鸿运大酒楼订个房间等我。她开始有些犹豫，后来也答应了。

这个时候，我看了下时间，已经是晚上九点半了。这就是说，我十点钟的时候，就能拿到杨玉芬的五万块钱。五万……是不是太少了点呢？我有点后悔自己刚才说出的数目，这是不是太便宜了这个女人？她那么有钱，我至少该要她八万十万。我狠狠骂了自己一句。我点起一支烟，开始在街上招手打出租。

到西厢大桥时，杨玉芬的电话到了。她说："鸿运 205 房间。我到了。"

杨玉芬坐在 205 房间靠窗的沙发上，一脸冷漠地看着我。我想起上次在站前旅馆好像也是 205 房间，就笑了，说："还是这里好，比站前旅馆的 205 强多了，那里老是有种怪味。"见她一直不说话，我止住笑，搭讪着问："你还没吃饭吧？要不要再来点消夜？"说到这里，才想起我从早晨到现在已经一整天没吃没喝了，此刻，我又饿又渴。

我打开瓶免费的矿泉水喝起来，对着杨玉芬不好意思地笑了：

"我一天没吃饭了，又饿又渴，要不先出去吃点？"

"说正事吧。没有五万，我只取了三万。"

"说好了五万……"我一口水差点喷出来，"那是救命钱！"

"行了，也不用表演了，你不就是缺钱吗？钱，我现在给你拿来了，不是故意的，银行都关门了，取款机上最多只能取三万。"

"说好了五万，我大老远跑来，你却只有三万，你是在逗我玩吧？"

"只有三万。"杨玉芬没有和我争论的意思，好像也不屑和我争论。她开始从挎包里给我掏钱，一摞，两摞，三摞……确实只有三摞。掏到第三摞的时候，她忽然把手中的钱向我的面前砸过来，气急败坏歇斯底里地冲我砸过来，她压抑着自己的愤怒，低声对我说，"苟富贵，你给我数好了，这是三万块钱，你一张张给我数好了，数好了，我和你就再也没关系了，这是买你手中我那些可耻的照片的，我希望你回去就删除它们……"

"要是多加两万，我现在就可以删除它们……"我指了指酒店里的电脑，无耻地说。

"你不要得寸进尺。"杨玉芬说，"你不要欺人太甚。这三万你要是不拿，我一分不会再给你。"

"何必呢？"我看到她掏空的挎包内有一把亮闪闪的东西一闪，仔细一看竟是一把水果刀。她干吗带把刀子来呢？我想。我不和她争了，双手开始往自己的挎包里装钱，我小心翼翼地劝她："气大伤身。我们是什么关系？不要情人不做，连朋友都做不成嘛……我是真有急事……我说过，算我借你的好了，等我有了钱，我会还给你的。"

"不用你还！"她恶狠狠地说，"我只求你两件事，一是把那些照片删除，二是不要把这件事说出去，不能让李朗知道，不然……这点你能办到吧？"

"能，应该的。我是不能办到的人吗？"

"那就好，我再相信你一次……我一直相信你……"她突然恸哭起来，捂着脸。

"何必呢……"我过去劝她,手搭上她的肩膀。

她却一下把我的手打开了:"拿开你的臭手,拿上那些臭钱,给我滚开,滚得远远的,我再也不想看到你了。"

说这些话时,她的身子一直哆嗦着,看上去楚楚可怜。她让我滚,可我怎么能滚呢?怎么能拿到钱就滚呢?如果不是崔莺莺,我想,我不会这样卑鄙。杨玉芬其实是很好的一个女人,比崔莺莺强多了。她抽动的脖颈在灯下既性感又可怜,我过去,蹲在她身边,一把把她抱在怀里。她又开始挣扎,又让我滚。她压低着声音冲我吼。她压抑的声音却再一次鼓励了我,提醒了我,我想本来说好五万,她却只拿来了三万,不论如何,这亏吃大发了。我想起那次她把欲火中烧的我扔在站前旅馆一个人离去的场景,想到刚才在她包里看到的那把亮闪闪的匕首,觉得她那是故意给我看的,是在故意吓我。我能是个被她吓住的人吗?我虽然饿了一天,但勃发的情欲和复仇的欲望却让我气壮如牛。

我把她从沙发上抱起来,把她抛在床上,开始疯狂地脱她的衣裳,一只手压住她不停扭动的身子,另一只手已经从她的腰际顺势而下,当我的手扯下她的内裤时,我开始遏制不住地打她了。我都不知道自己为什么会动手打她。她也在我疯狂的打击下蒙掉了,一时间,她停止了挣扎扭动。她想喊,可我很快把嘴巴堵了上去。

我压了上去,开始疯狂撞击,好像身下是个不共戴天的仇敌。

杨玉芬放在床边的手上还挎着那只漂亮精致的小挎包,我想把那挎包拿掉,她却双手抬起拥抱我。她是真的在拥抱我。多少年了,多久没被女人这样抱过了?我觉得我要回报杨玉芬,要好好给予她……

最后的一刻,不知为什么,我竟哭了,眼泪鼻涕流了她一身。泪光中,我看到杨玉芬的一只手离开我的后背,她抬起的那只手里多出了把光闪闪的东西,是刀子!然后,她突然把那把刀子举起来,向我裸露的前胸狠狠地扎了下来……

青 黄

即日正是青黄不接之际,各处物斛涌贵。

——《元典章·户部·仓库》

一

忘了是五月还是六月,总之是一天早晨,母亲打开房门,见到了我家的第一对来访者:一对中年夫妇。那对夫妇正当壮年,皆面色青黄,男人腿好像有些毛病,由女人搀扶,女人一手搀着男人,一手拄着根木棍子,给人感觉,如果没有那根棍子,男人女人就会一起摔倒。男人手里,是一个豁了口的粗瓷大碗。

母亲让他们进屋,女人说:"不了,谢谢大姐。"男人说:"大嫂,我们是要饭的,不能进屋,一大早的,给您添晦气。"

他们一个管母亲叫大姐,一个叫大嫂,让人奇怪。母亲却一点不奇怪,还是热情地邀请他们进屋。但他们固执地站在院子里,不肯向前挪动一步。

母亲去东屋,澄澄把装粮食的袋子打开,袋子里有个葫芦做的瓢,母亲把空瓢舀满黄澄澄的玉米,走出来,倒在男人的粗瓷大碗里,大碗就满盈盈地堆出一座小丘。这时候早晨八点钟的阳光正好照耀着那个大碗,大碗里那些籽粒饱满的玉米看上去金光闪闪,像一碗黄金。

男人端着那碗玉米,手微微颤抖,面色却更加凝重。男人说:"谢谢大嫂。"

女人低下头,也说了句:"谢谢大姐。"

然后,女人搀了男人,走出院子。

他们走出院子挺远了,母亲才叹出一口气。

我们开始议论这对男女,他们好像是第一次来,过去从没见过。姐姐说:"男的腿肯定不是打小就瘸的,我从男人走路的样子看出来了。打小瘸腿的人不这样走。打小瘸腿的人,走起路来,身子也是歪的。他身子挺得多直!"哥哥说:"说不定是在外面下煤矿时砸瘸的,听说去年冬天好几个小煤窑出了塌方事故,很多男人都被砸成了瘸子……"

弟弟听哥哥这样说,就冲母亲喊:"我不要下煤窑,我不要当瘸子。"母亲拿起烧火棍,弟弟立刻闭了嘴,两只小手高高举起,像电影里那些没有骨气的坏蛋。在他们议论纷纷的时候,我没有说话。我一直在想,他们是一对夫妇吗?如果是一对夫妇,他们为什么一个叫母亲大姐,一个却叫大嫂?看男人叫大嫂的样子,好像男人认识我的父亲——我父亲就是一个矿工,此刻正在十五里地以外三千米的地下挖煤。

这是早晨八点钟的情形。

大约又过了一个时辰,我家的木门再次被人敲响。母亲打开门,这次门外站着的是一个老女人。说不好那女人有多老,脸上的皱纹一道道的,头发花白、肮脏、芜杂,乱得像一蓬野草。她见到母亲,第一句话就是:"大妹子,行行好,家里揭不开锅了,给一把粮食吧。"母亲像对待那对壮年男女一样让老女人进屋坐,老女人站在九点钟的阳光下,像一棵老树扎了根。

"不了,好心的大妹子,我就站这儿,站站就走。"

母亲又去了东屋,我也跟着去了东屋,看母亲把扎了粮食袋子的细麻绳解开,用劲舀了一瓢粮食,小心端出来。

老女人没拿碗,肩上背着个打满补丁的灰色布兜,看母亲端出玉米,忙把布兜撑开。我挤在母亲的身前去看,那布兜瘪瘪的,里面也就两把干瘪的玉米,它们躲藏在布兜的角落,像羞于见人的发育不良的孩子。我家那些颗粒饱满色泽金黄的玉米倒进布兜后,老女人的布兜立刻像孩子刚刚吃饱了的肚子,鼓胀起来。

老女人看着布兜,有一抹笑从皱纹里挤出来。

"大妹子真是个好人。"老女人说,"好人都有好报。"

看着老女人从院子里走出去,母亲又叹口气。

我们不再议论。哥哥姐姐都出去了,家里只剩下我和弟弟,弟弟在屋里偷看我小木箱里的小人书,那些小人书都是我用捡回来的烟盒从别人那里换来的。去年夏天,母亲带我去石景山姥爷家,大舅带我们去天安门广场。我在广场的人流中捡了很多别人丢弃的烟盒,连外国人都丢,一个红头发蓝眼睛的外国人丢了个烟盒,我立刻像捡到宝贝一样把那个漂亮的有着洋文的空烟盒捡起来,却被大舅一掌打落在地,大舅恨铁不成钢地看着我说:"别给咱中国人丢脸!"我死死抱着那些已经到手的空烟盒伤心地哭了……

老女人离去不久,我家的门外再次站了一个生人,是一个老头。他左手拄着拐棍儿,右手拿碗,不用问都知道,这是这天上午光顾我家的第三个乞讨者。虽然他睁着眼睛,可那眼睛却一直努力向上翻着,好像一直要翻到天上去,看看天空和白云的颜色。那是一双怎样的眼啊,黑眼仁不知跑到哪里去了,眼睛里只剩下白,就像那些将死的山羊的眼睛,里面充满了恐怖和悲哀。这个老头是个盲人。

母亲照例让老头进屋,瞎老头像之前几个人一样,一动不动。他只是恳求母亲给他一碗水喝。老头的头上冒着汗,那些汗正顺着脸向下流淌,像小溪淌在满是沟渠的土地上。我跑到外屋,从水缸舀出一瓢水又跑出来。老头接过水瓢,咕咚咕咚,几口喝光。他满意地抹了下嘴巴,也顺便抹掉了脸上的汗水。这时候,母亲端着玉米也出来了,她把那碗玉米倒进老人肩膀上的一个褡裢里,想了想,又到屋里舀了半碗,老人却把碗推给母亲,说:"够了够了,一碗就够了,别人家都给半碗,你刚才已经给了一碗了。"母亲不由分说,还是把那半碗玉米倒进了老人的褡裢。

看着老头胸前鼓胀起来的褡裢,我有些心疼、不满,半天过去,我亲眼看到我家的粮食袋子瘪了一半下去,照这样,粮食都送给那些要饭的人,我家的粮食袋很快就会变空的,到那时,我们一家人又吃什么呢?不会也像老头和之前的三个人一样,手里拿着个空碗去要饭吧?

弟弟不知什么时候跑了出来,他张着嘴冲母亲喊:"咱家的粮食都让你送给要饭的了,我很快也要成为要饭的了。"

"住嘴!你这个乌鸦嘴!"我喝住弟弟,同时不满地看了母亲一眼,说,"今天是怎么了,要饭的成群结队像黑老聒(乌鸦)一样。"

弟弟再次喊起来:"我看过了,咱家的粮食袋快空了!"

母亲看都没看我们,对着离去的老头叹口气,什么也没说,就去后院抱柴禾,准备烧火做饭。

二

火在灶上,粥在锅里,灶火越烧越旺,锅里的粥也就越熬越稠,母亲把灶里的硬柴换成软柴,往咕嘟嘟冒泡的稠粥里再续上些清水。

我和弟弟不约而同地来到灶前,等着母亲把粥锅里的粥沫盛出来。加了糖的粥沫,又香又甜又滑又糯。我和弟弟顾不得烫,吸溜吸溜。母亲说:"你们兄弟又懒又馋,看长大谁家会把媳妇嫁给你们。"

话音未落,院子里传来脚步声。弟弟放下粥碗,跑过去就把门插上了。他把食指放在唇上:"嘘!又来要饭的了。"顺着门缝看出去,院子里果然来了两个人,一个女人领着个小女孩。弟弟说得没错,她们确实是要饭的,已经来过我家好多次了。

"这孩子,把门打开。"

"不能开,咱家的粮食袋快空了。"

"打开!"母亲顺手拿起烧火棍。

"不!"弟弟的身子紧紧顶着门。

"打开,再不开,我真打了!"

"打也不开,粮食你都送给了要饭的,我也快成为要饭的了。"

弟弟的态度异常坚决，说到这里，好像悲惨的一幕已经上演，一双好看的大眼睛立刻有泪滚出来。

"打开，她们不是要饭的，是孙星家的。"母亲说。

"孙星家的人都是要饭的，她们年年要月月要天天要。"

"放屁。"母亲一把拉开弟弟，打开房门。

孙星家的女人满脸堆笑站在门口，说："姐，我们又来了。"

母亲说："来了好，来了好，快进屋！"

"熬粥啊？"孙星的女人望着粥锅，问母亲。

"真香！"女孩像小狗一样伸着鼻子。

"嗯。"母亲答应着，赶紧找碗，去粥锅里撇粥沫，又往粥沫里加白糖。女孩一点都不客气，大大方方端过母亲递给她的粥碗，用嘴吹吹碗里溢出的热气就喝！

"真香！"

这可真让人受不了，女孩的语气，就好像她才是母亲的孩子，我和弟弟反而成了端着粥碗的小要饭了。我看了眼孙星的女人，却不妨那女人正盯着我看。

孙星的女人长得实在太丑了，她又黑又瘦又矮，一说话，两颗像兔子一样的大牙便凸出唇外，上下翻动，不说话时，那两颗大牙就咬在下嘴唇上，像两个忠实的守卫。

孙星的女人看了我，又看弟弟，说："这两个孩子，真是越长越好看，越长越稀罕人了。"

三

她们第一次来我家要饭是三年前的端午节。那天，母亲一大早把粽子煮在了锅里，粽子快熟的时候，又洗了几个鸡蛋下到锅里。

是采艾叶回来的姐姐发现了她们。

女人那时更瘦，就像一根风干的向日葵，细瘦的身子顶着个摇摇欲坠的脑袋，她领着个小女孩，小女孩怯生生的，躲在她背后。女人也怯生生的，站在院外，连院子都没进。

娘出来让她们进屋。

女人说："大姐，有饭给孩子一口吃吧，她饿坏了。"

母亲说："有，有，粽子刚熟，你们进屋来吃，趁热吃。"

女人说："大姐，这大端午的，我们就不进屋了，给您添晦气。"

母亲说："进屋吧，我们家不讲这个。"

母亲硬拉着母女进了屋。

屋里的炕上，炕桌已经摆好。母亲让她们上炕坐。女人说啥不坐，也不肯让小女孩上炕坐。

母亲说："坐炕上吃，都坐炕上吃。来我家，都是缘分，咱都不见外，一起过个节。"

小女孩一听，看着她母亲说："妈，我想上炕，我累了。"

女人说："咱站着吃，吃完就走。"

母亲就过来把女孩抱到了炕上，对女人说："你这个人，你不累，孩子走一大早晨能不累？上炕，都给我上炕。"

女人拘束地坐在炕沿上。

母亲把煮熟的粽子捞到一个放着清水的盆里。刚煮出的粽子，放在清水里过一下，好剥，不粘，吃在嘴里不烫得慌。然后又把红糖用开水泄开，当粽子的蘸料。母亲给她们每人的碗里都放了两个粽子，又把煮熟的鸡蛋剥好了让她们吃。

小女孩吃着蘸糖水的粽子不停地说："真好吃，真甜！"

菜端上来了。我家的端午节总是过得十分隆重。菜有三种，一是小葱拌豆腐。一是炒一大盘豌豆。还有，就是一家人最喜欢的炖菜，咕嘟嘟的，一大锅。

吃完饭，女人要走，母亲又给她们捞好粽子让她们带上，说给她们家里人吃。

女人拉着母亲，热泪长流，说："我们娘俩儿不过是个要饭的，你却把我们当成亲戚了。"

那之后，女人每年都来个两三次，每次来，母亲都留她们吃顿热乎饭，吃完还给她们带些粮食，生的熟的都往女人的口袋里塞。赶上天晚了，还留她们在家住。

时间一长，母亲才知道，原来女人就是四顷地四小队的人。男人孙星老家原是东北吉林的，新中国成立初随父母迁到四顷地。孙星和女人生了两个女儿，大女儿已出嫁，随身带着的这个是小的。前几年，山里天旱，闹饥荒，饿死了人。孙星就害了怕，说不如回吉林去种地，孙星他们老家是个平原，那里有大片的土地可种庄稼，至少饿不死人。孙星一家把那个旧房子拆吧拆吧卖了，买了回东北的车票。火车一路吼叫，孙星他们坐了两天两夜的火车，进了吉林境内。孙星长大后，早忘记了家乡火车站的站名，再搭上坐火车坐得迷迷糊糊，火车一进吉林，他就嚷嚷着到站了，神经兮兮的，在火车上到处打溜溜，问列车员是不是过站了，列车员最后被他问烦了，就说谁知道你到哪站下，你说过站就过站吧。孙星就急了，满车厢的跑，女人抱着小闺女，跟在他屁股后面转，孙星求列车员把门打开他要下车，被列车员严词拒绝，说不到站车怎么停，停不了，下站再说吧。孙星大吵大闹，最后竟疯子一样拉开车座前的双层玻璃窗跳了出去……孙星摔断了双腿，成了残疾，在东北养好伤后，无以谋生，只好又回了四顷地。四顷地地虽少，可沟沟坎坎，开出块地来就能长庄稼，好活人。孙星拖着残疾的双腿回到四顷地，房无一间，地无一垄。老是住在大闺女家也不是事，就央求大姑爷帮着和泥脱坯，在原来的房基地上盖了一间灶头连着炕的小土房，没有瓦，就用玉米秸苦盖了，勉强遮风挡雨，算个家了。说是家，却是家徒四壁，家里连星油也没有，大闺女接济的那点粮食早吃完了，没办法，孙星女人只好领着小女儿出来乞讨。

四

孙星女人还真不是来要饭的。她告诉母亲，这两年，她家把原来的小泥屋由一间扩成两间，孙星人虽残，并不懒惰，山坡上开了很多荒地，种了庄稼，搭上这两年风调雨顺，打下的粮食勉强够一家人吃了。

自从三年前，母亲知道了孙星一家的遭遇，她就开始帮助这家人。女人走后第二天，就派姐姐背了半袋粮食给孙家送去；那年杀了年猪，又割了条八斤重的五花肉，连同父亲在煤矿上省下的十斤白面，放到背篓里让姐姐给背了去。前两年，女人不管是出沟要饭还是出去赶集，每次回来都要到家里，走动得频繁，就像家里多出个穷亲戚。每次来，母亲都要把她们母女请进屋，让她们坐炕里，好吃好喝相待，临走，只要家里有的，什么都舍得给。人心都是肉长的，女人说母亲这样接济她们一家，她们要是再不把日子过好，真是在这世上都没脸活了。

女人说："这两年，多亏大姐一家接济，日子好多了。"

母亲说："日子好过了是好事，日子过好了比什么都强。"

女人说："姐对我们一家大恩大德，我们穷家舍业的，也没什么可回报的，我和孙星商量，大丫头出阁了，家里就这一个小丫头，今年也快十四岁了，今天我把她给姐领了来，就是想送给姐家。你家这两个小的，我是越看越喜欢，越看越中意，就想着，他们和这闺女年岁上差不多，姐家要是愿意呢，我就把这闺女许给姐家，许给他们哪个我们都喜欢，许给哪个孩子我都念阿弥陀佛。"

母亲连忙摇头，说："那可不行，那怎么行？"

女人说："我是废物，生不下个男孩子，姐家里这两个孩子哪个我都稀罕得不得了，我丫头给他们哪个做媳妇都是这孩子的造化。不管大姐愿意不愿意，反正这孩子我今天是领来了。领来了，我也就不准备领走了。"

母亲说："孩子这么小，这千万使不得。"

女人说："姐不会是嫌孩子粗笨吧？孩子虽然没念过书，家里活计还算利落，来之前，我也问她了，到大姨家生活愿意不愿意，孩子说她愿意，说只要让她到大姨家，让她干什么她都愿意。"

女人说到这里扯过孩子："过来，对你大姨说，你愿意还是不愿意？"

女孩就过来说："大姨，我愿意，真的愿意。"

女孩的话嘎巴干脆，话里还洋溢着欣然的喜气。

女人说:"姐你听到了吧,这孩子愿意,只要到大姨家来,让她干什么她都喜欢呢。我这闺女,虽说没上过几天学,粗手笨脚,可人还勤俭,烧火做饭,喂猪打狗,缝缝补补,家里这些活计她都做得下。"

女人看母亲始终不开口,面上就有些急,说:"姐,妹子没有本事,不会说不会道,孩子啥样,你也看到了,如果这些姐还看不上,那就留她在这里做个粗使丫头,给你暖个脚,铺个被,总可以吧?"

母亲拉过女孩在怀里,对女人说:"看你说什么话,我怎么会嫌弃闺女?我是想,这孩子你好不容易拉扯大了,你不留在身边,你不委屈,孩子还委屈呢!"

女孩对母亲说:"大姨,我愿意到您家来,我喜欢到您家来,我不委屈!"

当天,我们下学回来,发现家里多出了孙星家的女孩,也没多想。那些年,我们家里经常会有人留宿,那些人有的是沟里的亲戚,有的是亲戚的亲戚,也有连亲戚的边都不沾,就是普通的村里人,甚至有陌生人,包括那些讨饭的、唱曲的、走村串巷的手艺人,比如木匠、画匠、油漆匠等,如果恰好到了我家,天色晚了,也会留在家里吃饭住宿。一点都不奇怪。

奇怪的是,女孩同我们一样管母亲叫"娘"。第二天,天还不亮,母亲刚刚起床,女孩也从炕上爬起来了,帮着母亲刷锅添水,烧火做饭,一遍遍说:"娘,我来,娘让我来,我啥都会……"饭做好了,还知道进屋来小声招呼我们起来吃饭。

家里突然住进了个管母亲叫"娘"的女孩,我和弟弟都觉得不好意思,不适应,有些尴尬。但当着她的面,又不好问母亲到底怎么回事。女孩倒像个小大人似的,大大方方给我们递碗递筷,伺候着我们吃饭,就像母亲伺候我们一样。

母亲一直瞒着我们。事情是王贵媳妇说出来的。王贵曾经是四顷地二小队队长,家里却不富裕,挨肩四个小子,能吃能拉,每到五黄六月,青黄不接之际,王贵媳妇就端着个瓢到各家去借粮,王贵媳妇仗着王贵当队长,几乎把二小队的几十户人家都借遍,有时借过之后，不知是忘了，还是故意不还，反正借到最后，二小队的人家除了我家就再没人肯借粮食给她了。

那次王贵媳妇来借粮，正好孙星女人送女孩过来。母亲见王贵媳妇拿着个大瓢，就知道是借粮来了，故意问："你来干啥？"

王贵媳妇说："家里粮缸见底了，王贵和几个崽子都是野猪托生的，肚量也忒大，家里那点粮食哪够他们爷们几个胡吃海塞，到你家借粮食来了。"

母亲说："我家粮食也不多了。"

王贵媳妇一撇嘴，"不多，怎么见了要饭的就给？哪个要饭的到你家是空着出去的？你这话我不信，我得亲自看看去。"说着直接进东屋，打开粮食袋就下瓢舀，那一大瓢下去，我家那小半袋的粮食急剧萎缩下去，像是个被人放了气的气球。

王贵媳妇舀了粮食，却不走，倚在门框那里瘪着张脸似笑非笑听孙星女人和母亲说话。

那天，我刚放学，王贵媳妇就把我叫住了，叫着我小名，说："八棍子，八棍子，你有媳妇了。"

我红了脸，说："老婶又瞎说。"

王贵媳妇说："老婶说的是真的，你家来那个小丫头就是，是孙星女人送来给你当媳妇的。"

我一听，气坏了，回到家里把母亲叫到后院就问怎么回事。母亲一看瞒不住，就把孙星女人的话和我说了。这时候，跟着我们出来的弟弟率先嚷了起来："我不要媳妇！我不要媳妇！我不要媳妇！"

他尖利的嗓音就像一柄发着光的刀子刺到了空气里。母亲一把把弟弟拽过来，捂住嘴，说："别让人家孩子听见……"

那天晚上，我和弟弟吃过晚饭就躲到了王贵家，和他家的四个孩子滚一个炕上去睡了，母亲让姐姐找了我们两次都没回去，还让姐姐转告母亲，只要孙星家的这个小丫头一天不走，我们就一天不回家了。

五

孙星女人来了。她给母亲挎了一篮子青菜,脸上喜气洋洋,见到二小队的人就笑,就搭话。不到一个星期,她把闺女送给我家当儿媳的事闹得整个四顷地都传遍了。

二小队的人见到孙星女人,故意问:"孙星家的,你兴冲冲的,这要去哪儿啊?"

女人说:"去二嫂子家。"

她们说:"不是二嫂子家,是亲家吧。"

女人不说话了,但面上都是傲娇和自得。

她们说:"你有眼力,闺女找了这么好的人家。"

女人连连点头,说:"是啊,是啊,那是她的福气。"

她们还说:"就是女婿有点小,你是准备给他们老二还是老三啊?"

女人说:"老二老三都行,给她家谁我都愿意。"

女人留下住了一晚上,那晚,母亲趁女孩睡熟之后,犹豫好久,还是给女人说了实话。她劝女人先把孩子领走,孩子的事等他们大了再说。孙星身体不好,她一个人家里家外地忙也不容易,孩子在家多少也是个帮衬。

女人却不高兴了,以为是嫌她闺女了,还对母亲说:"这孩子没文化,不懂事,不听话了,你该打打该骂骂,人我给你领来了,你让我领回去,不是在众人面前打我脸吗?"

母亲说:"孩子没挑,能干还懂事,是我的这两个儿子混马刀枪的……现在都不回家住来了。"

母亲刚说完这句,女人就流泪了,说:"大姐啊,你们这还是嫌弃我们了!"

谁知,看着睡着了的女孩,其实并没睡着,原来,她一直装睡,听她们说,她母亲一哭,她立刻从被窝里钻出来,也哭了。女孩说:

"娘啊,您就是我亲娘,您家就是我家,他们不愿意没事,我不给他们当媳妇,我还可以给您当闺女,一样伺候您,就是求您不要让我妈领我走,行吗?"

母亲被这女孩一说,眼泪也下来了,母亲对孙星女人说:"要不咱姐两个就认个干亲吧,你是我干姐妹,这孩子就是我干女儿,你看行不?"

女人竟不同意,样子十分倔强。她抹了把眼泪说:"大姐你也不要委屈自己,你看上了咱就做真亲戚,闺女留下;看不上,我明天早晨就领闺女回自己家。"

第二天,等母亲醒来时,炕上已经不见了孙星的女人和那女孩。孙星女人真的领着女孩回家了。

母亲为此连着抹了好几天眼泪,想起来就哭,想起来眼泪就出来。母亲说:"孩子这么小,在我家里什么都抢着和我干,我愧得慌,就想着让她先回家,等过几年孩子大了再说,谁知这母女两个这么倔……"

"我想着,这件事我没做错啊,可怎么总感觉像亏欠了人家什么似的?"母亲那几日逢人便说。

女孩走了,母亲心里也不好受,这些日子她已经和这女孩待出感情来了。她不高兴时就把脾气撒到我们身上,骂我们不知好歹,说我们一个个又懒又馋,送上门的媳妇都不要,看我们长大等着打光棍吧。

那之后,我再没看到孙星的女人和那个女孩上过门,也不知道她们现在过得怎么样了。母亲曾打发姐姐背了肉和面去给人家"谢罪",可孙家的门总是对姐姐关得严严实实的,再没对我家敞开过,无论我们谁去,都不开。

六

我初中毕业,没考上中专,补习了一年,还是没考上,就在沟外的一所小学当了代课老师。

第二年春天，从煤矿退休在家的父亲病重，已经出嫁的姐姐听到消息，找我回家，回来时，在路上碰到一个骑自行车的青年人。他的自行车载两个大筐，顺着坡路往下骑。两个大筐很沉，坠得自行车左摇右晃，他骑得小心翼翼的。忽然，他在距离我们不远的一个坡道上全力刹住车，停下来了。他一边抹着头上的汗，一边不停地看我们。我和姐姐都被他看得有点莫名其妙。

走得近了，姐姐就说："你这个人，怎么这么看人？"那人却不说话。姐姐看了他自行车上的两个大筐，说："你这筐里装的啥呀？"那人说："酸梨。"姐姐问："这么多，是要出沟去卖？"那青年就点点头。

姐姐那时刚刚怀孕，特别想吃酸的东西。姐姐说："正好我想吃酸梨了，你就卖我几斤尝尝。"

我和姐姐从筐里挑了几斤酸梨，让青年拿称来称，青年却死活不肯拿出称来，说："这点梨不值啥，想吃就拿走，不用称。"姐姐说："那怎么行？你卖的是梨，做的是买卖，我怎么能白吃你的酸梨呢？你外面卖什么价，我就给你什么价。一买一卖，谁也不欠谁。"姐姐的话还没说完，那青年却骑上车就走。姐姐急了，忙让我拉住他的自行车，说："你这个卖梨的，怎不收钱就走人？我们又不是打劫的。"

青年说："我不收你钱，不能收你钱。"

姐姐说："你这个人有意思，我不认识你，你卖梨，我买梨，干吗不收我钱？"

青年说："你不认识我，可我认识你。所以不收你的钱。"

青年说话像打谜语，我和姐姐更奇怪了。

青年就问姐姐："你认识不认识孙星家里的人？"

姐姐说："认识啊，你们都是四小队的？"

青年说："我们不但都是四小队的，还是一家的。"

姐姐说："你是孙星的大姑爷？"

青年说："不是，我是他老姑爷，是他家招的上门女婿。"

姐姐这才恍然大悟，好久没说出一句话来。我们都多少有些尴尬。

青年说:"青黄说了,你们一家都是好人,是我们家的救命恩人,没有你们家,就没有我们家。"

我和姐姐几乎同时问:"青黄是谁?"

青年说:"我媳妇。"

到家后,姐姐把路上买酸梨的事和母亲说了,母亲说:"那孩子心重,现在还记得咱们。我现在也常常想起她们,总觉得愧对她们母女。"

我问母亲:"你记得当年那个小女孩叫啥名字吗?"

母亲遗憾地摇摇头,说:"她和她妈来家那么多次,在咱家也住了十几天,可怎么就忘了问她叫啥了。"

我说:"她叫青黄。"

母亲说:"青黄?"

姐姐说:"嗯,她是叫青黄。"

母亲叹口气,说:"苦命的孩子,咋叫了这样一个名字?"

我的两个世界

老早就发现那辆亮银色的小轿车了，在那条只允许一辆汽车通过的灰白色的水泥路上，它开得很慢，像位心事重重的老人，心不在焉，走走停停。

那时，我正往一口棺材上刷油漆，我是泥瓦工，对刷油漆这件事本不在行，可我仍然刷得有声有色，棕毛刷在已经开裂了的柏木棺材上走过，鲜艳的油漆争先恐后地顺着缝隙渗进去了。

我已经为这口棺材刷了五年的油漆，一年一次，五年的时间已经把我从一个普通泥瓦工变成了一个相当不错的油漆工。棺材摆放在堂屋里，我从南刷到北，又由北刷到南，刷刷刷，棕油刷子像是长了腿一样在棺材上跑来跑去，带着几分欢快。刷完最后一刷子，我几乎是带着点享受地欣赏起这口棺材了。虽然经过了五年多的时间，棺材板上已经裂开了许多细小的缝隙，可整体看上去，它依旧坚固、结实、簇新、像刚刚打出时一样。

棺材是为父亲准备的。那一年母亲过世，我也从工作地回到了四顷地的波罗沟。母亲的死是在人们预料之中的，那时她已经七十八岁，被一种莫名的疾病折磨了两年多时间。八十岁的父亲几次托人打电话给我，让我早点回来给病重的母亲砌个墓穴，父亲对于母亲的墓地并无特别要求，甚至没用风水先生勘探，就在一块山坡地上随手一指，说就是这里了。父亲对母亲的墓穴施工进行全程监督，并要求我用红砖水泥打地基、砌墓室。父亲说："你母亲为这个家忙忙碌碌一辈子了，不能简单挖个坑就给埋了。"父亲还说："这不光是你母亲一个人的墓，我死后也要葬在这里的。"我在挖地基的时候，父亲再次要求让我把墓基做得更大一点，他说墓大一点住着舒服。那时他虽然80岁了，可一点不糊涂，他像一个苛刻的监工，督促我干这干那。后来，我才意识到，父亲要我把墓基做大还有另外一层意思。他是希望我死之后也像他们一样住到这个墓里去，和他们一起生活。

"你是个光棍，没个一男半女，死了之后怎么办？别落个像大鹿圈树才一样的下场。"那天，已经八十五岁的父亲突然对我说。大鹿圈的老光棍树才是在去年冬天被村里的女书记发现横尸路边的，当时人都冻成了一个冰坨子，四顷地的冬天多冷啊，树才像根被冻僵了的树枝卧在路边一动不动，看样子死去不是一天两天，而是有些日子了。多亏是冬天，要是夏天，人怕是早臭了。

女书记逢人就说，早就让树才搬出大鹿圈，他说什么也不听，说是在大鹿圈一辈子离不开了。大鹿圈有什么离不开的，那么偏僻的小山沟。他是村里的五保户，可以到镇上养老院养老嘛！

女书记说这话时，波罗沟那户李姓人家还没搬走，女书记说过这话不久，他们就很快搬到沟外二队去盖房居住了。

看来父亲深谋远虑，都为我的后事做好打算了。

我一句话不说，拿着笤帚就去扫他棺材上的灰尘，棺材上的尘土颗粒愉快地在空气中蹦来蹦去，我听到父亲的笑声在他的肚皮里酝酿，他很满意，满意有这样的一口和母亲一模一样的棺材和像棺材一样老实得有些笨重木讷的光棍儿子。

给棺材上好油漆，我又到了红莲的院子里，我每天都要到那里扫一遍院子，把院子收拾得就像红莲没离开时的样子。扫完院子，我进了屋，坐在红莲睡过的那铺炕上抽两口烟，又在红莲常睡的地方躺了会儿。我伸出手，就像那些年搂住红莲的身体一样搂了下空气，那时候，有一束光顺着破败的窗棂照进来，在那束光中，我发现了很多微尘舞蹈着。多少个日子，我和红莲就这样搂抱着，看着同样的一束光，看着同样的光束里精灵一样舞蹈着的微尘。

红莲那时候已经微微发胖，我抱着她的腰，红莲说："你看你，树生，趁年轻出去寻个女人，哪怕做个上门女婿，生个一儿半女也是你的福气，何苦恋着我？"

我说："皇帝招我做女婿，路远迢迢我不去。"

红莲说："瞧你酸的，都会吟诗作赋了，还愁找不到个女人？"

我嘻嘻笑，翻身把红莲压在身下，说："我找啊，怎么不找，你就是我要找的女人。"

红莲作势把我掀下，说："胡说，我是你叔的女人，怎么成了你女人了。"

我还是嘻嘻笑，说："他又不在，你可不就是我的女人，叫他叔是沟里瞎论，他年龄没大我几岁。"

红莲只是叹了口气，说："你呀，你个可怜的光棍子树生！"

可是后来呢，后来红莲还是嫁外面去了，那年，她丈夫被砸死在外面的煤窑里，红莲得了一笔丧葬费，几乎是一夜之间就把自己嫁走了，只留下了这个空院落。

即使这是个空院落，我也是天天要来一回，扫一扫院子，到屋里炕上躺一会儿，并随口唱一句："皇帝招我做女婿，路远迢迢我不去。"

这可不是我作的诗，是我在京东平谷给人家建筑队做泥瓦工时，在一本卷了边的破杂志上读到的，当时随手翻看，就看到了这首诗。我非常喜欢这首诗，这首诗就像是为我这样的光棍写的。

从红莲家出来，看到那辆亮银色的小车停在山下的路口处，那个路口，一边往波罗沟，一边往大鹿圈。红莲家在高处，所以，那个小车被我看得一清二楚。只见那车，却没见车上的人，车上的人哪儿去了呢？

从红莲家院子往下走，走了不多远，就听到了人的说话声，声音不大，一男一女，我听得清楚，肯定是车上下来的男女，这条沟，虽然有新修的平整水泥路，却一年半载见不到生客上来，更不要说有小车和陌生的男女说话声了。我听到看到的多是路边庄稼地里的蛤蟆叫，树上的虫鸣，以及草丛里翻飞的细腰蜂和花蝴蝶。

我听到男人说："这条沟，我至少三十年没来过了，只有当年我是孩子的时候滑着冰车上来过。"

女人说："这条沟好静好美，住在这里的人多享受啊！"

男人说："怕是住久了你就不会这样说。"

女人说："那要看和谁住，要是和你住，住多久也愿意。"

男人没说话，好像是过去搂了女人的腰。女人的声音里就有了撒娇的成分。女人说："在这里住着多好啊，哪怕什么都不干，就静静地待着，心都是踏实的，什么叫现世安稳岁月静好？什么叫生生世世？到这条沟里走一走就都明白了。"

男人说："我可不想静静地待着，大活人总得干点什么才不辜负这良辰美景奈何天。"

女人看沟里什么都觉得新鲜的样子，看到玉米叶子浓郁的苍绿新鲜，看到红果结满枝头新鲜，看到废弃人家院外蓬勃的向日葵也新鲜，她指着我种的一片黍子，问是不是谷子，男人就摘下一支，给她讲谷子和黍子的区别。

我的角度正好能看到他们，看到女人不断依偎上去，有时把胳膊挎到男人的臂弯，有时用手摘掉男人肩上挂的草屑或毛发，样子亲密，不知道是不是夫妻。女人还戴着一副挺好看的眼镜，像城里的知识分子。我还拿这个女人和红莲做了比较。我又有些想红莲了。

我转到母亲的墓地去看了看，母亲的墓地就在我家的自留地里，在一面朝南的山坡上。我想告诉母亲，我已经好几次在黄昏时看到她了，她出现在我家老屋的门口，胖胖的身子，灰白的头发，她站在门口遥望，是在遥望我和父亲吗？

父亲在这个月里开始犯糊涂了。昨晚他和面烙饼的时候，把在灶膛烧火的我当成母亲，说："你个笨老婆子，连个火你都烧不好，饼又烙糊了吧？"我说："爸，我是树生。"父亲说："我就说你个笨老婆子呢，自从你嫁给我，哪次不是我做饭你烧火，和别人家正好拧着。"我说："爸，我是树生。"父亲说："你个笨老婆子，还犟嘴。"

父亲八十五岁了。母亲死后，我就再没出去打过工。我得照顾父亲，为他养老送终。可有时候，我却想，父亲除了糊涂一点外，他的身子还算得上强健，我怕有一天我会走到老人的前面去。有一件事，我从来没对人说过，对父亲更不能说，我已经熬过了两个年头，离大限日子不远了，我得为自己提前做些准备，我想死神来敲门的时候，总会给我一些暗示。

　　从母亲墓地回来，又看到那两个城里人，他们从沟里转回来了，波罗沟本就不深，最里面的那个房子是我家老屋。通向老屋的路只有一条碎石小路，估计他们走到老屋就回来了。其实，从我家老屋往里走，还有一段路，可以通到波罗沟的最里面。波罗沟最里面有一眼泉。我很想过去告诉他们，让他们到里面看看泉水。但女人突然要方便，问："这沟里有厕所吗？"

　　男人说："这里要什么厕所，刚才碰到那个老太太的时候，怎么没想起去她家方便一下。"

　　女人说："你没看到那老太太看着咱们的那种眼神吗，我看了不知怎么就有点毛骨悚然了，尿也被吓回去了。"

　　男人说："你去红果林里方便好了。"

　　女人说："会被人看见。"

　　男人说："你到林子深处去，这沟里没人，除了鸟叫以外半天听不到人声。"

　　女人说："怎么没有人声，我刚才还听到有男人在唱歌。"

　　男人说："唱歌？唱什么歌，我怎么没听到？"

　　女人说："我听到了，他翻来覆去唱的就一句，皇帝要我当女婿，路远迢迢我不去。"

　　男人哈哈笑了，说："口气不小，肯定是个老光棍。"

　　女人说："真的，我听得清清楚楚，就是刚才下车时听到的，像从岗上哪个屋里传出来的……哎呀，我真憋不住了。"

　　男人说："憋不住，就在这里方便，我给你看着。"

　　女人说："那怎么行，这是路边。"

　　男人说："这里没人来，难道你没看到我们来了这么久了，连个人影子都没见，连声狗吠都没听到？听我的，没事。"

女人说："可我那会儿真听到有男人在唱歌。"

男人说："你到底方便不方便，不方便就憋着，憋死你。"

女人妥协了，说："好吧，那你给我前后看着点，我实在憋不住了。"

我无声地笑了。确实很好笑。在我想来，在山里解手是很自然的一件事，随便在哪里，棒子地，高粱地，红果林，草径，路边。不过女人是聪明的，她如果真在红果林，我在上面会看得很清楚，我这个位置正好可以看到红果林，而且可以看到红果林的更深处。但在路边，我就看不到了。

他们说出的话也让我感到惊讶。女人怎么能听到我唱歌呢，我只是在红莲屋里想红莲时哼了哼，哼的时候怕是没有蚊子的声音高，她怎么就听到了？还有，他们说碰到一个老太太了，波罗沟哪里来的老太太呢？最后一个老太太，是我母亲，她在五年前已经死去了。难道他们看到的真是我母亲？昨天晚上，我烧火，父亲和面，烙饼，父亲老是把我当成母亲，说来说去。最后我被父亲说烦了，我说："爸，你老糊涂了？我是树生，不是我妈。"父亲就突然把面盆扣到了面板上，说："滚，你给我滚，你这个死老婆子，你这是在叫我还是叫树生，你是想让我们都过去陪你吗？我告诉你老东西，我还没活够呢，我还活着呢，你叫不走我，也叫不走树生，只要我活着一天，树生就一天不会死，树生才五十多，离死还早着呢，你趁早滚回你的坟地里去。"

我想说说早晨到四顷地买烧纸的事。四顷地卖烧纸的小卖部只有一家，就在村委会的下边，我一拐过山弯，老远就看到村委会那栋两层小白楼了。过去的四顷地，一条黄泥路，弯弯曲曲，出去一趟要一天时间，现在的道路不光修到了我们最偏远的波罗沟，甚至一直修到大鹿圈去了。过去的村委会，就是一个土坎上的一排小房子，借用供销点的房子办公，就那么几间破屋子，还没有我们家宽敞。现在的村委会气派堂皇。

办公楼前聚了很多人，正围着我们四顷地著名的女书记，有说事的，有打听事的，也有看热闹的。有一个熟人认出了我，他是二队的老光棍，叫红四，光棍和光棍之间的友谊也是颠扑不破的，我觉得我和红四就是这样。我们曾经在一起打工多年，我们是那么不同，他把打工挣来的钱都给了外面的女人，花在了赌博上，我却把打工的钱都留了下来，为父母打了两口像样的棺材，建了个带墓穴的坟茔，厚葬了母亲。

"树生，树生！"红四喊我。

"红四，红四！"我喊红四。

红四递给我一根烟，我也递给了红四一根烟。我的烟通常要比红四的好，这次拿到红四的烟后，却吃了一惊，因为，他抽的是玉溪。

我说："红四你发财了。"

红四说："还没发，快要发了。"

"发什么财了，让你这么高兴？"

"你在波罗沟把自己圈傻了，也不出来转转，没看到这些人都围着书记嚷嚷什么？"

"我也奇怪怎么今天这么多人，正想问你呢。"

"高铁要从咱四顷地过，线都架好了。"

高铁的事我是知道的，几年前就听人嚷嚷，说高铁要从四顷地走，沟里很多脑筋活泛的人都搬出来了，搬到相对宽敞一些的一队和二队，据说高铁就从一二队之间通过，当时有人还劝过我，让我找找村委会也搬出来住。我父亲八十多了，我又是个无儿无女的老光棍。连父亲都对我说，"要不你也搬出去吧，说不定好事也会摊你头上"，父亲还说，"我是打死也不会出去的，我得守着咱这两处老宅子和你妈。我走了你妈一个人会孤单。"

我怎么能把一个八十多的老人独自留下来？母亲死后，为了照顾父亲，我甚至都不出去打工了，就和父亲一起侍弄这沟里的几块薄田和零散的果树以及那片红果林。

想不到红四发了。

红四说："占了我的地和树了，没想到我红四老了老了还摊上这么件天上掉馅饼的事。"

"那该祝贺你呀。"我真心实意地对红四说,"这次得赔偿你不少钱吧。"

"具体方案还没下来,说是少不了这个数。"他摊了个巴掌。

"五万?"

"五十万!"

"五十万?乖乖!"

"嗯,最少五十万。"

"那么多钱,你怎么花啊。"

红四说:"我也想了,我也得换换花法了,我想给自己买辆小车,还想把房子翻盖一下,要是碰上合适的,再娶个年轻点的女人……谁知道呢,谁知道呢!"红四很兴奋!

我开始替红四高兴,回来时却差点哭了,我想到红四还在为日后的好日子着想,做加法,红四是要改邪归正了,可我却不得不每天都在做减法了,不知道我的日子什么时候就到头了。两年前的秋天,北京那家医院的医生说了,我最多能活两年,现在秋天到了,怕是离我走的日子也不远了。

本来以为他们都走了,没想到又碰到了他们,两个人肩挨肩坐在一棵被砍倒的白杨树树干上。那是去年我砍的树,如今树已经干了,显出了苍黑的颜色,夏天的傍晚,我一个人经常过来在树干上坐,用手摸摸它。

男人坐在树干上抽烟,女人坐在男人身边吃桃子。

我看了眼他们,发现他们也在看我。此时黄昏已近,他们怎么还不走呢?我把要烧的纸放下来,走过去。我先笑了。我见人总是要先笑一下。

"老乡,这里是波罗沟吗?"男人问。

我说:"是波罗沟,你找谁?"

"我找……也不找谁,就进来转转。"

我走过去,坐到树干旁的一块石头上,把红塔山递过去一根。他却用手拦了,随手递给我一根中华。我就把自己的烟拿回,接过他的中华。他凑过来给我点火,说:"这波罗沟里还有人家吗?"我说:"有啊,我就是波罗沟的。不过,这沟里就剩下我和我爸两个光棍了。"男人问:"怎么,你没有个女人?"我笑了:"没有,光棍一条。"旁边的女人也凑过来说:"还是有个女人好。"女人的话说得很直接,也很实在。我当然也知道有个女人好,不过那都是两年前的事情了,现在我不这样想,我不忍心让女人成为寡妇。

"年轻时就没有过?还是……"

"年轻时就是光棍一条,年轻时,还有女人找上门来呢,不过,我都没要。"

"是吗?"男人和女人都饶有兴趣地看着我,从他们的神情上来看,他们并不相信我这句话。当然,我说这句话,也不是为了让人相信的。我现在不喜欢谈论年轻时,年轻时有什么好呢,懵懂、冲动、无知,为了糊口到处奔忙,像一只被人抽打的陀螺。

"后来没想过再找?比如出去……"

我知道男人的意思。我说:"不想了,年岁大了,出去也只能是替人卖命,不如一个人过。"

话题就此打住。我们抽烟,眼望着路边的庄稼,这块庄稼地就是我和红莲相遇的地方。我想了想自己的过去,除了红莲,还真没有一个可以称得上是我女人的,其实,红莲也不是。

"你认识一个叫王福学的人吗?"男人问。

"没听说,他是波罗沟人吗?"

"可能是吧,很早了。当年抗日,王福学当了游击队,后来出去当了解放军,南下……"

"这些事情我不知道。我父亲可能知道。我父亲说他当年替游击队送过鸡毛信。"

正说着,一扭头,见父亲正从树林旁的小路向这里走过来,他很瘦,很高,虽然八十五岁了,可从行走的脚步看上去依旧硬朗。

"他是我父亲。"我说。

"老人家多大年岁?怎么看上去这么精神,仙风道骨的?"

"他八十五了。"

"是吗！"男人和女人同时惊讶了声。

我替他们问父亲是不是认识一个叫王福学的游击队队员。

父亲说："我和你说的正是这件事，你妈刚才又找我来了，说她一个人睡觉寂寞，说她那里的被子棉袄又冷又硬，说树生不是个孝顺的儿子。"

他又糊涂了。

女人过来问父亲，说："老人家，你认识一个叫王福学的老八路吗？是王福学。"女人把声音提高了。她真是个聪明的女人，知道父亲耳朵背。她要是我的女人就好了，说不定她还真和我有点缘分呢，不然，为什么我在红莲家哼的那句歌，她能听到。

"王福堂，他死了。"父亲说。

"不是王福堂，是王福学。"

"王福堂死了，早死了。"父亲说。"他就埋在波罗沟里的聪明泉旁边，坟荒得到处是草。他有五个儿子，也都死了。他的坟上好几年不见一抔新土，去年清明，我还让树生给他添了坟。"

我说："爸，人家问的是王福学。"

"王福学是个混蛋，他在广州当了海军少校，差点不要了波罗沟的老婆孩子，后来是他哥王福堂带着弟妹侄女奔了广州……"

男人说："王福学是我姥爷。"

"你姥爷也该死了。好多人都该死了。我也该死了。"

父亲说完转身就走，脚步又轻又快。女人上前，把一个洗好的新鲜桃子递到父亲手里，父亲停住，接了桃子，看一眼女人，回头问："树生，这是你从哪里找的女人，怎么还戴着眼镜？"

我脸红了，对身边的男人说："我爸一时清醒一时糊涂。"

男人却笑了。

父亲说："我们树生是个孝顺孩子，为了我，他连个女人都不找了。他本来是可以找到女人的，是我们耽误了他，没想到现在还有女人看上他，他真是有福气，我现在放心了，死也放心了，我回去就和你妈说，让她也高兴高兴。"

说完，父亲就像一阵小风消失了。我觉得今天父亲的举动有点奇怪，走得像逃一样，他离去的身影不像过去那样沉稳，走路的样子像飘又像飞。

我突然有种不祥的预感。

他们还没有要离开的意思，我必须烧纸了。我用一个干树枝，在路口地方划了三个圈，把烧纸放进去，然后我又从口袋里拿出了三个牌位，上面分别是：刘素英、王福建和王树生，然后把牌位放在地上。

牌位刚放到地上，男人女人就感兴趣地过来了，问是什么东西，男人还一个个拿起来看，问刘素英是谁，王福建是谁，王树生是谁。我告诉他们，"刘素英是我母亲，王福建就是你们刚见过的我父亲，而王树生"，我顿了一下，说，"就是本人。"然后，我看到他们同时瞪大了眼睛，我看到女人胆怯的目光，她好像用手抓住了男人的衣襟。还是男人要镇定些，他用疑虑的眼神看向我，问："为什么人没死就有牌位，人没死，就烧纸钱，而且，你怎么能自己给自己烧纸钱呢？"

我说："这是提前给自己烧的。"

女人拉着男人上了车，他们上车后，嗖的一下就开走了，和来时的走走停停寻寻觅觅完全相反。

他们走后，我开始点燃烧纸，在一片突然蒸腾起的火焰里，那辆亮银色的小车很快不见了踪影。

我父亲王福建是鬼节那天晚上突然离去的。

父亲走得突然，也在我意料之中，父亲魂魄消散的一刹那，我甚至有了种解脱的快感，这快感很快被一种突如其来的恐惧袭击了。我想，父亲现在死了，我终于不用担心自己会死在他前面了，可问题是，父亲死了，我怎么办？

第二天，我为父亲穿好早已预备下的寿衣，然后把父亲放到刚刚刷好油漆的柏木棺材里，这些都是我一个人做的，我一个人能做好的事情绝不会麻烦第二个人。但把父亲的棺材放到墓穴中去，却不是我一个人能做的，只好求助别人，我骑车出沟到了二队找到红四，又让红四找了几个人进沟帮我把父亲葬了。

把父亲的棺材放到墓穴中去，和母亲的棺材肩并肩放好，我开始跪在墓地给父母烧纸，看着纸钱化成灰在风中打着小旋涡纷飞，我还是忍不住哭了一鼻子。我想，此刻我哭的不完全是父亲母亲，还有我自己。

葬好父亲的第二天，我开始找人帮忙，把道口的那棵干杨树破成了板子，我开始准备为自己打一口棺材了，对我这个光棍来说，能有一口杨木棺材就不错了。现在，趁着四顷地还允许土葬，我得为自己准备后事，我不想像王树才那样，最后被人拉到火葬场化成了一缕青烟，连个像样的魂魄都留不下。

我从三队请来了两个木匠，让他们连夜为我打一口杨木棺材，他们听说我是为自己打寿材的时候，还笑话我，说这么早给自己打棺材在整个四顷地都是蝎子拉屎独一份。我说："闭上你们的鸟嘴，如果你们不说话，好好打棺材，我可以多开你们一份工资。"结果这两个饶舌的家伙立刻闭嘴开始干活了。

我家的小院迎来了最为繁忙和热闹的日子，拉锯扯锯声，刨子刮木板声，还有斧子凿子在木板上用力的声音，听起来就像是一曲大合唱。我跑来跑去，为这两个棺材匠帮忙，乐乐呵呵，一点都不像个将死之人，我甚至还给他们唱了一句我经常唱的歌："皇帝招我当女婿，路远迢迢我不去。"唱来唱去就这么一句，我唱得那么津津有味，好像多唱几句，就能绕梁三日，就能把这份快乐带到正在打造的棺材中去一样。

两个棺材匠的活儿挺细，一口普通的杨木棺材，他们只用了五天时间，五天后，棺材做好了，就停在我家的院子里，像是一艘刚建好的小型航船，停泊在雪浪花一样的锯末中间。我围着那口棺材看了又看。从今天起，这口棺材就属于我了，是我到另一个世界报到的通行证，也是我在另一个世界睡觉的床。我用手一遍遍抚摸它，这口棺材看上去可真不赖，它又白又亮，崭新、漂亮、结实，里面的空间也足够大，而且通体散发着杨木的清香，如果不是两个棺材匠在，我真想翻身躺里面去好好歇会儿。不过，急什么呢，我距离真正在里面歇着的时间已经不远了，这两天，我白天忙里忙外，可夜晚却整宿睡不着觉，我已经听到死神遥远的呼唤，恐惧、惊心，又带着些许无奈。还好，棺材终于打好了，我已经不再惧怕死亡的幽灵在窗外肆意徘徊的声响。

棺材做好的当天，我开始给棺材上油漆。打底漆，刷油漆，最后再刷一遍清油。我刷得很认真。刷最后一遍漆的时候，是一个下午，就像为父亲的棺材刷漆的那个下午一样，我老远听到了汽车的响声。我当时就想：他们又来了！然后就跑到院子里，果然又是那辆亮银色的小汽车，它不再像过去那样在山道间犹豫徘徊，而是目的明确地直奔波罗沟过来了。

我没想到他们会自己顺着那条林间小道找到我家来，我那时正被一种清油的漆香所包围，他们来后煞有介事地问我，还认不认识他们。我笑了，说即使此刻躺在棺材里也能认出他们来。他们问我在干什么，我说为自己的棺材刷油漆，他们并没紧张和恐惧，后来他们问起我的父亲。我说："他已经死了，就在你们走后的那天夜里，就是在七月十五的夜里。"男人痛心疾首地说："哎呀，老人家怎么说走就走了呢，我回去给我姥爷打电话，他想找的人正是这个王福建，老人家当年救过他一命！"

我一点都不吃惊，但我还是为父亲感到了某种遗憾。

男人说，他姥爷如今在美国，已经是九十岁高龄的老人，他坐在轮椅上，怕是这辈子也回不到波罗沟了，他想找到当年救过自己的王福建，谢谢他。谁知，电话中他记错了名字，错过了上次当面感谢老人的机会。

男人说完，和女人把手里拎的满满的东西放在堂屋中，他们眼中的遗憾让我觉得对不起他们，好像父亲的死是我的错，我不该让父亲那么早就死掉。可父亲确实死掉了。

我劝他们把东西拿走，说："父亲死掉了，用不到这些东西了。"

他们说："老人家走了，还有你啊。"

我？我苦笑了一下，想说，我也用不着了，我也快死了，可我最终没说出这句话来。

我想请他们进屋坐下来，一起说说话，也许他们是最后陪我说话的人了，但这次，男人和女人都很坚决，说今天还必须赶回北京，不能耽搁了。

"那……你们还会来吗？"

"会。"男人说。

"会的，"女人也说，"一个星期后我们还会回来。"

"那我……求你们帮我一件事。"我吞吞吐吐地说。

"说吧，只要我们能帮得到的。"

我顺手指向家门前的那个土坡，"土坡上的那个墓地，"我说，"如果七天之后，你们回来找不到我，就请你们到那里去看看，那里有一个墓穴，那个墓穴会有一堵没完全堵上的墙，到时候你们替我把墙给堵上就行了。"

他们瞪大眼睛吃惊地看着我。

"就是两块砖头的事。"我突然轻松下来，还冲他们笑了笑。

男人愣了愣神，说："那好吧。"

男人领着女人走了。我去送了他们，一直把他们送到路口，看到他们上了那辆车子，看到他们摇下车窗和我告别，看到那辆车子像一支离弦的箭一样飞出波罗沟。

三天后，我让红四帮忙找人把棺材放到墓穴里，那个墓穴建得合理、宽敞，正好放进三口棺材，棺材放进去的时候，我还对红四说："下次你来找我就要到这里来了。"红四说："我才不找你，我现在忙得很，如果不是你求到我头上，我连给你搬棺材的时间都没有，高铁征地就要开始了，树生，我就要发大财了。"说完这句话，他就像个兔子一样从墓穴里跳了出来，"我才不会上这个鬼地方来，染一身晦气。你这个晦气的老光棍，想死就快快死吧，我还要好好快活几年呢！"

红四走后，我开始处理家里的用具，葬父亲和为自己打棺材已经花掉了我所有的积蓄，我现在是真正一文不名的老光棍了。我想把家里没用的东西都卖掉，然后给自己和父母买下足够花几辈子的纸钱。处理家里的旧东西时遇到了麻烦，我连着出去转了两天居然没一个人想买我这屋里旧货的,最后,只好在卖纸钱的小卖部那里,委托他们碰到外面来收东西的小贩,让他到我家里一趟,钱多少不管,好赖都卖给人家得了。

我在家里差不多又等了三四天,就在死神向我发出召唤的前一天下午,一个小贩上门来了,他进屋看了一圈后,什么旧家具都不肯要,他把我家里的旧家具贬得一文不值,而且语气相当不屑,说这些东西就是白送他他都不要了。这个小贩是哪里人,我一听口音就知道了。年轻时,我跑了那么多地方,小贩那个地方的人给我留下了恶劣的印象,他们欺生、势利、霸道,我在那里时没少挨他们那里的人欺辱。现在居然有个那个地方的小贩上门来了。这个小贩在贬斥了我屋里所有的物件后,只看中了家里那个旧彩电,那是我家中最值钱的东西了,本来我想把它带到坟墓里去的,现在没办法也想卖掉。但他说我这彩电最多只值五块钱,还说五块钱都是多给我了!那一刻,我的肺都差点被他气炸了。我一生没干过恶事,他的到来却让我想干一件恶事了。我想,他真是找死,我真想弄死他!我不由得就把身边的瓦刀拿到手里了。

我说:"你说什么?"

他说:"五块钱,这破彩电,五块钱顶到天了。"

我说:"你再说一遍!"

他说:"五块钱!"

我说:"你有本事再说一遍!"

他说:"五块钱,真的不少了!"

我说:"你说这话就是该死,是找死!"

他说:"你想干什么,你不卖可以,我走人。"

我说:"你想走?想走?想走!"

他说:"我不买了还不行吗,我走还不行?"

我说:"不行,不行,别人行,你们这地方的人不行!"

他说:"你在威胁我吗,大哥?"

我说:"我威胁你?我今天弄死你信不信?"

他看了看我手中的瓦刀,说:"你要杀人吗?大哥,杀人是要偿命的。"

我说:"我不偿命也要死了,你没看见我给自己打的棺材吗?"

他说:"大哥,你饶了我吧,我不过是个收破烂的,我没钱,也没害过人。"

我说:"你收我个彩电给我五块钱还不是害我!"

他说:"我多给你钱你是不是就不杀我了?"

我说:"那看你给多少了,给得少,我照杀不误,反正我就要死了,拉一个陪绑的一起死,正好给我做个伴儿。"

他哭了,说:"大哥,我手里只有五十块钱,大哥,你就放过我吧。呜呜呜。"

他从口袋里掏出五十块钱,哆嗦着递给我,转身要跑。

我大喝一声:"你回来!"

他就像被钉子钉在那里一动不动,像头待宰的羔羊。

他说:"大哥……"

我说:"进屋,抱上你的彩电,给我滚蛋!以后再也不许你到波罗沟来了!"

他愣怔着看我一眼,又看我一眼,然后进屋,小心地把彩电抱出来,到院里时,他又看了我一眼,说:"谢谢大哥!"

我说:"滚……滚吧。"

他就滚了。

我开始做自己活着能做的最后一件事了。我进到了墓穴里,墓穴里充满了奇异腐败的尸臭,那是我父亲死后的身体散发出来的,我甚至看到父亲身体的汁液顺着棺材的缝隙如虫子一样爬出来,墓穴里满是苍蝇的轰鸣和到处乱爬的蛆虫。我毫不在乎,我打开棺材,留下个能容我进去的空隙,然后到墓穴口,把早已备好的水泥和沙子和好,拿出那把最漂亮的、几乎陪伴了我一生的瓦刀,把运棺材进来时推倒的墓穴的墙重新垒起来。我是个出色的泥瓦匠,这点活难不倒我,我的力气还够我把这堵墙垒起来。我不但要把这堵墓穴的墙垒起来,还要留下最后的力气让自己顺利地爬到棺材里去,再把棺材盖上,那样我就可以安心地告别这个世界，到另一个世界去见我的父亲母亲，还有红莲了。对了，忘了说，红莲也死了，两年前，改嫁后的红莲，在鹰城街上被一辆没有牌照的三轮车给撞出了老远，到医院抢救了一个星期后，人还是死了。红莲当初改嫁，我恨过她，可后来不恨了，何况红莲嫁走也没什么错，谁不愿意走出波罗沟呢，只有像我这样的光棍才留在这里。我就是在红莲死去的医院突然晕倒，后来到北京查出那个莫名的绝症的。

墓穴的砖墙砌好，我留下两块砖没砌，只有这样，我才能保证在爬进棺材时不会因缺氧而憋死。那两块砖，就是我拜托那对城里男女做的事，我不知道他们会不会来，会不会帮我做这件事。

垒完最后一块砖，我真的有些累了，我靠着砖墙歇了会儿，然后借着那两块砖透进来的微弱光亮摸索着来到自己的棺材前，让人意外的是，我翻进自己的棺材居然没费什么事，就像当年翻身进入红莲家的院墙那样轻而易举。就在我进入棺材的那一刻，在我还没来得及把棺材板重新盖好的时候，我隐隐听到了汽车进入波罗沟的声响。

我笑了，那是我留给这个世界的最后一个微笑，然后巨大的棺材板被我举重若轻地盖上了，一个黑暗而幽秘的世界瞬间拥抱了我。

干　爹

我父亲母亲去营子街赶集这一天,是农历的五月初四,他们是为明天的端午节去采购的。

那天,父亲一大早就起来了,为一家人做好早饭,就催促着母亲赶紧走。从四顷地到营子街有八里地,他们要走着去。"去晚了,怕买不到包粽子用的好苇叶。"父亲说。

父亲四十五岁之前是马圈子煤矿一个出名的光棍,四十五岁这年时来运转,结束了光棍生涯,入赘四顷地的母亲家。他的兴奋和喜悦之情自不待言,把年方三十岁的母亲稀罕得就像一块宝,拿在手上怕摔了,含在嘴里怕化了。有一次母亲生病,父亲从矿上回来看到,立刻双腿跪在母亲身边,说:"他娘啊,你这是怎么了,怎么不高兴了?你是生病了吧?好好的,怎么生病了呢?"然后用手轻抚母亲额头,用一张麻脸贴母亲的脸。父亲说:"他娘啊,你到底是怎么了?发烧吗?想吃什么?想吃什么我这就给你做去。"母亲说了一句:"我想喝粥沫。"父亲高兴得手舞足蹈,像得到了命令的士兵,立刻下炕,刷锅点火。母亲爱喝粥,更爱喝粥熟之后撇出来的粥沫。母亲说,粥沫是粥之精华,粥沫最有营养。父亲熬好粥,把又香又浓的粥沫加白糖拌好,用嘴"嘘嘘"地吹凉之后才端给母亲。

每当父亲下作得像个伺候主子的奴才,跪着爬着靠近母亲,说着那些让人肉麻的甜言蜜语,姐姐就会不屑地甩下小辫子跑出门去。姐姐非父亲所生,她父亲在我父亲到来之前把自己吊死在一棵大梨树上了。她恨这个大字不识一个的矿工父亲，也恨母亲。她忘不了自己的父亲，被人从树上卸下来时，裤子上的补丁一个接着一个，一双黄胶鞋上露出了冻得青黄的大拇指……想到这里，姐姐的眼泪就成了春天雨后的小溪，哗哗流个没完。

走之前，母亲一再叮嘱姐姐在家里要好好照看我，来要饭的，别忘了给人家舀一瓢。

"给一小碗就够了。"父亲不满地说。

那些年要饭的人多，每到五黄六月，青黄不接之际，要饭的就成群结队来了。母亲无多有少，总不会让那些要饭的人空着走。如果赶上父亲在家，看到那些要饭的人走近了，他会像村里很多人家做的那样，赶紧把门闩得死死的。母亲骂他，"老谷啊老谷，把门给我打开，你这个小气鬼。"父亲说："不能开门，你知道他们是什么人，没准是坏人，装成要饭的呢！"母亲一把拉开父亲，说："哪来那么多坏人，坏人用出来要饭吗？"

父亲眼睁睁看着母亲把家中的粮食送给那些要饭的，他心疼得要命，可也没办法。母亲要做和想做的事他是拦不住的。

我有点怕姐姐。姐姐长得和母亲差远了，她脸黑，腮厚，眼角下垂，嘴角下撇，她从来不笑，每天哭丧个脸。

父亲就说过："这丫头怎么什么时候都对我哭丧个脸？"

母亲说："她就那样，长得像她那个死去的爹。"

其实，我偷偷看那个"死爹"的照片：一个穿着警察装束十分英俊的人，看到那张脸，我甚至要为父亲自卑，和父亲比起来，他实在太漂亮了！这么漂亮的人物，为什么要把自己吊死呢？我一直不明白。

姐姐既不像母亲，也不像她父亲。姐姐就像个丑陋的天外来客。和姐姐单独相处的日子，我总担惊受怕，她看我时的眼神充满仇恨。父亲母亲一走，姐姐就凶神恶煞地让我撵鸡打狗，她像母亲一样坐在炕头上发号施令。我自小是个病弱的孩子，三岁会说话，五岁了还走不好路。五岁之前我一直生活在姐姐瘦弱的背上，每天不歇气地哭。

我一哭，父亲就烦，他不骂母亲骂自己，骂自己哪辈子缺德养了个"废物点心""哭悲精"，父亲一骂，姐姐就会招致母亲一顿打，说她不好好哄着我，结果姐姐就会把气撒我身上，趁父母不在，她会把我扔到地上，恶狠狠说："我让你哭，让你嚎，再嚎我就让王贵家的狼狗把你吃了。"王贵家的狼狗很凶恶，它的叫声像狼嚎。她知道我怕那狗。

父亲母亲不在，我比怕王贵家的那条狗还怕姐姐。当姐姐让我拐着两条营养不良刚学会走路的罗圈腿干这干那的时候，我一点不敢反抗。我宁愿和家里的鸡和狗待在一起，也不愿和姐姐在一起。

姐姐颐指气使地坐在炕上，身前摆个针线笸箩，正学着母亲的样子做针线，绣鞋垫，偶尔抬头看我一眼。

上午十点钟的时候，家里来了个要饭的，他先是在下坎的王生家要，后来又到王福家要，后来就要到我家邻居——大队会计孙玉江家。我一边喂着家里的那几只鸡，一边偷偷观察着那个要饭的。王生家有人，王生在镇上的煤窑上班，但王生的女人天天在家，那个要饭的到王生家时，我看到王生女人悄悄把门关上了。然后是王生的大哥王福家，王福家的门始终关着，像守着一个秘密，要饭的人吃了两次闭门羹，就要到孙玉江家。孙玉江是个老喘儿，因为患有严重的哮喘，他很少到大队上班，天天和老婆孩子待在家里。他家的门倒是洞开着。要饭的人走进孙玉江的院子里，过了好一会儿，我才听到孙家女人的声音，孙家女人恶声恶气地数落要饭的："天天来，天天要，真烦人……下次别来了……赶紧走吧……"

眼看要饭的就要到我家来了，我立刻跑到屋里，把这个消息告诉姐姐："要饭的，姐，要饭的来了。"

姐姐说："知道了，知道了，你慌什么？"

姐姐大模大样地下炕，穿鞋，对我说："你去，把大门二门都打开。"

我讨好地说："姐，门都开着呢。"

"那就老实去院里站着去。"

我乖乖地站到院子里。这时候，要饭的已经从孙家出来，正在我家院墙外院里张望，我家的狗最先发现了他，叫了起来，我家的狗是只小柴狗，叫起来却很凶。要饭的陌生人被吓着了似的一动不动。

要饭的是个老头，面色青黄，又干又瘦，像一个被煮熟晒干的虾米。

我冲屋里喊："姐，姐，要饭的……"

姐姐站在门口对我说："你喊什么，把狗看住。"又对要饭的老头说，"您进来吧，我家狗不咬人的。"

老头进了院子。

"你等着，我给你舀吃的去。"

姐姐用干瓢舀了一瓢粮食，倒进老头那个灰色的破布口袋里。老头要了一早晨饭，现在那个口袋还是瘪瘪的。

姐姐把瓢里的粮食倒在袋子里，问老头："够吗？不够再给你盛点。"

"够了，够了。你真是个好心眼的姑娘。"

老头心满意足地走出院子，边走边回头。姐姐对我说："别傻站着，送送爷爷。"

我就跟着老头出了院子。老头问我："你腿怎么了？"

我低头看了看自己几乎圈成了一个圆的两条腿，冲老头摇摇头。

老头说："可怜的孩子，你这是罗圈腿。"

我点点头。

"没认过干爹？"

"干爹是谁？"

"干爹就是……命硬的穷人……认一个命硬的干爹，你的两条腿就会好起来。"

"你能当干爹吗？"

老头说："不能。干爹是那种无儿无女，无牵无挂的人……"

"那谁能当我干爹？"

老头摇摇头，又去王贵家要饭去了。

老头走后，我开始盼父亲母亲回来，想问问他们干爹的事，我想让我的腿好起来。我姐姐在娘的柜子里东翻西翻，也不知在找什么。

趁她不注意，我溜了出去，沿着小路走向东小梁，在那里，找一块石头坐下来，等着父亲母亲回来。那里地势高，通向外面的唯一一条大路就像一条大蛇，盘旋着往低处游走。我坐在那里，正好能观察到大路上往来的情况。

大马路空空荡荡，半天看不到一个人影。太阳明晃晃照着，久了，眼睛发涩，整个人就想睡觉。脑袋晃几晃，人差点歪到柴草棵子里。我就不敢在那里坐了，顺着小梁上的小路往下走。

下了小梁是大路，大路边是个小场院。小场院秋天时打谷子，选苹果，到冬天就成了一帮孩子学骑自行车的教练场，很是热闹。大路顺着小场院绕了个弯，外边是个小梁岗，小梁岗上是黑森森的松树林。松树林里有个乱葬岗，四顷地有不足年的孩子死了，会被大人抱到这里，用石头砸，用火烧……据说一到晚上，松树林里就有孩子的哭声传出来。

好不容易走过那段路，接着是个陡坡，远远地，看到陡坡下一群孩子正又跳又闹，好像碰到了什么新鲜事。

我拐着拐着下了坡，看到他们站成一排，正对着河对面的一个搭在山崖下的窝棚撒尿。那个窝棚没有顶，半悬出来的山崖就成了窝棚顶。窝棚是由秫秸和谷草混合着黄泥砌成，因年深日久，早显得苍黑老迈，好像一场风就能掀翻。

我还是第一次走到这么远的地方来，对一切充满了好奇。

那些孩子撒完尿，就冲窝棚喊话："三疯子，出来！出来，三疯子！"

喊了半天，没喊出窝棚里的人。他们开始向窝棚扔石子，说喊不出三疯子，就把三疯子打出来。

河很窄，窄到大人几步就可以跨过去。石子像乱箭一样射过小河，有的砸到了崖壁上，有的砸到了泥墙上，更多的则砸到了窝棚的破门上。

窝棚的破门突然打开了，从里面哇啦哇啦冲出一个人。那是怎样一个人啊，完全看不清面目，一头灰白的头发又长又乱，完全遮盖住了头部，他光着脚，手里拿着一根拐杖，冲着小河对面哇哇大叫。

孩子们更兴奋了："三疯子出来了！打他。"石头如雨点一样向那个三疯子投过去。三疯子左躲右跳，哇哇乱叫，像跳一种古怪的舞蹈。我听到石子砸到他身上发出的啪啪响声。

三疯子开始反击，他也不管不顾抓了脚下尘土石块向河这边扔，最后又哇啦哇啦叫着冲过小河……那几个孩子吓得丢掉石子转身就跑。

我听到一个叫双岁的孩子对我说："罗圈腿你还不跑，三疯子会把你吃了的，三疯子会吃人……"

我也想像他们那样撒腿跑，可我的腿根本不听使唤，三疯子几步追上了我。我看到三疯子那被愤怒折磨得完全变形的脸，那不是人的脸，那简直就是魔鬼的脸。

看到那张脸，我吓得闭上眼。我想这回完了，这回我要被魔鬼三疯子吃掉了。

三疯子并没有吃我，而是把我拉起来，冲我笑了。他的面目古怪，身形癫狂，手舞足蹈，哇里哇啦，不知所云，可他居然会笑。他拉起我的动作也够温柔，把我拉起来，还给我拍身上的土。一张黑洞洞的大嘴张起来，两边的皱纹像水波一样扩散开去。我哇的一声哭开了。

赶集回来的王贵媳妇正好赶到，一把拉开三疯子，说："三疯子，你想孩子想疯了？别把孩子吓着！"

那天，我是被王贵媳妇领回家的。

王贵媳妇刚走，父亲母亲就回来了，他们大包小包，买了一大堆东西。苇子叶，剪裁好的纸灯笼，干粉条，海带，肉。当然也少不了彩色塑料纸包着的糖块。母亲给了我几块糖，我先剥开一块放嘴里。剩下的都放在西房山的一处墙窟窿里，然后用土块挡上。那是我的一个秘密储藏室，凡是有好的东西又怕被人发现的，我就会藏到那里去。

回到屋，姐姐正和母亲学说上午的事。父亲几步窜到东屋，随后爆发出女人一样的惊呼。

母亲说："老谷，又怎么了，大呼小叫的？"

父亲拎着粮食袋过来，对姐姐说："你说，你这是给要饭的一瓢吗？"

姐姐说："是给了一瓢。"

父亲说："一瓢，会少这么多？你看看，你看看。"父亲把粮食袋蹾在母亲和姐姐面前。

姐姐说："就是一瓢，就给了一瓢。"

父亲说："你看看这是少了一瓢粮食吗？你肯定不是给了一瓢，最少三四瓢。我走前把粮食袋子都看过了，咱家有多少粮食我有数，现在少了这么多，你却说只给一瓢？你这个孩子这么不诚实，怎么这么爱撒谎？少一瓢会少这么多粮食吗？"

姐姐说："就来了一个要饭的，我就给了他一瓢，还能给几瓢？"

父亲说："多给了还不承认，还和我犟嘴……"

父亲又把粮食往母亲面前蹾了蹾，说："你看看，是不是少了不止一瓢？"

姐姐的犟劲就上来了，说："我说一瓢就一瓢，本来那么多粮食，我给了一瓢就剩那么多，我还能把生粮食吃了？"

父亲看着母亲："她还说给一瓢！"

姐姐说："本来就一瓢。"

父亲说："你再说一遍？"

姐姐说："说一瓢就一瓢，一瓢一瓢一瓢，说十遍我也是给了一瓢……"

姐姐的话音未落，她脸上的耳光声就响了。

母亲打了姐姐一个耳光，母亲说："他说几瓢就几瓢，你和他犟什么嘴。"

姐姐的眼泪立刻像打碎的珠子一样掉下来了："他冤枉我，本来就一瓢！"

母亲顺手抄过擀面杖，要打姐姐，说："我让你犟嘴，你怎么跟你那个死爹一个样！"

姐姐就呜呜呜哭着跑出去了，她的呜呜呜的哭声穿过门前的小路一路向西，整条小路就都是姐姐呜呜呜的哭声。

父亲看姐姐挨打跑了,脸上换上讨好母亲的笑容:"是少了三四瓢,你看看咱家粮食袋,都快见底了。"

母亲说:"你说少几瓢就几瓢行了吧,挺大个男人,小气鬼!"

父亲一脸无辜:"本来就少了嘛!"

端午节的这天早晨,一家人把粽子包好,把大锅架起劈柴,开始煮粽子,粽子刚下锅,母亲打开房门,看见一个老头,左手拐棍儿,右手拿个大破碗,不用问都知道,家里又来要饭的了。他是个老头,还是个盲人。老头走后,父亲说:"咱家的粮食都让你送给要饭的了,用不了多久我和我儿子也快要成要饭的了。"

"你给我住嘴!乌鸦嘴!"母亲生气了。

父亲正往灶里添柴火,不以为然地看了母亲一眼,说:"一到端午,要饭的成群结队跑过来。再来几个,咱家的粮食袋真快空了!"

上午十一点,粽子快熟了,父亲把大火撤掉,改由炭火慢煮,母亲又洗了几个鸡蛋,放到粽子锅里一起煮。那边的小灶上,父亲也炖上了一锅他最拿手的大菜。

一般这时候,要饭的就不会上门了。过去要饭的人懂规矩,从不在饭口的时候来人家要。去年端午节,正下着小雨。一对外地来的要饭的母女,被雨截住,因为正是各家各户的饭口,只好躲到路旁的梨树下。后来是被母亲发现,派姐姐去叫了两三次,才把那对母女叫到家。

粽子和鸡蛋刚捞出来,在外面看着炖菜锅的父亲突然跑进屋,对母亲说:"他娘,他娘,又来要饭的了!"母亲问:"谁啊?"父亲说:"还有谁,韩三疯子!"

韩三疯子直通通地闯进院子来了。他背上背着个小笆篓,满头灰白的乱发,黑洞洞的嘴里爆发出一连串呜里哇啦的怪叫。母亲就说:"这个韩三疯子还不傻,知道今天是五月节,他背着笆篓是挨家挨户收粽子呢。"父亲说:"他还成了黄世仁了,挨家挨户收粽子,谁欠他一样?"母亲说:"瞧你挺大个人,也说这种话,三疯子没爹没娘,无儿无女,是个老绝户,谁给他包粽子吃?去,把他给我让进屋。"

父亲不愿意，还是把门开了。三疯子一进屋，更是手舞足蹈，乐得一张黑脸像开了花。

三疯子进了屋，母亲让他在炕上坐下。拿过刚煮熟的粽子，剥好两个，放在倒了糖水的碗里，三疯子看到粽子，张开大嘴毫不客气，但他只吃了一口，突然把目光投向了我，把粽子碗一下送到我面前，我吓得叫了一声，赶紧往母亲身后躲。

母亲对三疯子说："这是给你吃的，你吃吧，不用管孩子。"

两个粽子被三疯子几口吞了下去。他抹了抹嘴唇，再次笑了，还对母亲竖起了拇指。

母亲说："三疯子啊，你甭谢我，我还有事要求你呢！"

三疯子停止嘴里的叫声，立刻安静下来，睁大着一双眼睛看母亲。

母亲把我拉到三疯子面前说："我知道你无儿无女，我这个儿子自小体弱多病，你看他那两条小罗圈腿，走路来回摔跤，有人告诉我，认个命硬的干亲冲一冲就好了，你在咱四顷地来说，命算最硬的了，克爹克娘，无儿无女，就让我儿认你做个干爹吧？"

母亲让我跪下磕头，说："快给你干爹磕头，磕三个响头，就算认干爹了。"

我不愿意，母亲就下狠劲把我往地上摁。争不过母亲，最后，我还是老老实实在韩三疯子面前磕了三个头。

韩三疯子看我真磕了头，再次哇里哇啦叫起来，把饭碗往桌上一放，跳着跑出去了。

"看你，把疯子吓跑了吧？咱儿子有我这一个爹还不够，还认个干爹？"父亲幸灾乐祸。

母亲说："你知道什么，疯子那是高兴的。"

父亲说："要我看，是被你吓的，是被咱儿子那三个头吓的，这回好了，给吓跑了，不过也好，省得他下次还来。"

我想到上午那个要饭的，事情怎么这么巧？难道那要饭的也对母亲说过类似的话？不然母亲怎么看到三疯子就让我认干爹？或者是母亲早就想好了的，今天赶上疯子上门就认了？可说实话，我不喜欢三疯子，他那个怪样子实在是太吓人了。

正吃着饭，谁都没注意，跑走了的疯子又回来了，他气喘吁吁，手摆动得像是通了电，嘴里也不闲着，说着一连串谁也听不懂的怪话。疯子把笆篓放在我家屋地上，开始一样一样往外掏东西：糖果、糕点，还有一件小罩衣——那是给穿开裆裤的小孩穿的衣服。一家子只有我还穿着开裆裤。

原来，疯子是跑去大队代销点给我这个干儿子买东西去了。

自认了韩三疯子这个干爹，韩三疯子来我家的时候就多了。再来我家，只安安静静地坐在炕上，如果恰好我不在，他就一动不动地傻坐着，一旦看见我了，他的眉眼立刻生动起来，一张大嘴再次黑洞洞地张开，他可能怕吓到我，见到我，也不像过去那样哇啦哇啦喊叫了，而是把我悄悄拉过去，从他的口袋里拿出核桃、栗子、苹果什么的，塞到我罩衣的口袋里。

姐姐说："这个三疯子，就知道对他干儿子好，来家里坐半天也不掏出来，他干儿子一进来，什么好东西都往外掏。"

母亲说："你要是眼红，也给你认个干爹。"

姐姐说："有一个干爹还不够我受。"

母亲说："死丫头片子。和你那个死爹一样，没良心的。没老谷，你就得去要饭吃！"

母亲说起姐姐那个吊死鬼爸爸总是狠呆呆的。我父亲老谷虽然是个大字不识的文盲，还小气，可父亲对母亲那叫真好。何况，父亲还是个国营煤矿的工人，有工资有补助，有粮食票，父亲来了等于救活了母亲一家人，家里除了这个姐姐，还有两个在中学寄宿的哥哥和姐姐。所以母亲在孩子面前总是维护父亲的尊严，即便父亲做错了，母亲首先想到的也是惩罚孩子。

自认了韩三疯子做干爹，父亲对韩三疯子也好了，有时从矿上回来还要到三疯子的小棚子里去坐坐，给三疯子带几个从矿上食堂买回的馒头面包，和三疯子一起卷他的叶子烟抽。过年了，父亲还领我到三疯子的那个小黑屋去给三疯子拜年，当着他的面让我给三疯子磕头。

　　说也奇怪，自打认了三疯子做干爹，我的腿就奇迹般地好起来，七岁的时候已经和同龄人一样可以又打又闹到处疯跑，那几个用石头子攻击我干爹的孩子都成了我的玩伴儿。他们还是会去捉弄三疯子，也叫我。我一次也没去过。双岁问我："为什么不去，怕你干爹打你？"老成说："什么干爹，又不是真爹。"无论他们说什么，我都不会去。不管怎么说，韩三疯子都是我干爹，我怎么能去捉弄他呢？

　　我八岁那年冬天的一个晚上，韩三疯子的窝棚突然着火。不知怎么烧起来的，等到有人发现过去救时，窝棚早烧塌了。人们都说，三疯子肯定连同这个小窝棚被这把火给烧死了。可奇怪的是，当村人把余火扑灭后，进去寻找三疯子的遗体时，却什么也没找到。

　　总之，这件事的结果是，三疯子的家烧光了，三疯子像神秘消失了一样难觅踪迹，而三疯子家为什么着火却不了了之。

　　我总觉得事情发生得蹊跷。可我不知道该对谁说去。就在几天前，双岁、老成、红四他们还找我说要去教训一下三疯子，因为三疯子有一次追过老成，把老成按在大路上过。虽然三疯子并没打老成，老成还是狠狠地对我说："瞧着吧，这回我会让你干爹好看。"当时老成的表情十分吓人。为此，我担心了好几天，结果那几天什么事也没发生。谁想到会发生这么大的事呢。

　　那些日子，一家人都在念叨着三疯子。母亲说三疯子命硬，死不了，也许是被那场火给吓着了，跑到哪里躲起来，说不定哪天就跑到家来了。我们也都像母亲一样盼着三疯子出现。然而，那年过年，三疯子没有来我家。第二年端午节，还是没能看到三疯子的影子。

　　端午节那天晚上，我做了个梦，梦到三疯子高高兴兴来我家，背着的笆篓里都是拿给我的好吃的……我一个劲地叫着他干爹，叫得三疯子脸上全是笑。

　　三疯子究竟去了哪里？也许他真被一把火给烧死了，烧得尸骨无存；也许他根本就没死，而是大火一着就跑走了，永远离开了四顷地。

我们去看阿迪力

一

　　我的朋友张生把自己关在六楼的房间已经半年了。是张生的那个漂亮老婆给我打电话,我才知道这件事,那时我正在看电视直播,高空王子阿迪力正在金海湖景区临时搭建的空中小屋挑战他新的世界纪录。这个时候有人打电话,多少会有些不耐烦,但因为打电话的是张生的老婆,我的不耐烦就消失了。她电话中的语气带着点哭音,她说:"帮帮忙,来我家看看张生吧!"我说:"张生怎么了?"她说:"张生病了。"我迟疑了下问她:"什么病,严重吗?"她说:"你还是来看看吧,看看你就知道了……"

　　这时候,我才想起已经很久不见张生了。还是去年初夏的某个晚上,一个朋友设局请客,张生也来了,那是我最后一次见到张生。那是一次规格相对比较高的酒局,有区里的宣传部部长和文联主席,张生穿得稀里糊涂就来了,神情郁郁寡欢,朋友几次让他给桌上的领导敬酒,张生每次都是涨红着脸,不说话,被逼急了,才直通通把自己面前的那杯酒灌下,然后又躲到巨大水晶灯的暗影里讷讷地不发一言,连我都为他难为情。请酒的朋友对我说,张生现在怎么变成这样了?他甚至称张生为扶不起来的阿斗。我们的这个朋友一直以谦让和儒雅著称，连他都对张生有如此微词，可见张生真出了什么问题。但具体出了什么问题，我们谁都不知道，也没人想知道更多，我们都很忙，自己的事情照顾不暇，哪有时间和精力去管一个本来就不太正常的人出什么问题呢？

张生所在的小区老旧，根本没规划停车位，我开着车在里面转了一圈，看到的多是行动迟缓、步履蹒跚的老年人，一望即知是心脑血管疾病留下的后遗症，在这些歪头晃脑、原地画圈的老人中间开车无异于进入雷区冒险。我小心翼翼、胆战心惊地在狭窄逼仄的小区里转了一大圈，只好乖乖地把车开出小区，停到马路对面的农业银行停车场，穿过斑马线，步行进入张生家所在的小区。还好，我记得张生家所在的楼号、单元和房间号：14号楼1单元12号。

这是一栋建于二十世纪八十年代的砖混楼，六层，每层两户，楼道老旧、昏暗，楼梯拐角处堆满杂物，大白天也要借助楼道内的昏暗灯光。好不容易爬到六层，已是气喘吁吁。开门的是张生的老婆。她依然漂亮，无情的岁月在她身上似乎毫无办法。她没急着让我进去，自己闪身出来，防盗门没关，在她身后留下了道拇指宽的缝隙。

我顺着缝隙往里望了望，什么都没看见。在昏暗的楼道里我和这个漂亮的女人面对面站了会儿，尽管她穿着拖鞋，身上的衣服也十分家常，可她身上那股凛然之气，还是让人望而却步。

这个漂亮的女人曾经是张生的一张光闪闪的名片。那些年，我们奋不顾身地邀请张生参加各种活动，活动的唯一要求就是让张生必须带家属。我们的目的昭然若揭，就是为了能多看这个漂亮的女人几眼，张生却很少带她参加。也不是张生不带她，是她不愿意参加张生的任何活动，后来，我们就不请自来地往张生家跑，却没有一个人能同这个漂亮的女人走得更近。

我想，什么叫咫尺天涯，也许我和张生的老婆面对面站着就是咫尺天涯吧。

用另外一个朋友的说法：长得漂亮有什么用？长得漂亮确实没什么用。就像我们后来都平静下来，不再为接近张生的漂亮老婆而努力一样，因为努力也没有用。

现在，我和她站在六楼楼梯那个狭窄空间里。她吹气如兰，我噤若寒蝉。

"到底怎么回事？"

"怎么说呢？"女人迟疑了一下，"他有半年多不下楼了……"

"是他不想下楼吧？"我这么闪烁着回答她。据我所知，张生本来就是个怪人，对于一个怪人，半年不下楼有什么可奇怪的？他下不下楼又有什么关系呢？也许除了这个女人，世界上根本没人关心张生下不下楼。

"到底怎么了，他病……重吗？"

"他没病……"女人说，或许想到电话中对我说的话，一时不知如何措辞，就用手指了指自己的脑袋，"我是怕他这儿，这儿……"

"你是说，他的这儿？"我也学着女人，指了指自己的头。

"嗯。"女人无奈地点下头，好像承认这一点实在有点迫不得已。她是个高傲的人，一直是个高傲的人。这一点我清楚。

"他有什么具体表现……没有？"

"他老是想飞。"

女人说完，用一双惊恐的眼睛看着我，好像我不是我，而是她丈夫张生，一个没长翅膀却想飞的人。

二

"我想飞。"这是几分钟后，坐到朋友张生家的沙发上，他对我说的第一句话。

"我小时就有个梦想，你知道吗？我想当飞行员，高中的时候，部队来学校招生，是空军。我也去体检了。他们用一根亮闪闪的小钢棍敲打我的膝盖，测试我双腿的灵敏度，我使劲绷着两条腿，一动不敢动，唯恐自己的腿会随着棍子的敲打弹起来……我真傻，是不是？后来才知道我们学校录取了三个人，本来应该有我的，你知道，我的视力、体格都很好，可是，可是，就因为我的腿没能随着那根棍子动起来，最终我被淘汰了……更可笑的是，最开始，他们让我们脱光衣服，我还以为是检查我们肋下是不是长了翅膀，因为是招空军嘛……那时候的人，好傻好天真，如果当初那根闪闪发光的小棍在我的膝盖上落下，我的腿能习惯性地弹起来，那么，我早就飞上天空了……"

张生很响地咽了口口水，说到这些，他的表情可以说得上眉飞色舞，一点不像"那儿"有毛病的人。

人人都有梦想，梦想就像是做梦。我看着张生一字一顿地说："没有一个人会因为喜欢做梦而一睡不起的，多不愿意醒也不行，因为梦就是梦，是梦就总有醒来的那天。"

"说到梦，你说奇怪不奇怪？我现在做的梦，正在重复我八九岁时候的梦，梦到自己坐在小时候的窗台上，一次次往下跳，我跳啊跳，窗台那么矮，但每一次跳下去都胆战心惊的，每一次都有惊无险，就像一片鸿毛，连一点微尘都带不起来。我小时候就经常做这样的梦，跳啊跳啊跳，跳到最后，脚就像踩了弹簧，身子轻飘飘的，像长了翅膀……"

"你是说，你现在做的梦，是你小的时候做过的？"

"对，是小时候做过的梦，梦到自己贴着地面飞，像长了翅膀一样。"

"长了翅膀？"

"是'像'长了翅膀。"他强调了一下，"是贴着地面飞呀飞，像蜻蜓，像小孩玩的那种模型飞机……"

张生缓步走到阳台，阳光像瀑布一样在他身上倾泻下来。

"他站在那里，一站就是几个小时，有时候，我半夜醒来，找不到他，后来发现，他就站在那里，一动不动……"女人不知啥时走了过来，悄声说。

我做了个禁止女人说下去的手势，走到张生身边。

"你看，这可比小时候的窗台高多了。"张生头也不回地对我说。"在梦里我始终都在跳那个窗台，可我从没做过从阳台上跳下去的梦。我在想，如果从阳台上跳下去会怎样？也会在接近地面的时候飞起来吗?"

"不会飞起来,只会粉身碎骨。你干吗总是憋在楼上,不出去走走?外面都春天了。"我手指着楼下一棵树冠巨大的柳树说。那些柔嫩的绿色枝条像画家泼墨般染上去的。

"其实,人只要长翅膀,就不会摔死。"

"你见过人长翅膀吗?"

"我看过马尔克斯的《巨翅老人》,也看过他的《百年孤独》,俏姑娘雷梅苔丝就是裹着毛毯飞起来的。"

"那只是作家的想象。"

"我知道,但我想,人只要飞起来,"他伸开两手做出一个飞翔的动作,"就像这样,说不定,人飞起来的时候,就会真有翅膀长出来……"

我拉着张生回到屋里,在沙发上坐下,拿起遥控器,打开电视。我问他:"你平时看电视吗?"

"不,"张生懒洋洋地看了我一眼,"我好几年不看电视了,没意思。"

电视里,高空王子阿迪力在接受记者的采访。这个圆脑袋的新疆人,面对摄像机有些腼腆,也有些疲惫。

"人类正在挑战极限!"主持人说,"你在钢丝上时是什么感觉?"阿迪力说:"没什么感觉,就像走路。"

"多么刺激的走路!"主持人说,"远远看上去,您那不是在走路,像飞,像鸟儿一样飞翔。"

阿迪力说:"要是上帝给我一双翅膀,我就不用踩着钢丝在这里表演了,我会飞给你们看。"

我突然喜欢上了这个脸蛋红红的家伙。

"听到这家伙说什么了吗?"我想告诉张生,那正是他感兴趣的话题:关于翅膀和飞翔。怎么说呢,我还是了解一点张生的,他这个人好幻想,有执念,看问题爱钻牛角尖,容易走火入魔。我想,他老婆既然找到我,而我又确实还算张生的一个朋友,就得施以援手。张生如此发展下去后果会怎样?成为一个精神病送进医院?还是突然打开窗户,从阳台上一跃而出,像他说的那样,等着自己长出翅膀?

"我们去金海湖看阿迪力吧。"

"阿迪力是谁?"

"看高空王子啊,看他走钢丝。"

"那有什么稀奇?只要经过训练,这种事人人都能干。他又没长翅膀,有什么好看的。"

"去吧,说不定这家伙真长着翅膀呢。"

"他怎么可能会长翅膀?不会的。他只会走钢丝,我对他不感兴趣。"

张生说完,看都不看我一眼就回了自己的卧室,我听到他的身体倒在老旧的席梦思上,发出"轰"的一声巨响。

我目瞪口呆。

"他就是这样,从来不顾别人的感受……"女人说,"和你说个事,不怕你笑话。上次我嫂子从美国回来,带来一些糖,专门拿到家里来。张生平时是最喜欢吃糖的,他吃起糖来就像个贪婪的孩子。人家好心好意把糖拿到家里给他,让他尝尝。还特意说,'张生,你尝尝,这是我从美国刚带回来的糖。'你猜张生怎么说?张生无精打采地拿过糖,一句客套都没有,直通通说,'美国的糖不也是糖吗?'然后,他把糖放在茶几上,看都不看我们一眼,就像刚才一样一个人躲到屋里去了。"

"美国的糖不也是糖吗?"我重复着女人的话,突然笑了,"他说得没错。"

"确实没错。可人家大老远巴巴地把糖送来,客气一句总是应该的对不对?多亏是我亲嫂子,不然,我的脸往哪儿搁?"

"你嫂子知道他这儿?"我用手指点了下自己的头。

"知道。现在谁不知道?问题是,他不是精神病,我觉得他这样做是故意装出来的,故意让我在家人面前出丑……我知道他下岗后心里一直不痛快,可再不痛快也不能折磨自己家人啊……"女人漂亮的大眼里蓄满了眼泪,像春天雨后的荷塘,波光闪闪。

"谢谢你能来看他。"走出张生的家门时,张生没出来送我,送我的是他的女人。"他在外面没认识几个人。我想来想去,只有你还算他的朋友,他过去,常常和我说到你……"

"我知道。"我不敢看那女人。女人此刻楚楚可怜,我都有些心疼她了。

"你放心。我会让张生下楼的。"

三

事实上,让张生下楼并没想象的那么艰难。第二天,当我再次来到张生家,提议让他和我出去转转时,张生封闭的大门就打开了一条缝隙。他说:"转什么呢?"我说:"我们去看阿迪力。"张生说:"就是你说的那个走钢丝的人?"我说:"是。"他不说什么了。好久,他才问了句,"可我出去穿什么呢?"我说:"随便什么。"张生认真地说:"怎么能随便呢?"然后他找来了至少四五套衣服。他的女人也过来帮忙。张生每换一件衣服都要征询我的意见,对他妻子的意见却置若罔闻。后来,他穿上了一件夹克衫,问我怎么样。怎么说,那是一件非常老土且早已过时的衣服,但看到他认真的模样,我还是违心地说:"不错。就穿它!"

他就这样答应了我,轻而易举,简直不费吹灰之力。张生说:"好吧,就穿着它出去转转。"听那口气,仿佛不是自己想下楼而是要穿着这件过时的衣服去见见世面一样。

女人难以掩饰自己的欣喜之情,这个一直利索的女人,一时竟有些手足无措,忙着为张生收拾,拍去衣服上经年的积尘,摘掉那些肉眼几乎看不到的绒毛和线头,好像她的丈夫不是出去转一下,而是远征一样。我都有点吃醋了,守着这么个好女人,这家伙究竟想干吗?为什么要把自己搞得神经兮兮的呢?可惜了这么漂亮的女人!

女人一直送我们到楼下。下楼时,她一直搀着张生。张生走得跌跌撞撞，经久不下楼梯，他好像都不会下楼走路一样，莽撞、冒失、手足无措，像是个耄耋老人。

好不容易走下六楼，女人已然出了一身细汗。我闻到了她身上潮湿的汗香。我突然有些后悔，也许我更该带这个可怜的女人而不是张生去看阿迪力。我相信，在我们肩挨肩地举头看着那个阿迪力在高空做着各种高难度的表演时，她嘴里不经意爆发出的惊呼声，会更容易让人迷醉。

我邀请女人和我们一起去看阿迪力，女人却态度坚决地拒绝了。她在楼梯口那里站着，目送我和张生走出小区，她坚定不移的模样，不由让人感叹。

我说："张生，你真好福气，娶这样一个好老婆。"

张生摇摇晃晃地走在我身边，说："我讨厌走路，从小就讨厌走路。"

不知该如何形容张生的变化。他看到我的汽车时居然紧张起来，我想让他坐副驾驶，他一个劲摇头，拒绝的理由更是好笑，他说："我晕车。"我说："坐后面不是更晕车吗？"他问我，"能不能不坐车去？"我说："几十里的距离，不开车难道步行吗？"他说："可以坐马车。"我笑了，问他："怎么想到坐这个？"他说："我小时候出门，去集镇上都是坐马车去。"我说："据我所知，马车这种交通工具，早在三十年前就已经消亡了。如果你不坐我的汽车，那你就走着去好了。"他说："我讨厌走路。"我把车门打开，把张生塞进后车座，像塞进去一个不情愿的麻包袋。"张生，你这样不行，你得改变自己，你知道吗？"我说，"你有问题了。"

上车，系安全带，发动汽车。这一系列惯常的动作，在张生看来每一步都惊心动魄，他噤若寒蝉地坐在后座上，两只大眼睛惊恐地望着我，好像我们的面前随时都有一场祸事在等着一样。

"张生，你别这样，别做出这副样子行吗？你过去不这样，一年前，我还开着这辆车带着你到处跑。"

"可那是从前……我现在害怕……"

汽车发动起来了，我看到张生惊恐地闭上眼睛。我在想，自己是把他带到金海湖去看阿迪力，还是直接把他送进钢窑？钢窑是我们这里的一家精神病医院。

我开着车，很快出了城，开始路还好走，走着走着，路上的车就逐渐多了起来。看到那些车上的人兴奋的样子，我就知道他们是去干什么的了。他们有的胸前挂着口哨，有的胸前挂着望远镜，他们和我们一样都是去金海湖看空中王子阿迪力的。

车越来越多，前面已经开始出现堵车。后面的车不耐烦地按起了喇叭，催促的喇叭声按得我心烦。我骂："按什么按，有能耐你从我车上飞过去！"

张生说："你说什么，什么从车上飞过去了？"

我说："没什么，后面的车超不过去，按喇叭催咱们呢。"

"哪辆车？"张生频频回头，"哪辆车想飞过去？"

"没有哪辆车，哪辆车也没这个本事，哪辆车也没长翅膀。世界上除了鸟儿和飞机，什么都别想飞起来。"

"小时候，我见过邻居王贵家新生的小猪就长了一对翅膀。"

"那它最后飞起来了吗？"

"没有，那头小猪出生三天后就死了。"

我得意地说："怎么样，是吧？你不要以为长了翅膀它就能飞，即使像你说的那头猪，它真的长了翅膀，不还是没飞起来？不能飞的东西，它永远也飞不起来。"

张生不理我，把脸向后扭去，眼里充满狂热的希冀，和开始时的噤若寒蝉简直判若两人。

四

我们去金海湖那天是 5 月 11 日，这之前，迫不及待的媒体已经宣布高空王子阿迪力在金海湖创下了高空生存二十五天的记录，此举引起世人的关注，阿迪力也被誉为中国的高空之王。这个憨厚的达瓦孜传人，更是信心满满，面对记者的采访，说出了"只要有鹰飞过的地方，架根钢丝，我就能走过"的狠话。

我和张生赶上了阿迪力在金海湖的最后一次表演。我们坐在临时搭建的看台上，仰着脑袋看阿迪力步伐稳健地走上钢丝。一直闷不吭声的张生说："你看，他像不像一只鸟儿？"确实，此刻的阿迪力一动不动站在钢丝上，确实像是一只火红的大鸟，而他双手撑开的平衡木则像一对展开的翅膀。

阿迪力的高空小屋建在大坝尽头的一个小山岗上，钢丝绳从小屋出发一直到湖中心小岛的湖光塔下。几年前，我、张生和一大帮朋友从大坝坐快艇去过湖光塔。快艇就像一枚射出的利箭，劈波斩浪，也要二十分钟。阿迪力在钢丝上要走多久呢？我一直想着这个问题。

阿迪力小心翼翼走了一小会儿后，开始渐入佳境，此刻，他在钢丝上，正做着高难度的金鸡独立，像一只大鸟，用一只爪子抓住钢丝。人群中爆发出喝彩和掌声。张生说："真棒。真像一只鸟。"在车上，他还是个奇怪的病人，此刻他已经完全融入观众的情绪中，不再显得落落寡合。

钢丝绳突然不明原因地晃动起来，阿迪力在钢丝绳上左摇右晃，眼看要掉下来了。观众中发出一声惊呼。"这家伙要掉到湖里去了。"我说。张生沉着地说："他掉不下去。你看，他已经躺下了。"

阿迪力真的在钢丝上躺下来了，有好几分钟的时间，他一动不动，像睡着了一样。过了一段时间，他开始单手拿着平衡木，一只手开始打电话，他身上居然还带着手机。打完电话，他继续行走，走到湖中心的时候，他在钢丝绳上跳起了新疆舞，这简直太刺激了！我看到张生和我一样，紧张地攥起了拳头，兴奋之情溢于言表。

从金海湖回来的第二天上午，我收到张生老婆发来的短信：谢谢。张生回来后爱说话了，晚上睡了个通宵，早晨起来后，就嚷嚷着要出去，简直像换了个人。

我也很高兴，仿佛做了件有功德的好事。

五

再次接到她的电话已是半月之后，人们对阿迪力的剩余热情正一点点消失，大街上也不再听到大声吆喝望远镜和葡萄干的新疆口音。很多时候，时间就像一阵风，把过往的事件轻卷而去，我也几乎忘记了张生。

就在这时候，张生老婆的电话再次打过来，电话中她吞吞吐吐，大概意思是，张生失踪了，已经好几天不见踪影。她已经报警，正发动所有的亲戚和朋友找他。她问我最近两天是否见过张生。我说："自从金海湖回来，再也没见过他。"

"张生丢了……"她最后说，"我该怎么办？"电话中传来她遮掩的哭泣声。

"你别着急，我这就过去。"我没有迟疑，放下电话，开车去了张生家。

我在张生家的客厅里坐下，听张生的老婆细说经过。张生自从被我带去金海湖看过阿迪力之后，一直处于兴奋之中，话多了，也爱看电视了，晚上睡眠也异乎寻常的好，半夜不再起来到阳台上去发愣，而是一觉睡到日头老高。人也精神了，开始天天往外跑，一出去就是一天，早出晚归。开始，她还不放心，但过了些日子，见张生并无异常，也就不再担心了。她问张生出去干吗，张生从来不说。张生是个话非常少的人，喜欢把心事压在心底。何况那时是她见过张生最开心的时候，她也就不管张生每天出去干什么了。

"他每天回来都笑嘻嘻的……"她说，"我以为他彻底好了，谁想到他会突然离家出走呢？"

"他平时都去哪儿？你没跟他出去过？"

"他不让人跟着。他很警觉，开始我想跟着他，看他每天都干什么，但每次都被他发现。发现后，他就站住不走了，还威胁我说，我要是再跟踪他，他以后就再不下楼了。想到他再次把自己像关动物一样关在楼上我就害怕，就决定不再跟他了，心想反正他每天都回来，直到几天前，他走了之后再没回来。"

"他不会真的不回来了吧？"女人无助地看着我，泪水再次涌出眼眶。

"不会的。以我对张生的了解，他不会出事的。说不定他今天晚上就会回来，今天晚上不回来也不要紧，说不定哪天晚上，他就自己回来了。"我安慰女人。

事实是，张生一直没回来，他离家出走已经有两个星期了，仍然是活不见人死不见尸。电视上已经发布寻人启事，女人更是打印了多张寻人启事，粘贴在城乡各大路口的电线杆子上、墙上，和那些寻狗广告、治疗性病广告比邻而居，仔细看去，颇有一种喜感和荒诞。广告纸上的张生，长着一张卡夫卡的面孔，形容消瘦，一双忧郁惊恐的眼睛让人过目难忘。

报过案的派出所没有任何消息，电视台的寻人广告也没有回音，倒是贴在电线杆子上的起到了立竿见影的效果。有一天，我正和朋友们打麻将，张生的老婆打来电话，说，张生找到了！金海湖管理处的一个工作人员给女人打来电话，说几天前偷爬到阿迪力的空中小屋上的那个神经病很像她要找的人。

我推开麻将桌上正打着的麻将，接上女人，直奔金海湖，在管理处的一间办公室，那名工作人员看了女人手机里的照片和更清晰的照相馆里放大的照片后，确信无疑地说："就是他。一看他的眼睛我就认出来了。"

"眼睛？"我说。

"没错，那是标准精神病的眼睛。"工作人员得意地说，"我家就住钢窑附近，那里出出进进的人几乎都有这样一双无辜惊恐的眼睛。"

"那他现在在哪儿？"

"在哪儿？能在哪儿？他在阿迪力的空中小屋，已经好几天了。"

工作人员在弄明白了我们的身份后，说："看来只有你们能让这个疯狂的家伙下来了。"

据他说，这个疯狂的家伙不知是怎么爬到这个小屋里去的，这个小屋还是当时阿迪力挑战高空生存时搭建的，阿迪力挑战成功后，小屋及钢丝被当作旅游观光景点的一部分暂时保留下来，只是拆除了当初供阿迪力爬上爬下的梯子。梯子拆下后，阿迪力的小屋连鸟都飞不上去，那这个家伙又是怎么爬上去的？他又没长翅膀！工作人员一脸茫然，问我们这个家伙是不是练过什么飞檐走壁的轻功，因为徒手爬上阿迪力的小屋在他看来简直比登天还难。

然而，张生在小屋里是确凿无疑的。最早发现张生的人，是一个坐着直升机高空跳伞的游客，在半空中发现小屋有人，这个人让他想到了前段时间的高空王子——阿迪力。所以，他像再次见到高空王子阿迪力一样向张生发出欢呼声，又是大叫，又是吹口哨。那个人一听到喊声立刻惊慌失措地跑回小屋不敢露面了。跳伞的游客找到管理处的工作人员，他们一起来到小屋下面，用扩音喇叭开始喊话。可是几十米上空的小屋没有任何动静，连个鬼影子都不见。工作人员甚至怀疑游客是否对他们说了瞎话。游客对工作人员怀疑的目光非常不满，为了证明自己的眼见为实，他甚至自掏腰包，请工作人员坐直升机到天上近距离观察一番。他们在直升机上真发现那个家伙。他们冲他喊话，问他姓甚名谁，他是怎么爬到空中小屋的，他爬上空中小屋又想干什么。可无论他们怎么喊话，小屋里的人始终像个聋哑人，短暂露了一小面后，再次把自己藏了起来。他们开始还以为这是个达瓦孜的狂热爱好者和阿迪力的忠实粉丝，偷爬上小屋是为体验阿迪力当初的封闭生活来了，可据工作人员观察，那个疯狂的家伙并没有带任何的食物，那他在上面是怎样生活的呢？难道像传说中的神仙一样风餐露宿？

那几天在金海湖上空跳伞的游客明显增多，空中跳伞这个小众的旅游项目突然大热。很多人只是为了在空中一睹"怪人"风采，跳伞倒成了件可有可无的事情了。工作人员却不敢掉以轻心，因为这个来历不明的家伙万一在空中发生意外他们会很麻烦。旅游区正在为向文化和旅游部申请4A级景区而努力，旅游安全被前所未有地重视起来。他们怎么才能让这个疯狂古怪的家伙自己爬下来呢？他们喊话，发传单，警告，没有任何效果。他们找到派出所，警察来了，帮他们一样喊话，警告，发传单，还是没有任何效果。没办法，他们找到了消防队，消防队员想了很多办法，攀爬，架消防云梯，好不容易上去了，却发现小屋里空空荡荡，连一粒鸟粪都遍寻不见。在这个鸟都不拉屎的地方，人上来干什么呢？消防队员无功而返，给景区工作人员一顿警告，好像他们谎报警情。工作人员也很纳闷。谁知，消防队员刚刚离开，那个家伙就又在小屋露面了。这次，大坝上很多拿高倍望远镜的人发现了他。

这简直让工作人员抓狂。就在那个家伙重新出现在小屋里的那天，工作人员无意中发现了他家附近电线杆子上的那则寻人启事，一眼认出了被寻找的人就是在阿迪力空中小屋出现的家伙。他当场按捺不住地扯下那张启事，并立刻打电话给张生的老婆。在确认了张生的身份后，工作人员仍然气呼呼的，他说他真想一枪把他从空中射杀下来。

"你不知道他给我们增添了多少麻烦，"工作人员说，"想想办法把他给我整下来吧，我受够这个神经病了！"

可我们能有什么办法？张生此举，已明显区别于他往日的怪诞举止。他这次更怪异，更大胆，也更疯狂，他怎么能爬上那么高的高空小屋？那个小屋，平常人朝上面看一眼都要发晕，张生又是怎么做到的呢？在我的印象里，张生是一个胆怯的人，看见一条虫子都要大惊失色，而且他恐高，站在高过一米的地方就浑身哆嗦。他这些天又是怎么生存的呢？

我们所想的办法，其实和工作人员别无二致，无非喊话，利用直升机散发传单，报警，再次致电119，恳求无所不能的消防队员帮忙。民警和消防队员都来了，他们重复着之前的劳动，当消防队员再次架起高高的云梯爬上空中小屋的时候，他们再次被张生耍弄了，小屋内空空如也，他们一无所获！大家都奇怪，明明上去之前，还看到过张生，上去后为什么张生就不见了呢？难道张生并不在上面？我们看到的只是虚假的表象？或者张生已死，留在这里的只是一个魂魄，在逗弄大家？

警察和消防队员再次离去，并表示不会再来了。他们说，让这个鬼家伙下来的最好办法，要么把空中小屋一把火烧了，要么把小屋直接拆掉。这样做最省心了。

这当然是不可能的事。景区不会因为一个怪人（是不是怪人，甚至是不是人都难说，景区的经理如是说）而直接拆掉小屋，小屋已经成了他们旅游经济收入的一个重要增长点，而张生就像被人故意存放在上面的一个活体展览，令景区游客骤增。只要这个家伙不惹事（比如从上面跳下来之类），景区领导情愿他最好一直待在那里神出鬼没。

可张生的老婆不愿意。她含着泪水一再恳请工作人员，不要伤害张生，说他不是个坏人，他就是有点怪。工作人员苦笑，"这还是怪吗？你老公都成精了。你放心，我们不会伤害他的，伤害他，就成了旅游事故。我们经理说了，他现在待在上面反而是最安全的。"

女人泪水就下来了，泪水掉到湖面上，泛起一圈又一圈巨大的波纹，就像直升机接近水面时留下的波纹一样。

张生的老婆不走了，她要在大坝上一直看守着她的张生。她买了个睡袋，还买了个军用附带红外夜视功能的高倍望远镜，只为了能够随时捕捉张生神出鬼没的影子。

六

张生最后一次出现在大家的视野里，是几天之后的一个午夜。那天我刚好也在，过去，一到晚上，空荡荡的大坝上就剩下张生老婆一个人，她像一个神情坚定的将军，拿着望远镜，似乎准备打一场旷日持久的战争。现在的情况却是，大坝上支起了无数小帐篷，很多人都拿着张生老婆用的那种军用望远镜，像张生的老婆一样，用望远镜共同守候着空中张生的出现。

张生没有让大家失望，只是这天张生出现的时候，已将近午夜，可大坝上的人居然一点睡意都没有，好像都预感到这天晚上会发生点什么。是一个女人率先发现了张生，她激动地喊了一声："张生！张生出现了！"紧接着很多人喊了起来："张生！张生出现了！"好像出现的张生不是一个古怪的神经病患者，而是一个万众瞩目的明星。

我们都看到了。确实看到了。张生从那个空中小屋先是探出头，然后小心翼翼地走上了钢丝。他手中空空荡荡，没有阿迪力手中那根长长的平衡木，他手中什么都没有！人群中有人发出短促的惊呼，然后就是屏声静气的死一般的宁静。张生探头出现的时候，他的老婆已经说不出话来了，当张生开始一步步走上钢丝，她突然晕厥……她的晕厥，让人群发出一阵小小的骚乱，有好心人立刻过去把她抱了起来，掐人中抢救，有人赶快过来送水壶。

更多的人已无暇顾及她了，包括我。我们都在聚精会神地看着高空中的张生。

怎么说呢，那一刻，我眼中看到的确已不是张生，而是一只正欲展翅翱翔的大鸟。

……此后的场景是很多人都亲眼证实过的，无须赘述：张生一个人在午夜走向钢丝绳，他没有平衡木，只有像翅膀一样展开的双臂，然后，他就一直走，一直走，直到走出所有人的视线。

张生就这样消失在所有人的视野之中，彻底不见了，失踪了。有人说，张生羽化成鸟，飞走了。也有人说，张生走火入魔，想学阿迪力走钢丝，最后掉到了浩渺无边的金海湖里……

小人儿劫

开着心爱的越野车，走在石板铺成的街道上，车身颠簸如小儿跳绳，街道两旁，阁楼逶迤，商铺林立，却不见一家开张，也不见一个人影。在没有人与人交集的地方，我总是充满欢愉。何况，车上还有一个我亲爱的女人。她是一个漂亮的女人，五官模糊，无法形容，但身材婀娜如三春嫩柳。她是漂亮的，欢快的，随着车身的颠簸，她轻快的笑语如云雀直冲云霄。

真是一个美好的假期。真是一段美好的旅程。石板街悄无人声，宽敞无束，正好任车子飞驰，一切无拘无束无阻挡。遇前面有一窄巷，且四顾无人，便任性地开了进去。刚进去，车子就停下了，好像是自动停下的，下车查看，车身前竟立了小人儿两个。两个小人儿，一着黑衣，一穿黄褂，手上却都拿了根棍子。那棍子也奇怪，黑衣小人儿的棍子不过拇指粗细，长不过胳膊，不直，棍上多疤结，多弯，更像一截干柴，拿过来撅吧撅吧就可当细柴烧。黄衣小孩手中之物更是不堪，像是一根被碾压过的高粱秸，松散，颤巍巍，软塌塌，好像随时都会折断。

这两个小人儿，身量不高，刚及腰身，年岁不过八九岁，脸上胎毛似还未褪尽，却凶巴巴地把我们的越野车给劫下来了。挺身立在我们彪悍的越野车前面，像两个无辜的淘气毛孩子。我笑了，后来又不笑了。因为他们不笑，小人儿不笑。小人儿看着刚刚下车的我们，一句话不说，两双眼睛像两柄寒光闪闪的剑。

我的漂亮的女人走到小人儿面前，满脸堆笑，哈下腰，说："小朋友，这巷子窄，让我们过去。"

"你们过不去了！"两个小人儿几乎异口同声。

"让我们过去吧，好吗？"女人微笑着，口吻里带着娇弱的恳求，"我们还要赶路，我们要穿过窄巷，我们要走好远好远。"

"你们过不去了。"小人儿丝毫不为所动，眼睛甚至看都不看我那漂亮的女人。

"求求你们了，好吗？我们从很远的北方来到你们这里，人生地不熟，我们需要好心人的帮助，才能走得更远，你们就是好心人，是我们碰到的心眼最好的人，还是请你们让一让吧，好吗？"

我的女人真是个耐心的女人，耐心得都有点婆婆妈妈了，依我的脾气，这两个小人儿完全可以不放在眼里，只需两只胳膊轻轻一举，就可以把这两个打劫的小人儿轻易安置在车身的两边，让他们老老实实，眼看着我的越野车像一头发情的公牛横冲直撞而去。不过，我不想撒野，我是个文明的旅游者，虽然身形彪悍，力大无穷，却总想以儒雅谦和的面貌示人。

"你们想去哪里？"黑衣小人儿把眼睛看向别处问我们。

"远方。"我的女人告诉他，"很远的远方。"

"远方是哪里？"黄褂的小人儿倒是看了眼我的女人。

女人向穿黄褂的小人儿眨眨眼，带着调皮的语气说，"远得我都不知道是哪里了。"

"世界很大，我想去看看。"我也学着一种调侃的语气对小人儿说。

"你们还小，等你们长大了就知道了。"女人欢快地叹了口气，居然爱心泛滥地伸手想去抚摸这两个小人儿桀骜不驯的头顶了。

黑衣小人儿根本无视我女人的拳拳爱意，开口就骂。

"你怎么能骂人呢？"女人吓得把手缩了回来，她睁着一双美丽的大眼睛惊讶地看着小人儿。

"骂你了怎么着，我还想打你呢！"说这话的是穿黄褂的小人儿，话还没说完，小人就用他颤巍巍软塌塌的秫秸棍打上了女人的肩膀。

我的女人，有水一样的骨肉，玉一样的皮肤，娇嫩无比，吹弹可破，平日我呵护备至，小心谨慎，像捧着稀世珍宝，岂能容如此无赖小儿撒野？

"你住手！"我呵斥小人儿，小人儿还是向女人第二次挥起了秫秸棍。我听到噼啪两声脆响，像爆竹爆炸，也像蘸水的皮鞭抽向肉身发出的切实声响，声响确凿，看来我低估了那根秫秸棍的威力，女人发出了一声惨绝人寰的惊恐大叫，看来小人儿的击打，已让女人痛及皮肉乃至深入骨髓。女人若不痛及身心，以她的修养，她是无论如何不会那样叫出声来的，完全是不由自主地惊叫。整条窄巷里都是女人的叫声，叫声甚至像是一条清晰的线索穿过窄巷来到宽宽的石板街上。女人凄惨的叫声在石板街上弹弹跳跳，却不见有一个人出来。

这到底是什么地方，这到底是怎么回事，我们碰到了怎样的强盗？难道他们不是两个弱不禁风的小人儿，而是身负超级邪恶力量的恶童？

一种惊恐的感觉遍及全身，说实话，我害怕了。我好像还从来没这么怕过，我应该挥动臂力过人的胳膊，把这两个黄口小儿打倒在地，让他们臣服跪倒在我的大头皮鞋面前，磕长头求饶。我应该用脚踏住这两个无赖小人儿，把他们碾到尘埃里去，让他们尘归尘土归土。可现在，我却是满眼惊恐，我不得不借助武器，对，是武器，每个旅行者都会在后备厢里放一两件防身的武器。我有一根用钢打造的棒球棍，胳膊一样粗的棒球棍，什么时候拿出来都是寒光闪闪，我用它吓走过无数的车匪路霸，我用它保护我和我漂亮的女人无数次化险为夷。我必须找到它。它就在我越野车的后备厢中，和那顶露营的帐篷待在一起，和我的水壶、手电筒、瑞士军刀待在一起。它和它们在一起，就像是一奶同胞的兄弟！我身手敏捷，跳跃腾挪，几步到了越野车的身后，后备厢敞开着，我的露营帐篷，我的水壶、手电筒和瑞士军刀都在那里看着我，却唯独不见我那把战功赫赫的致命武器——棒球棍。

我该怎么办？我该怎么办？我的两只眼睛像两只惊慌失措的小鸟却找不到能让它们安身静心的小巢。我的力大无比寒光闪闪的棒球棍就这样像失踪的鸟儿一样不见了。它究竟去了哪里？我又该从哪里找到它？我要用它保护我此刻已经噤若寒蝉的女人，我要用它杀出一条血路走出这荒凉荒诞的窄巷！

我翻遍了后备厢，还是没有找到我的棒球棍，却找到一根和黑衣小人儿一样的小木棍，这根小木棍同样多疤，多弯，曲折，像是一根随便折下来用来打狗轰鸡烧火的棍子。我这样一个大汉，难道要用这样一根小木棍去挑战这两个看似赢弱却相当凶狠的恶童？我拿不定主意，可我只能拿起它。

我重又回到越野车的前面，两个小人儿还是像先前那样敞开着双腿站着。他们不看我，也不看我的女人，却把眼光看向窄巷的两边，窄巷的两边只有石头墙，石头墙高得像耸入蓝天的石头城。这究竟是什么地方？是南方还是北方，为什么这里没有一个大人，只有两个凶恶的小人儿？他们究竟想干什么？

"他们究竟想干什么？"

此刻，我的女人就站在我的身后，用她娇小颤抖的手拉着我米黄色风衣的一角，悄声问我。

"你们究竟想干什么？"

我手挥着那根荒诞轻飘的小木棍，像挥着一条黑灰色的小飘带，色厉内荏地问他们。

"我们什么也不干。"黑衣小人儿说。

"我们什么也不干。"黄褂小人儿说。

"什么也不干，为什么要打人，还是一个女人？"我突然悲愤起来，用棍子直指他们，"为什么要打一个手无寸铁的女人？"我几乎咆哮起来。

黄褂小人儿不为所动地看了眼我的女人，脸上毫无愧色。他手中的秫秸棍前面已经绽开，条条分明，却又像编织好的皮鞭柔润刚硬，这样的棍子抽到女人的肩头，不知打成啥样了。一阵心疼涌上心头，我再次举起小木棍，直指他们。

"你们如此狠毒打女人，还是个男人吗？"

我不知自己为什么这么说，他们本来就不是男人，他们甚至连个大男孩都算不上,他们不过是两个黄口无赖,两个邪恶附身的恶童。说这些对他们有用吗?他们接下来会干什么?

令我意想不到的一幕就这样发生了。黑衣小儿突然哭起来,毫无征兆地哭起来。哭声又蛮又泼,又闷又沉,像一大盆的浊水很快在窄巷倾泻而出,在两壁石墙间来回冲撞,然后像浊流一样涌出窄巷来到石板街上。石板街上,阁楼商铺、门窗纷纷洞开,就像一群木讷的幽灵突然睁开了瞌睡的眼,许多面目不清的脸从那些眼一样的门里窗里像画一样展示出来,探头探脑,左顾右盼。很多人冲向石板街,纷纷交头接耳,有人向窄巷过来了,更多的人却停留在巷口朝里观望。

真是奇观,本来空无一人,现在却万人空巷。而这全是因为黑衣小人儿的哭。黑衣小人儿的哭声就像一块强力磁铁,顷刻间就招来了这些人的围观。不好!我反应机敏,头脑中最先涌出这两个字。我们的处境更是堪忧了。本来是两个无赖小人儿,如今却来了大人,而这些大人,一个个都长了鲶鱼一样的眼睛,他们既不看高,也不看低,他们一律平视,好像整个世界都是扁平的。这种平视的眼更为可怕,没有敬畏,也就没有原则,没有高低,也就没了底线,这样的眼神邪恶、阴险、狡诈,无处不在,防不胜防。

小人儿的哭声还在继续,那些大人却围过来了。这些人,个个都是凶险、狡诈、阴暗、猥琐之徒,他们是为着小人儿的哭声齐聚而来的,样子也分明是要为小人儿伸张正义而来的。因了这些人的到来,狭窄的小巷越发狭窄拥挤,混沌不明的空气中充斥着"怎么了?怎么了?"的质询声,小人儿愈发哭得汪洋恣肆,好像受了天大的委屈,凭空挨了数不清的欺负,以至于哭得我都心虚起来,好像我倚强凌弱,以大欺小,好像我当真欺负了这黄口小儿。可我为什么心虚,明明是他们挡住了我的去路,明明是他们鞭打了我善良的女人。我再次害怕起来,好像小人儿手中的木棍其实什么也不是,而他的哭才是致命武器,这武器一出,我自然百口莫辩,束手就擒。

我真的像束手就擒了,一个头领一样的人站在我面前,来的人自然是个大人,可我却无法分辨此人是男是女,只记得此人穿了件与大地和空气一样苍茫的衣服,衣服分不出颜色,同样分不出的还有他的长相，好像完全没有长相，没有眼耳鼻舌心意，只是一个雌雄同体的混沌。混沌其实才是世上最可怕的面孔。在这个混沌的面孔面前，我举着的手臂变得软绵绵的，手中的木棍也绵软无力，垂到地面。

"你把他们怎么了？"

我听到一个声音说。我急于争辩，想把手中的木棍偷偷扔掉，好像那根木棍是行凶的证据，可那个人却用手指了指我的木棍，好像已洞知我所有的秘密。我尴尬、着急、愤慨，却什么话也说不出来。眼睛急切地寻找那个哭着的黑衣小人儿，只见他还在哭着，委屈的哭声就像夏天的雨水，此刻，他的哭真实生动，富有成效，却令人绝望。

"我……"

"你做得不对。"混沌的人挡住了我看向黑衣小人儿的目光通道。

"我……他用棍子打了她……我的女人。"

"是的，他打了我，"女人热切地凑过来，拉开自己的衣服，把一副雪白的臂膀露给他看。他有眼吗？他能看吗？我想，既然他能说话，说不定他也能看到的。女人侧着身子给他看，我有些难为情，为自己的女人在别的男人（我想这他应该是男的，因为他说话的声音是男人的声音）面前为证明我们的清白不得不裸露躯体。

我也看到了女人的臂膀，我无比熟悉的臂膀，我承认我的眼神不好，但还是看清了上面的一团乌青，怎么回事？明明是抽上去的，呈现的该是一条一缕的伤痕，怎么是团状的呢？

我听到他笑了，他说："好美的文身。我看到了。"

然后他的手就摸了上去。

我一把打开他的手，说："你干什么？"

"我看到了文身，好美的文身。"他再次把手摸了过去，他的手温柔地在女人的肩膀上走过，像是一个多情的诗人细数着日落日出的景观。女人没有躲，我看到我的女人为此羞红了脸，好像很享受陌生男人的抚摸。

我尴尬，窘迫，不知该如何面对这个场面，女人的肩膀上确实没有伤痕，而只是文身，像一朵又一朵墨菊文在身上。这究竟是怎么回事？

他此刻突然揽住我的肩膀，用一面发污的古铜镜挡住了我的视线，在那面镜子里，我和他的脸挤在一起，他的脸上已经出现了五官，不过相当模糊，我想这一定是这枚镜子在搞怪。

"你多大了？"他口中的热气吹到我的耳朵眼里，他的亲昵狡黠让我十分尴尬，好不难受。

"你多大了？"他继续问，意思分明不是对我的年龄感兴趣，而是希望我能对小人儿的哭负责，对我和女人的谎言负责。天啊，我对天发誓，我没有撒谎，我看到的一切都是真的，黄褂的小人儿确实用棍子抽打了我的女人。女人的惊叫犹在耳边。

"你多大？他们多大？他们不过是小人。"

小人？我听到他说的是小人，而不是孩子。这么说，他们只是我们旅行中出现的一对小人，而不是恶作剧的孩子。

"对，是小人。你没看他们多么小吗？"他突然诡秘地笑起来。"小人也不好当，你看他们小小年纪，就得出来打劫，他们打劫之前也得训练学习，掌握更多的知识，并储备起来，他们早早就知道了什么叫自保，怎么去害人，如何落井下石，把人踢倒在地并踏上一脚。小人长大之后最终会成为人中'精品'。"他叹了口气，"小人苦啊，学习是个苦差事，如果能学以致用，自然能踩着别人的肩膀飞黄腾达，最终小人得志。小人累，因为出来谋害别人，算计别人总要动一番脑筋，多思伤神，他们每日里心怀鬼胎，心力交瘁，惴惴不得安生，终生几无幸福快乐可言。"

"小人不可得罪。"他最后总结道。

我很吃惊他讲出这样一番话来，像是为小人这个名词做注解，也像是在给我讲一番道理。我听得稀里糊涂，不知他讲这番"小人经"是何居心，心想，这人未免夸大其词，这两个小人儿虽恶，可毕竟还是孩子，应该算不得是小人。真正的小人反而可能是那些站在孩子身后的大人。

女人这时再次贴近过来，她觉得他是个好人，是为我们扶危解困而来。

"那我们该怎么办？"她小心翼翼地问。

"放下一切！"他说。

……最终，我和女人净身走出窄巷，身上光光一如处子。

我们的越野车和车上的一切都被留在窄巷，黑衣小人儿破涕而笑，黄褂小人儿则爬上了车头，把象征着胜利的秫秸棍高高举起，他们刁蛮、撒泼、哭闹、无厘头，手段无所不用其极，然而胜利的还是他们。

再次走到石板街上，家家关门闭窗，然而窃笑声却不绝于耳。

我的美丽的女人听着那些笑声，也不自觉地跟着笑了起来，且笑得越来越响，身上的每一寸皮肤都跟着颤动，最后她笑着跑起来，向着太阳落尽的黑暗中一路狂奔而去！

我知道，她一定是疯了。

打马西行

这是一个美好的春日上午,当然也有可能是下午,我怀着非常美好的心情,骑着一匹漂亮的白马,开始上路。

一路上,到处都草长莺飞,清脆的鸟叫声就在耳边,美丽的蝴蝶翩翩飞舞,辛勤的蜜蜂嘤嘤嗡嗡……一切都如此美好,美好得就像刚刚在白纸上写下的一行清新诗句。

我打马西行,一路向西。这一点,我可以确定。那是一条荒凉的大路,路越走越宽,也越走越荒凉,不知走了多久,也不知什么时候开始,那些花花草草不见了,蝴蝶和蜜蜂不见了,鸟叫声也越来越远。不过,我的心情还不错。我怀着美好的心情,继续打马西行。

西行的路不知什么时候已经黄沙漫天。马蹄声声中,飞起的尘土就像一帘帘漫卷的黄色帷幕。我的白马不时回头看我一眼。白马很漂亮,它的眼睛尤其漂亮,那么大,那么温情款款。它看向我时,如此多情而专注,像情人间长久关注的眼神。

"你好,豪哥!"

我听到有人叫我的名字,四下寻望,四野空旷。只有白马驮着我西行,在这个美好的春天的上午或者下午。天空像被一块昏黄的绸布盖上了,没有太阳。可我的方向感不错。我和我的白马一路向西。

是谁在叫我的名字?

"你好,豪哥。"白马又回了下头,前蹄在路上踏了几踏,得得有声,又甩了下头,马鬃飞扬,鼻子里的气息也是白的。白马得意地打了几个响鼻,像是古老的蒸汽机车拉响的气贯长虹的笛声。

"你好,豪哥。"白马龇了下牙,露出洁白的巨大的牙齿。我悚然而惊。难道,是它,是我胯下的白马和我说话吗?

我不确定,我的白马怎么会和我说话呢?它只是一匹马而已!难道是我听错了?还是我的听觉出现了问题?我不确定是不是白马发出了友好的问候,但我确定此刻的白马是友好的,它抖动的前蹄,它的响鼻,鼻孔里白色的气息,还有它又宽又大洁白的牙齿。我用手,轻拍马首。马听话地回头,四蹄轻快扬起,一路轻尘。

我打马西行,一路向西。

大马路越来越清晰,大马路不是水泥路,不是柏油路,而是黄色的土路。之所以清晰,是因为很像记忆里老家的路,那条通往"四顷地"村的路,就是这种黄色的土路,无论春夏秋冬,只要是晴天,人走马踏,就会漫舞轻尘。

那是一条越走越高的路,雄踞的老熊山就在马路的拐弯处,你以为那就是路的尽头了,走近了,才知道离山还很远。拐过去,路更空旷,眼界也就更宽广,除了黄色的弯曲的路,还有一大块空地,像空了的庄稼地,也像一个收罢秋的大场院。

然后,我就看到了奇异的一幕:在那个大场院里,有人(四个或者六个)分别在不同的角落,撑起了一块大幕布,幕布的颜色以灰色为主,分布着不同的色块;紧接着,这块幕布又成了一块移动着的不规则的巨大云朵,好像是一朵灰色的巨大的云朵,从天上掉到场院来一样,云朵的四周还是那四个或六个人;再然后,云朵又变成了羊群,是一群羊,四十只或五十只,沉默的、躁动的羊被四个或六个骑着高头大马的人圈在一起,几匹高头大马,围着羊群来回地跑,羊群在移动,那些灰色的、花色的羊,被高头大马溅起的灰尘包围,不安地从这里涌向那里。

我很兴奋。我的白马也很兴奋。我勒紧缰绳,它依旧前蹄高昂,后面的两个蹄子则使劲地跺着脚下的路。白马频频回首:"豪哥,豪哥!"

果然是白马在叫。我放下缰绳，反手拍了拍白马的屁股。白马一跃而起，像离弦的箭，嗖地一下就冲羊群冲过去了。

然而，更为离奇的一幕又出现了，我们距离场院越近，眼前的情景越不可思议，那些羊群在近距离下完全变了，全变成了孩子，没错，是孩子。四十或五十个孩子，被四个或六个骑着高头大马的人用粗壮的草绳圈在一起，那些孩子的眼神，惊惧、惶恐，看似是沉默的大多数，其实充满了躁动和不安。

这究竟是怎么回事？这些孩子从哪里来，又要到哪里去？他们怎么看上去更像电影里的黑人奴隶？

我正在乱想，一匹大马已冲至眼前，高头大马上的人，我不认识，所以看上去就有些形象模糊。那个人很友好地冲我打了声招呼："嗨，你好！"

我说："你好！"我的"你好"两个字说得很不情愿，我是个不喜欢和陌生人打交道的人。

"你好，豪哥！"他爽朗地大笑起来，"哈哈，你是豪哥对不对？"

"你是谁？"我很纳闷，我不认识他，他怎么会知道我的名字？

"我是牧人，上帝派来的牧人。"那个人扬起手中的鞭子，我听到他身后的孩子们发出了一连串紧张压抑的声音。

他耀武扬威。他的高头大马耀武扬威。那是一匹灰色的大马，它看到我的白马后，就跃跃欲试，巨大的马头眼看着就要够到我美丽的白马马脸上来了。

我对骑在灰色大马上的陌生人说："请您退后，您的马快够到我的马了。"

陌生人又是一阵哈哈大笑："够到了又怎样，不是挺好？说不定，你的白马和我的马正好就是一对呢！"

"无耻！"我听到一声低喝，我以为是自己在胸腔里发出的声音，虽然这个陌生人让人讨厌，但以我对人的忍让态度，我是不会真正让这两个字脱口而出的。"无耻！"啊！那究竟是哪里发出的声音呢？难道是我胯下的白马？难道，我的白马真的会说话吗？

"你说我无耻？"陌生人对我扬起了鞭子。

"我没说。"我把头一昂,"我不认识你,怎么知道你无耻还是不无耻呢?"

"豪哥,你真是书呆子,"陌生人再次哈哈大笑。"那么说,说话的是你的白马了。"

我的白马这时也一昂头:"没错,你就是无耻,就是我说的,和我的主人无关。"

陌生人"哈哈哈"地大笑不止,笑完,他说,"好一匹白马,我喜欢!"

我听到我的白马打了两个不屑的响鼻。

陌生人邀请我和他们共进午餐(也许是晚餐),他的几个同伙也纷纷过来,但都不说话,他们像泥胎泥塑一样地站着,瞪着泥塑一样不信任的大眼,连声招呼都不打。

我不记得吃了什么东西,好像没吃,也好像真的吃了一点什么,但确实记不住具体吃什么,因为吃什么都不香。我还在想着那些像羊群一样被圈起来的孩子们。面对着满脸笑意的陌生人,我再次发问:"你是谁?"

陌生人说:"好人。我们都是好人。"陌生人眨眨眼,"我说过了,我们是牧人,上帝派来的牧人。"

"那些孩子是怎么回事?"我直问道。

陌生人说:"他们不是孩子,他们是一群羊,都是上帝的儿女。"

我正要反驳,突然听到一个声音说:"他在撒谎,我的主人。"

我一扭头发现我的白马正探着头伸进帐篷。哦,原来我是在帐篷里。

我的白马确实会说话。现在我确信了。

白马看了那些泥塑泥胎一样的人,又看了眼唯一说话的陌生人,对我说:"他们是一群骗子,这是一个跨国的诈骗组织,他们将带着这些可怜的孩子去往另一个国家做劳役。"

我想,我的白马和我想的一样。他不愧是我豪哥的白马!但我没有白马一样的勇气,我虽然已经明白,可还是装作糊涂,我为白马说出了真相而担心，内心突突直跳。

陌生人却毫不理会，他望着伸进帐篷里的我的白马，说："好马啊，真是匹好马。好马要让好人骑，豪哥你骑白马不相配。你把白马送给我好了。"

我嗫嚅着说："白马是我的，我绝不会把白马赠予不相关的人。"

陌生人说："怎么是不相关的人呢？你闯进了我们的组织，发现了我们的秘密，你不招即来，你就是我们的人了。"

"你们……是什么人？"

"你的白马不是说过了吗，它说得没错，我们就是一群骗子，我们是拐卖儿童的骗子，现在你也加入了，你和我们一样了，是一根绳上的蚂蚱了。"

我大声说："不，我不是骗子！"

"你不是骗子和我们在一起干什么，还和我们一起吃饭、聊天？"

我内心愤懑，哑口无言。

我是误入狼群的羊，我必须想办法逃离出去，我原来的想法是打马西行，去远方，去一个从来没有去过的远方，现在，我必须远离这些骗子，这些可怕的骗子！

内心狂想之际，一只温润的大嘴伸过来，是我的白马，它不知什么时候又把它的马脸伸到帐篷里来了。

"你不能跑，豪哥！我的主人！"白马对我耳语，"你不能离开这些可怜的孩子，还有我。难道你没发现吗，从现在开始，这个陌生人就是我的新的主人。我们寄人篱下，深陷虎口！我们一不小心成了他们的座上客、嘉宾，我们已经上了敌人的贼船。我们跑出去是容易的，可你想过这些孩子没有，这些可怜的孩子！他们怎么办？"

"那我们怎么办？"

"救救孩子！"

"救救孩子？我们？"

"嗯，我们要救救孩子。其实，我是没办法的，我只是一匹马而已，但豪哥一定听说过'人中吕布，马中赤兔'。我虽然是一匹马，但我不会把那个可怕的陌生人当成我的主人的，我的主人还是豪哥，是你！但多么无奈啊，我们争不过他，争不过命运。我的主人啊，明天，我就会绝食，绝不会吃他们一根粮草，三天后，我将死在西去的路上。那时候，剩下的就是您，我可怜的主人，您一定要坚强，一定不能临阵脱逃，不能当一个逃兵，您负有的使命严肃而庄重，这些孩子就靠您了。"

白马说着说着，漂亮的大眼里就挤满了泪水，当那些泪水争先恐后地涌出来的时候，对脚下的土地将是一场小小的灾难。我也流泪了，但白马的那些话又让我变得坚强。来吧，看着吧！我豪哥绝不会做一个可耻的逃兵！

我的白马真的不再属于我了，我看到陌生人骑上了它，用钉了马钉的靴子的后跟，紧磕白马的腹部，或用他手中的皮鞭在白马的身上留下一道道耻辱的鞭痕。我的白马一声不吭，它高昂着它高贵的头颅，僵硬倔强的身子，原地踏着愤怒的蹄子，传达着它内心的执拗和桀骜！

看着不屈的白马，我几次落泪。但白马却从此没掉一滴眼泪。

白马真的不再吃什么料草，不管那几个骗子想什么办法，都无法让白马进食，也无法让白马走出场院。那个场院就像一个宇宙洪荒中的巨大的磁场，它牢牢地吸住了白马前行的脚步。

白马这是在用自己的生命做赌注吗？白马是想拖住时间的绳索，给我留出更多的时间？

当陌生人再次出现在我的面前时，我的样子已经变得小心而又恭顺。我想，白马这样做是对的。白马所做的一切都是为了我好，为我能想办法救出这些孩子。可我能有什么办法呢？我是一个只会在一张白纸上涂涂画画的傻瓜。

我是个诗人，一个在这个毫无诗意的世界上几乎硕果仅存的诗人，我幻想着仗剑行侠，幻想着打马西行，目的无非是换回两行久违的诗句。我这个笨蛋诗人啊，已经好久好久写不出一行诗来了。

诗是什么？是马粪！这是我最后一句诗的样子。那时候，我的白马刚刚来到我的身边，有感于它产下的新鲜的冒着热气的粪便，我写下了那行诗！"从此，我只想做个幸福的人，一个心怀美好的普通人，喂马劈柴周游世界，和我的白马一路向西，我不想有一座面向大海的房子，我只想一路向西，因为，佛陀说，西方有极乐世界。"

现在，我的白马终于奄奄一息，而我还没想出任何法子去营救自己和那些孩子们。那些可怜的孩子，他们没有帐篷，没有火堆取暖，也没有冒着热气的食物，他们在四顷地巨大的场院上，天当被地作床，和满天的星星对视，那条粗绳子就攥在他们的手里，却绑缚了他们幼稚的心。

我的白马是为了他们而死的。这一点苍天可鉴。白马死去的那天晚上，场院里生起了巨大的火堆，燃起的篝火烟尘直冲天空。

那天晚上，饿死的白马尸体被肢解，拆分，煮食，在场的每个人都分到一块白马的肉，包括那些孩子。我毫无食欲，内心痛苦痉挛得只想作呕。可那些好久不得食的孩子却面露贪婪，他们撕扯咀嚼着白马肉，一脸满足。

就在这天晚上，我从我的白色布衫里找到了一个价格昂贵的手机。是一个女人送我的手机。她送给我手机的目的很简单，只是想让我给她发个信息。

女人的长发如瀑布一样在记忆里飘过，她幽深的眸子像两粒晶亮的黑石子。

"豪哥！有了这个手机，你就丢不了了。那里面有芯片，就算你走到全世界最隐蔽的角落我也能轻而易举地找到你。"

女人言犹在耳。那是个恋我多年的女人。她为了得到我的爱情始终坚守着自己那份无望的情感。我感谢她对我的信任和坚守，我收下了手机。然后女人哭了，女人说："豪哥，有了这个手机，你就是我的人了。"

女人的用心良苦感动了我，也让我感到可笑。我随手把那个手机扔在我的粗布衣服里，从来没打开过。

那个夜晚，我就着星光和白马灵魂飘飞的气息打开了手机，开机屏幕上闪过几个大字：

你在哪儿，世界在哪儿，我就在哪儿。爱你的安琪儿。

安琪儿是女人的名字，我这时才知道她就是安琪儿。安琪儿就是天使。

那天晚上，我就着星光和白马灵魂飘升的气息，给安琪儿发了个信息。

我确信我的信息发送无误。因为，整部手机上的联系人只有一个，就是安琪儿！她真是个有心人啊。我发出的信息只有四个字：

救救孩子！

然后，我把那部手机像珍藏珠宝一样藏进我粗布衣服的深处，我用手抚摸着手机，就像触摸到了安琪儿缎子一样光滑的头发和肌肤。

终于离开场院继续往西。我可怜的故乡农事凋敝，一片荒芜，整整三天，除了场院里的骗子、孩子和我，我没见到一个活着的动物。整个四顷地犹如一个巨大的坟场，那些黑色的房屋，像蹲踞的黑色的幽灵。

这究竟是怎么回事？是什么原因让山清水秀的故乡变得如此荒凉？而就在月牙河的对岸，那高架的铁路桥正穿山越岭，分明势不可当。

陌生人在他的高头大马上俯身对我说："用不了两天，我们就会坐上西去的高铁，送孩子们去一个天堂一样的地方。那时，你就自由了，豪哥！你可以再买一匹马，像死去的那匹白马一样的马，继续打马西行，继续你诗意的旅行了。哎，可惜那匹白马了，那可真是匹好马，一匹有情有义的好马！"

说完，他打马扬鞭绝尘而去，我才发现，此刻，我正和孩子们在一起，我走在最前面，我的手牵着绑缚孩子们的绳索，而我的手也被绳索绑缚。我既是个受害者，也是个残忍的帮凶，因为孩子们正是被我手上的绳索牵引，如羊群一样默默前行。

我失去了白马，一路只能步行。而且，还有绳索绑缚。我体验到土路的艰辛、坎坷，也体验到土路的凶险。一路上，磕磕绊绊，灰头土脸,沉默而又驯顺,像一匹被驯服的马,或一只恭顺的头羊。

    恋着你刀马娴熟通晓诗书少年英武……
    跟着你闯荡江湖风餐露宿吃尽了世上千般苦……

  有歌声从远处传来,未及走近,就越来越远。苍凉、深情、饱满,听得我满脸是泪。那是我的白马在遥远的远方唱给我的吗?
  不知道走了多久,也不知道走到了哪里,停下来的时候,我和孩子们已经被关进了一个羊圈,没错!就是羊圈,夯土垒的四处透风的房子,只有一个不大的门,门就是几根粗糙的木栅栏。我和孩子们争先恐后地挤在木栅栏跟前,奋不顾身地拼命把手从木栅栏伸出去。我的动作和孩子们一样,一点没有礼让孩子们的意思,甚至从来没想过我、我们,为什么要把手从木栅栏那里伸出去,我们是想抓住什么吗?抓住什么呢?能抓住什么呢?新鲜的空气,自由的风?我们什么也抓不住。
  顾不上隐藏什么,我拿出了藏在粗布衣服里的手机。现在,我的粗布衣服已经什么也藏不住了,它早已经失去了当初洁白鲜亮的底色。它变得脏兮兮,灰突突,已经被树枝和石块撕开很多条口子,像挂在树枝上的被风吹日晒弄得又脏又皱的哈达,更像那些年写过的每个字都毫无关联的又臭又长的诗句。
  手机拿在手中,像溺水者抓住的一根救命的稻草。手机不知什么时候已经关机了,我尝试着按了开机键,手机"嘟"的一声,居然开机了,我拼命盯着那几行字,唯恐它们被谁突然吃掉一样,那几个字还是当初的模样:

    你在哪儿,世界在哪儿,我就在哪儿。

  然而,还没等我看到手机里是否有安琪儿的回复,我的手机已经被陌生人拿到了他的手上。他认真端详,反复查看,说:"豪哥豪哥,你真讲究,现在你这个手机也是我的了。"说完,他笑着离开了，我失神地看着陌生人得意离去的背影，双手从栅栏里绝望地伸出来，就像一棵枯死的树干上两根绝望的树杈。

绝望之余，我忽然想到，手机从我这里被骗子拿去有什么不好呢？安琪儿一样会通过定位系统找到我们，她会报警，说不定她已经带着警察在路上，说不定很快他们就会赶过来，他们开着防弹越野车，在荒凉的土路上一路追赶，然后神兵天降般，降临在这不毛之地，解救我们于羊圈之中。那时候，我会被警察视为勇敢打入内部的打拐英雄，我的打马西行的诗意寻找也会成为一个见义勇为的打拐佳话，他们说不定会奖励我一部白色的跑车，可我会毫不犹豫地拒绝，因为我要的只是一匹会说话的白马……

闭上眼睛，我沉浸在遐想之中，安琪儿会成为我心中的女神，说不定我会娶她为妻，而她说不定会为这突然而至的幸福美得昏过去，就是这样，生活中，不确定的东西越来越多，越来越美丽，而确定的东西多半缺乏创意和新意……在羊圈里，我的脚下是新鲜的羊粪，羊粪呈某种中药的色泽，浑圆，又有着肠胃打磨的光泽。干了的羊粪豆，坚硬、轻巧，小的时候曾经作为小伙伴们互相攻击的武器。羊圈里到处都是羊粪，那些完全新鲜的，半干的，全然干了的，混杂在一起，只是那些羊呢？

第二天，梦想中的安琪儿和警察的营救并没有如期到来，我们被从羊圈里放出来，骗子陌生人来到我面前，说："自古聪明总被聪明误，知道说的是谁吗？就是像你这种臭知识分子，现在，你的诡计已经被我们识破，经过集体协商，我现在判你，豪哥，你不再为人，你从现在开始将和他们一样，都成为羊！"

他随手一指，我看到眼前的孩子立刻幻化成羊，咩咩乱叫，乱动着挤在一起，我不服，想抗争，想大声地抗议，结果我听到的只是两声恭顺的咩咩声。然后我看到自己已经从直立行走的人，变成了四蹄着地的动物，四条精瘦的腿，和八瓣儿呈犄角状的蹄子，以及垂挂在身上的肮脏的卷曲的羊毛。我仰头用我白眼珠分明的羊眼看了看天，天依旧灰蒙蒙的，充满怜悯和哀伤。

鸳鸯戏水

一

　　小画匠只有黄昏才会来到我们四顷地。那时候，他穿一身干净的衣裳，肩上斜背着一个小木箱，如果是冬天，手上还会戴着露出十个指头的线编手套，每到一家，他会最先在一盏昏暗的灯下把自己随身携带的小木箱打开。在我看来，小画匠的木箱就是个神奇的多宝盒，至今还记得木箱第一次打开时那一瞬间带给我的震撼。那木箱看上去古旧得很，可一旦打开，里面就好像有一道七彩的虹霓飞出来。小木箱共有三层，第一层放画笔，大大小小总共有几十支吧；第二层是各种各样的颜料筒，在我看来更像是小号的牙膏，不过它们挤出来时不光是白色，而是各种颜色都有；第三层就是盛颜料的碟子了，碟子是白色塑料那种，有单个的，也有里面被分割成若干个小格子的，分放不同的颜料。那些碟子都已经失去了白的底色，被各种各样的颜色点缀，却不显脏，七彩斑驳的，在昏暗的日光灯下散发出一种迷人的色彩。

　　小画匠的脾气真是好，每次打开箱子前，他总会对人报以浅浅的一笑，似乎没人见过他板着面孔，比那些习惯板着面孔的木匠、油漆匠们可强多了。而且，他很少在主人家吃饭，也不像那些木匠和油漆匠，不但天天要在主家吃，一旦主家言语不周或饭菜少放了油盐，他们就会冷下脸子，"叮叮当当"发脾气，更有恶劣的还会故意刨坏木料刷花漆，让主人既心疼又自责。小画匠从没这样过。他很有耐心，即使我们这些吃饱了撑的没事干的野孩子围挤着他看热闹，他也是很有耐心地对我们笑。他先用水泡开颜料笔，再一点点往那些碟子上挤颜料，有时会有人大声质疑："颜料盘子都脏了你怎么不洗洗？串了色怎么办？"他就会拿起颜料碟子翻来覆去给人看，还让人下手去摸，嘴里轻声说："是干净的……很干净是不是？串不了色的。"于是大家就放心了。

小画匠总是蹲在那里画，给漆好的家具画各种各样的画。他画得最多的是花鸟。鸟什么样的都有，我们都叫不出名字，花却差不多都是牡丹，大朵大朵的，鲜艳的牡丹，名曰"花开富贵"或"富贵吉祥"，偶尔也画"松鹤延年"，或有着圆鼓鼓大脑门的"寿星"。他画画的时候非常投入，忘我，有一种浑然物外的艺术家风范。有时候主人把小板凳都塞到他屁股底下了，他也不坐，就让那小板凳空着。当然，有时候，实在太累的时候，他也会直起腰来，像那些上了年岁的老年人一样，用手腕处托着腰，慢慢站起，一手托盘，一手执笔。他站起来总要用他温和的眼睛看一眼主家和我们这些围观的孩子，带着些许歉意地微笑一下，说："喘口气。"就说这一句。于是主家和我们就都笑了，有忙着给他搬椅子的，有忙着给他倒加了白糖的开水的，也有忙着给他递毛巾的——忙着给他递毛巾的如果是个胆大的姑娘，还会不顾害羞地过去，满面通红地给他擦擦额头上的汗，而这时候小画匠也会跟着脸红，甚至，还要扭捏地躲几下。

我姐姐就给小画匠擦过汗，因为小画匠也在我家干过活，如果在别人家，当然轮不上她去献殷勤。如果小画匠在别人家，我姐姐就会整晚都不高兴。她不高兴的样子总是很丑。她本来也不漂亮，一张黑黄粗糙的脸，怎么搽雪花膏都搽不白，还有她凌乱粗重的眉毛，她的单眼皮耷眼梢的眼睛，还有她的塌鼻子和鼻子周围星星一样密布的雀斑……我不知道姐姐为什么长得这么丑？我父亲和母亲都算得上四顷地的漂亮人物，可为什么我姐姐丑得像个天外来物，像个外星人呢？

可我姐姐从不觉得自己丑，好像长相丑陋的人都不以为自己是丑的吧？他们总以为世界上比他们丑的人还有很多，和那些人相比，他们就是漂亮的。因此我姐姐每次在小画匠来时都要换上一件花衣裳，往脸上涂更多雪花膏，最后还要扑上一层香粉，把自己打扮得像个舞台上的丑女。她像一只花枝招展的俗气的大蝴蝶，总是围着小画匠飞来飞去，抢着干这干那，说这说那，希望博得小画匠的垂青与关注……

如果在别人家，抢着为小画匠擦汗的是另一位脸蛋红红的姑娘，我姐姐就会妒火中烧，不但自己要甩下脸子离开，还每次都拖上我。只要一离开别人家，她就会像泼妇一样大发牢骚，骂那个姑娘，说人家又贱又骚……和这样的姐姐在一起，我总是感到很没面子。但有什么办法呢？这就是我姐姐。

说实话，我也希望姐姐能博得小画匠的喜欢，甚至还设想过姐姐能嫁给小画匠，可那怎么可能呢？我姐姐虽然算不上四顷地最丑的姑娘，可也和四顷地的漂亮姑娘差着十万八千里的距离呢！小画匠怎么会看上她呢？我姐姐不但长得丑，脾气还特别倔，心眼也特别小。她喜欢上小画匠后，每天的黄昏来临，她都要早早出门，到大路上去等那个熟悉的身影，如果那个身影进的是王贵家，她就高兴得小辫子一撅一撅地跑回家来了，说她晚上不吃饭了；如果小画匠进的是王珍家，或孙老喘家，或吴志江家，她就会皱着眉头回到家摔摔打打。因为王贵家没有女孩，只有四个儿子，剩下的就不行了，王珍家有王二丫，孙老喘家有荣头，吴志江家有小灵儿，她们都比她好看，可话说回来，谁又比我姐姐长得不好看呢？就连那个见到谁都笑都流口水的傻丫头明头，细看上去都比我姐姐多几分姿色。

自古丑女多作怪，我姐姐也不例外。只要小画匠不能随她心愿，她就会把一口气撒到家里，摔摔打打，指桑骂槐，说东指西。她难道一点都不知道，人生气的时候最丑这个道理吗？我母亲在四顷地是个出了名的好脾气的人，姐姐恶声恶气的时候，母亲就劝她："人的命天注定，人的姻缘也是老天早就派定好了的，争是争不来的……"可我姐姐那时却像吃了蜜蜂屎一样，什么大道理到了她耳朵里都好像别人故意给她下咒语。

我姐姐对母亲说:"娘,家里该打家具了,看看咱们家的家具都老成什么样了?"母亲说:"去年不是新打了一个橱柜了吗?"新打的橱柜就摆在我姐姐面前,橱柜的玻璃上画着两尾鲜活得几乎要蹦到眼前来的鲤鱼,那就是小画匠第一次到我家时给画的,我还记得他在一盏十五瓦灯泡下,轻声轻气说话的样子。他对我母亲说:"就画鱼吧!画鱼吉祥,吉庆有余。"他还看了我一眼,用沾了颜料香气的手在我头发上摩挲了一下:"鱼,寓意也好……鲤鱼跃龙门,你家将来能出大学生。"而我的姐姐却强烈建议在橱柜的玻璃上画一对鸳鸯。"画鸳鸯戏水!"她说。我们都感到既无奈又好笑,连小画匠都笑她了,说:"橱柜上画鸳鸯干什么?只有在妆奁匣子或新人洞房的床头上才画鸳鸯。"我们一家都说服不了的姐姐,没想到小画匠几句话就让她服服帖帖,小画匠画那两尾鲤鱼时她忙前忙后,递水递烟,表情下作得就像小画匠带来使唤的一个随身丫鬟!

"那就给我打一对盛妆奁的箱子!你答应过我的,给我打一对妆奁箱子。"姐姐逼着母亲说。

"可是你现在连对象都还没有……"母亲说。

"早晚得有,你早晚都要给我打,你总不能一辈子把我留在身边,不让我嫁出去吧?"姐姐为了达到自己的目的,连这样不知廉耻的话都说出来了。

母亲没说什么,叹口气。母亲叹气的意思,连我都听出来了,姐姐那年已经二十出头了,都还没有一个提亲的上门,对象的影儿还都没有呢,她却操心上自己的妆奁箱子了。

当然我们都知道姐姐要妆奁箱子的真实目的,还不是希望小画匠上门,给她在妆奁箱子上画她喜欢的"鸳鸯戏水"?她也能以最有力的理由去接近她朝思暮想的小画匠了,可以亲自给他递一杯加了白糖的水,给他拿拿垫了棉垫的板凳,拿用热水浸过的毛巾去给小画匠擦擦汗。

可即使她想干的都干了,又能怎样呢?小画匠根本不可能看上她。

"小画匠根本不可能看上四顷地的姑娘。"记得有一次我姐姐和小灵儿、荣头、二丫她们在一起秘密议论小画匠的时候，小灵儿说过这样一句话。

"那可说不定。小画匠看上谁，只会记在他心上，又不会写在他脸上。四顷地还是有他能看上的好姑娘的。"我看到我姐姐说这句话时甚至红了一下脸，我想她所说的好姑娘就是指她自己吧？

然后她们说起了四顷地的姑娘。她们指名道姓地说了差不多二十多个姑娘，就像无比挑剔的皇后给自己的老公皇帝选妃子，再好的姑娘到了她们嘴里都有说不尽的不足和缺点，而她们蠢蠢欲动的表情却暴露了她们内心的真实想法，她们隐秘的情感已是司马昭之心路人皆知，可她们还在顾左右而言他，还在装疯卖傻。

只有胖乎乎的荣头说了句实话："小画匠可能看上一个四顷地的姑娘，可他不会看上我。"

说这句话时，荣头显得有些忧伤，两天前，小画匠刚刚在她家为家里新打的穿衣柜画好了梅兰竹菊四扇屏。

荣头说："我看，四顷地只有一个人配得上他！"

我姐姐立刻问："谁？是谁？"

"高君英！"

荣头说完这句话，热闹的场面一下冷清下来。我现在还记得姐姐听到这个名字时张着嘴瞪着眼的错愕表情。

没错。高君英。我想她们肯定故意忽略了这个名字。也许，她们根本没想起四顷地还有这样一个人。也许，她们都知道这个人，却从心里觉得，她的存在根本不在四顷地，而是在别的更远更辽阔的地方吧？高君英这样的女孩怎么会是四顷地的人呢？她应该出现在某个大城市的广场或一个有着高楼洋房的家中。

但高君英是四顷地人，是谁也否认不了的。她是四顷地支部书记高大全的小女儿。他的大女儿高俊梅曾经是四顷地的小学老师，后来嫁给了风度翩翩的东风镇学区校长曹德江。高俊梅长相一般，高君英却出类拔萃。姐妹两个站在一起就像两家人，一黑一白，一丑一俊，一矮一高。按我们四顷地人的话说：高君英生下来就该是个城里人！

所以我姐姐她们根本不可能忽略高君英的存在，高君英就像她们的头号天敌，她们都和高君英是同学，而且据我姐姐说，她小学时还和高君英同桌，只不过后来高君英考上了县里的重点初中，又考上了地区的中专，而她们却连一个普通初中都没有读完。她们既想在心中无视这个巨大的存在，又觉得这个存在对她们是种巨大的挑战，哪怕是拿出这个名字来和小画匠放在一起随便说说都让她们气馁。

事实上，我姐姐她们议论高君英时，小画匠还不认识高君英，说来也是吊诡，小画匠后来认识高君英却是在小画匠给我姐姐在她的妆奁箱子上画"鸳鸯戏水"的时候。

二

凶悍霸道的姐姐终于逼着母亲答应为她打一对妆奁匣子了。

姐姐对于用什么木料谁当木匠哪个油漆匠来打底漆显示出一种心不在焉和完全不负责任的态度，但对于请谁当画匠她却表现得铁板钉钉一样不容更改。那些天，我看到母亲唉声叹气地张罗着为姐姐打一对妆奁箱子，姐姐无所谓，母亲却要认真审慎，母亲知道姐姐心思不在妆奁箱子而在小画匠身上，她知道自己这个犯起倔来九头牛也拉不回的女儿，打骂不行，劝说无益，她又能怎么办？打家具的木料还没准备齐呢，我姐姐就跑到正在红四家干活的小画匠身边，女唐僧一样一再嘱咐小画匠别忘了给她的妆奁箱子画"鸳鸯戏水"，以至于红四妈一看到我姐姐就调侃："看，鸳鸯戏水又来了！"

一到冬天，来四顷地干木匠活的人并不少，虽然只是一对妆奁箱子，母亲选择起木匠来还是颇费心思，因为木匠和油漆匠都不好选。为什么不好选，前面已经说过了，这些匠人对活路挑剔，对主家言语甚至饮食也挑剔，他们完全和小画匠不同。所以四顷地的木匠和油漆匠常常是换来换去，大街上挑着木匠摊子的换了一拨又一拨，可为家具画画的却只有小画匠一个人。

因此我姐姐那么急不可耐地定下小画匠，就显得有些多此一举。

四顷地有了小画匠，就断了很多画匠来四顷地找活路的念头。有小画匠，谁还用别的画匠呢？

为找到一个合适的木匠，母亲操心费力，甚至多花了钱，因为打两个妆奁箱子的活儿并不大，一个技艺纯熟的木匠有个两三天就完工了，所得有限，木匠们就有些不把这活放在眼里的意思。最后，母亲好说歹说，总算把一个木匠师傅请上门来了，还在东屋炕上专门给他铺了狗皮褥子，让在矿上的父亲买回了足够吃好几天的猪肉、粉条和海带，木匠用他锋利的刨子刮木方的时候，我们都在那里观摩，姐姐都不正眼看一眼就和小灵儿跑出去等小画匠了！

时隔多年，我还记得小画匠再次出现在我家里时的情形，那是临近春节时候的又一个黄昏，小画匠背着他那只我们早已熟悉了的三层小木箱子出现在我家的院子里，我感觉我家的院子因为他的到来而宽敞亮堂了，就像突然被谁点亮了一盏五百瓦的大灯泡儿，焕发出一种特别奇异的光彩。这一天，我姐姐并没有出去接小画匠，她甚至一天都没出家门，从早晨开始就心神不宁地在屋子里走来走去，用一个巴掌大的圆形小镜子来来回回照，好像只要这样一照，她就能换张面孔变得好看起来一样。

过去，我的姐姐是个啰唆的人，每天都要说很多话。小画匠要来的那天，她不知怎么，好像中了邪一样，一天里也没对家人说过一句话。我母亲和我都曾试图和她搭讪，可一看她的表情立刻就知难而退了，她眼里的神情已经超然物外，好像正走过万水千山，历经艰难险阻，我母亲和我好像都不在她的视野之内了，我们又何必自讨没趣呢？母亲只有一个劲地叹气。

当黄昏时分，小画匠终于在院子里出现时，我们终于听到姐姐说了一句话："他来了……"这时母亲也说了一句："这个人是个南方人……"我觉得母亲和姐姐一样让人费解，因为小画匠是南方人的事实，早已经被四顷地的人证实过了，我不记得母亲在小画匠第一次来家里画鱼的时候是不是也这样自言自语说过，那么，她突然说出的这句话又是什么意思呢？

小画匠进屋的时候，我们一家人正在灯下吃晚饭，他刚进院子的时候，我姐姐已经放下筷子和碗，她还要求我们也放下筷子和碗，但我们没照她的要求做，因为那时候我们的晚餐刚刚开始。小画匠一进来，我就看到他招牌一样的笑，是他一贯的微笑，令人着迷的微笑。我母亲甚至有点冷漠地问他吃了晚饭没有，如果没有就一起吃。我看到小画匠点点头，说谢谢，他已经在别处吃过了。

说实话，我对这个小画匠有很多不解，比如他为什么总是黄昏时才会出现在四顷地？比如为什么每次问他吃饭他都说吃过了？那他又是在哪里吃的呢？据我所知，他在整个东风镇无亲无故，而且那时候的饭店极少，距离四顷地最近的饭店也要十几里开外……那他究竟是吃过还是没吃过呢？如果他在撒谎，这对他又有什么好处呢？而且，我还觉得小画匠这个人非常神秘，他总是对人问及他是哪里人以及姓甚名谁闪烁其词。比如你问他："小师傅是哪里人啊？"他顶多回答你一句："南方人。"你再问南方哪里啊，他就只笑不答了。还有他的姓名。你若问他："小师傅尊姓大名啊？"他就会以一句"您别客气，叫我小画匠就行了。"再问，还是一句："他们都叫我小画匠。"这时候一般就不会有人细问了，四顷地的人生下来就实在——人家小画匠干的是技术活，活干完干好了，你给人家钱就是了，哪里来的那么多问题呢？——当过大队会计的孙老喘就这样说过。因此，关于小画匠，我们所了解的无非两种：

一、他是南方人；

二、他叫小画匠。

我问过母亲："小画匠为什么不告诉人家真名呢？名字也保密吗？"

母亲说："人家不想告诉你呗。"

母亲又说："也许画匠和木匠和油漆匠不一样，他们不习惯用自己的真实名字。他们是用艺名。"

母亲话是这样说，可脸上也是一副茫然和费解的样子。

母亲一直是个安详随和的人，但这一次小画匠来，母亲却变得警惕起来。她始终盯着姐姐的一举一动，有时候对姐姐过于殷勤的举止还低声呵斥，这同样让我费解。母亲警惕什么？又害怕什么？难道她怕自己的女儿被小画匠拐走？这可真是个笑话！

小画匠刚来的时候，我母亲就问他，画好这两只箱子要多久，小画匠说，按说应该画四天，每两天画一只，但最近他在别的村里还有活，而且年底了，他还要回南方老家，所以，他想晚上多画会儿，两天画完。我姐姐听了不干，她非说要画四天的，她的说法是"那样才能画得细！"母亲却支持小画匠，母亲干脆地对姐姐说，两天就两天。说完又对小画匠说："就两天，画吧，工钱一分不会少算给你。"听母亲的语气，好像根本不关心小画匠画出的质量，而是让他尽快画完赶紧走人。小画匠一脸感谢母亲的样子，还不忘回头安慰我姐姐一下："你放心，两天我也不对付，会画得同样仔细。"这回倒轮到我姐姐叹气了。她粗重的叹气声响了一个晚上。

谁都没想到，小画匠会在第二天反悔。第二天，他来时突然对母亲说，为了对我姐姐未来的幸福负责，他还是要精修细画，还是决定把时间延长为四天，至于那个村的活，他已交给自己的一个同行去做了。小画匠说这话时，没看母亲，没看姐姐，而是不停地用眼看着一个突然造访的人，这个人就是我姐姐的同学高君英。她是在小画匠还没来时，由小灵儿和荣头领来看姐姐未来的新嫁妆的——她尤其喜欢小画匠画的"鸳鸯戏水"，虽然那连个半成品都还算不上，但她却叹息般地说了一句："这小画匠的手艺真是好，这鸳鸯都被画活了！"我姐姐那时还不知道危险，还热情地挽留高君英在家里吃晚饭，晚饭后一起看小画匠画"鸳鸯戏水"，而高君英居然也没怎么推辞就留下来了。那也是我第一次见到高君英。就像听过的她的传说一样，她果然非常好看，而且那天她穿了件只有城里姑娘才穿的在农村很少见的白色羽绒服，漂亮得就像一个把翅膀隐藏起来的仙女。

我母亲也为姐姐能请到大队书记的女儿在我家共进晚餐而高兴，晚上她还做了只有木匠师傅在时才做的猪肉海带炖粉条，问了很多关于高君英的问题，比如多大，在哪里读书，她姐姐高老师生了小孩没有，生的是男孩还是女孩，以及高书记两口子身体如何等等一系列琐屑问题。我当时只顾得一边吃猪肉海带炖粉条，一边偷偷看仙女一样的高君英，我记得她吃饭的样子，吃一口就把筷子放在碗上，对母亲鸡零狗碎的提问她回答得也相当有耐心，平心静气。那天高君英走后，母亲说了一句话："真是龙生龙，凤生凤，老鼠生来会打洞——大队书记的女儿就是不一般，一听她说话就知道是大家闺秀。"母亲那句话其实也是在提醒姐姐，因为姐姐那一晚，一喜一忧，喜的是小画匠终于多留了两天，忧的是小画匠突然对高君英投过去的热辣辣的眼神让她坐立不安。

"他从来没用那种眼神看过四顷地任何一个姑娘。"这是我姐姐后来说过的话。

高君英那次是从学校刚放假回来，半路上她碰上了小灵儿，小灵儿就和荣头把她带到我家。

我已经记不得小画匠和高君英那天是不是说过话了，也许根本就没说过话，但他们还用说话吗？那天的小画匠一改往日的沉着与镇定，他执画笔和颜料盘子的手多次发抖，虽然没影响他的工作——但他画的速度却明显减慢了，他好像忘了该怎样画"鸳鸯戏水"了，画的过程中，他多次停下，装作皱眉头思考的样子。他是在利用各种机会向仙女一样的高君英瞥去几眼，高君英也少了几分大家闺秀的样子，像我姐姐她们一样有了小动作，一会儿动动头发，一会儿整理一下羽绒服的下摆，一会儿把围巾摘下，一会儿又围上，最重要的是他们的眼神，他们的眼神的交流，无声，迅疾，却蕴意丰厚。后来，当我读到一见钟情这个成语的时候，我第一个想到他们俩，我想，小画匠和高君英算得上一见钟情吧？

我姐姐虽然那天晚上就感到了某种危险，但也没有多少反常举动，只是在他们走后，她开始数落高君英："我还以为是个公主呢，还不是和我们一样俗气，我其实就那么一虚让，她还真就不客气在咱家吃了。"母亲说："那是人家君英大方、不扭捏。"母亲这个晚上是高兴的，并没因小画匠突然延长工时而烦恼，也没像昨天盯贼一样防着姐姐。她对高君英的印象相当好。"大方什么啊？"我姐姐说，"还不就是仗着自己是大队书记的女儿？还不就是仗着自己比别人漂亮点？我看也就那样吧，而且你们看到没有，她脸白是白，但我怎么觉得白得不对劲呢，我看她准是有病——"母亲打断她："不许这样说人家,你这是嫉妒!""嫉妒怎么了,小画匠给咱家画画,她没事过来看什么,讨厌!下次再来我就撵走她!"母亲说:"你敢!你知道你哥是怎么当兵走的不?你知道你姐为什么能去外面的批发站当称泵员不?不懂事,以后你的工作也指望人家呢!"姐姐一甩袖子:"我才不稀罕!我就是要撵她走!"

姐姐嘴上是这么说,可当第二天,高君英真的出现在我们家时,她还是没好意思像说的那样撵人家。她怎么撵人家呢?因为高君英不是跟着小灵儿和荣头来的,她第二天来竟是小画匠领来的。

真是让人难以置信啊!我清清楚楚记得小画匠第二天领着高君英走进了我家的门,他们一路说说笑笑,就像是认识很久的朋友——而昨晚他们才在我家认识,话都没说上一句,而仅仅过了一天,两个人就以这样一种让人匪夷所思的场景出现了。小画匠话也多了,看到我们诧异的眼神,他只玩笑般地说了一句话:"我新收的徒弟……"这当然是玩笑了。不过高君英在说过一句撒娇一样的"讨厌"之后,竟真的叫了声:"师傅!"他们相互取笑的样子不像一对师徒,倒像一对恋人。让人不得不怀疑,他们是什么时候再次见面的,又是在哪里见面的,他们谁先找的谁,是谁先主动的?

尽管小画匠和高君英的携手亮相让人感到突兀,但你不得不承认,他们确实称得上一对般配的恋人,也可以说是一对配合最好的师徒。小画匠拿笔,高君英托着颜料盘,小画匠画一笔鸳鸯,看一眼高君英,看一眼高君英,再画一笔鸳鸯,而高君英呢,则是看一眼画,再看一眼小画匠,目光绵密得像在相互之间织一张网。他们郎情妾意,珠联璧合,堪称璧人,就连我见过大世面的母亲也看得呆了,后来当我姐姐大骂小画匠和高君英是对狗男女时,我母亲根本没理会我姐姐的愤怒和伤心,而是沉浸在当时的场景中,说了一句:"他们确实太般配了。"

我已经忘了姐姐在那两个末日般的夜晚的表情了。也许不是忘,因为那天晚上姐姐一看到小画匠和高君英两个人出现在我家里不久,自己就跑出去了,直到他们走了之后她才回来,我姐姐什么时候跑的,跑去哪儿了?我也不知道。我总是对生活充满了好奇,而生活也总是接连不断地为我制造着奇迹，而我的姐姐注定会在这场无望的爱情中出局，这一点，我早早就想到了，有什么好奇怪的呢？

三

我姐姐疯狂的反击是正月里的事了。正月初六我们就看到小画匠的身影出现在四顷地了，与以往见到小画匠在黄昏出现不同，这次他是上午来的，没背那个三层的小木箱，却穿了一身呢料的新衣服。他上午从四顷地走过，那个上午的阳光就像专门给这个南方人预备的一样，她们追逐着他，抚摩着他，让他呢料服装上那些纤细的毛儿都光芒万丈。小画匠是从小路上走来的，他经过我家时，我听我姐姐"嗷"地喊了一声，就像一匹受伤的母狼，她转身，一双眼睛在屋内乱找，扬言要把这个"流氓蛮子"打的妆奁箱子用斧子劈掉当柴火烧，母亲没有阻止她，却流露了一丝略带嘲讽的微笑，那微笑就像闪电一晃而过，可还是被我发现了。小画匠刚刚走过，孙老喘的女人就走进我家和母亲聊天了，孙老喘的女人皮肤很白，人显得很年轻，她平时是个不言不语安静的人，这次却主动聊起了小画匠。

"听老孙说，南方人要找人向高家提亲了……"

"看上去倒般配，不知高家会不会同意？"

"你不知道啊……高家小英原是定了对象的……听说是她姐夫曹德江介绍的……是东风镇上的人，在办公室上班……"

"那……"

母亲刚要说什么，却听到姐姐一声古怪的笑，然后姐姐撅着丑陋的小辫子就跑出去了。姐姐跑到了大道上，大道上正月里总是聚积很多闲人，那里地势高，又是整条沟去镇上必经的交通要道，可以看到很多穿新鞋新衣上来下去的人，我们队上的大人小孩子都喜欢站在那里。他们也都在议论小画匠。他们也都看到小路上走过的小画匠了。

"南方水土好，人家长得就是比咱们这里的人清秀、白净……"

"白净管什么用，小白脸没好心眼。"

"南方人哪里人都不知道……不会是个骗子吧？"

"他和高家小英好，怕是没好事……"

我姐姐哪里人多往哪里凑，听到议论小画匠，不知怎么，竟突然哭了起来，大家面面相觑，不知谁惹了付家的丑姑娘了。

"二曼，这是怎么了？"

"小画匠是个流氓！"我姐姐擦了把鼻涕眼泪说。

围观的人立刻兴奋了。他们围着我姐姐，像是探矿者突然找到丰富的矿脉，欣然之情溢于言表，于是，小画匠是个流氓的传言就像风一样很快在四顷地传遍了。小画匠是个流氓？为什么是个流氓呢？因为小画匠借为人作画之机，经常调戏挑逗那些人家的小姑娘，有时候连已婚的女人也不肯放过，说是外面的梅岭已经有两个女人为他打胎了，挨着四顷地的黄庄也有女人为他自杀喝过卤水。我确信这个谣言的始作俑者就是我姐姐。因为那天下午孙老喘的女人就找到母亲，小心翼翼，试探性地追问，小画匠两次在我家画画，是不是把二曼怎么了。

我母亲不知道我姐姐在人群中的哭诉。我姐姐说，小画匠有一次趁没人时，突然抱住她……还有一次，她出去小解，回头看到小画匠也跟出来了，小画匠上来就往下拽她裤子，要不是她死命地拽着，坚决不从，腊月里小画匠就把她强奸了。小画匠不甘心，终于有一次趁她不防备时强行摸了她……我姐姐抱住胸脯，好像抱住最后的童贞，她一字一泪地哭诉："小画匠，这个流氓，他骗了我……他说要娶我的，还故意上门来给我画鸳鸯戏水……我差点就认了……差点就被他毁了……这个人面兽心脚踩两只船的流氓……"

我当时不在现场，不知道现场的那些人听到我姐姐明显臆造的事情时是什么表情，他们会是相信呢，还是根本觉得不可能，我相信很多人他们对我姐姐的哭诉是半信半疑吧？不然为什么孙老喘的女人来试探性地问母亲，我们家准备去告小画匠，是不是真的。

我母亲听到这些，只是一个冷笑，来回说："二曼，二曼，这丫头怕是疯了疯了。"

我也觉得我姐姐就像一条疯狗，到处乱吠乱咬，不可救药了。

每次我母亲审问我姐姐时,她却矢口否认,说她从没说过那些话,她狡猾,百般抵赖,还赌咒发誓,说谁说过那样的话就天打雷劈,气得母亲拿起烧火棍狠狠往她身上敲,说怎么生出了这样一个不知廉耻的女儿!我姐姐捂着脑袋到处跑,边跑边哭,边哭还边犟嘴:"他就是流氓……难道,我说错了吗?"

对于小画匠和高君英恋爱这件事,高大全一家的前后态度却迥然有别。他们一开始对这件事的处理显得相当暧昧和莫衷一是,至少在四顷地人看来是这样的,他们对事实既不承认也不否定,因此在一开始时,小画匠和高君英在四顷地出双入对,如入无人之境,两个人即使走在大街上也不忘你看我一眼,我冲你一笑。开学后,我几次看到高君英和小画匠在学校前面的马路边上站着,而他们的身后的坝坎下不足一百米就是高君英的家。

开学后高君英没能返校。不知为什么。难道她为了爱情连中专都放弃不上了吗?黄昏时分,我们也很难见到背着小木箱的小画匠在四顷地的人家出没,难道他为了爱情连养家糊口的画匠也不做了吗?在这时候,关于小画匠的传言却正甚嚣尘上。有人说,小画匠其实在南方的家很有钱,他不缺钱,他是把画匠这活儿当玩儿的,但也有人说,小画匠看人的眼神躲躲闪闪,怕是在老家有过不干不净的过去,到北方当画匠是在躲避什么灾什么难也未可知……总之是众说纷纭。我觉得这些都不算什么,就连我姐姐不是也给他制造绯闻和传播谣言吗?可也没见谁能把他和高君英分开。那些日子,小画匠和高君英沉浸在爱情的甜蜜中,就连我姐姐这样固执的异己者最后都放弃了对他们的仇视,开始转变了。有一天我听到她和小灵儿说:"这一对男女流氓快结婚了吧?"

小画匠和高君英的故事就是在这种甜蜜的平静中开始产生变数的,没人能具体说清是从什么时候,有人说是夏天到来的时候,高君英的姐夫曹德江往自己的老丈人高大全家跑过几次之后就开始了……不管怎么说,夏天里,小画匠和高君英的爱情遭到来自高大全一家的飓风般强烈和迅疾的反对,有人看到高大全把小画匠叫到自己的书记办公室正式谈过一次,紧接着高君英又被姐姐高俊梅开来的一辆草绿色的吉普车带出了四顷地。小画匠面对素以强硬著称的高大全是怎么表态的,而高俊梅又是怎么苦口婆心劝说她唯一的妹子回心转意放弃这段感情的,恐怕除了他们自己没人知道。但有一点可以肯定的是,这种棒打鸳鸯的做法并没有把这对鸳鸯拆散,很快我们四顷地的人又看到他们在一起了。

王贵家的四条有一次从东风镇回来,他抄近路,仗着腿长脚长胆子大,走在高高的水渠上,想从大坝上攀爬修水库时凿出的天梯一样的山崖回来时,竟在大坝上发现那对时髦的年轻人。大坝上只有他们两个人,他们手握着手,肩靠着肩,一起坐在水库的坝顶之上,正看着绿莹莹的水发呆。大太阳下,也不知在那待多久了。"真浪漫……"四条说,"可惜,四顷地最好的妞儿让个南方人追到了。"

这是六月里某个星期一发生的事。紧接着,又一个星期一,就发生了火车站那惊险一幕,那件事最后扩散之快影响之大,堪称一出传奇,好几个四顷地人有幸亲眼看见了那件事的全过程。那一天上午八点多,东风镇的火车站还很安静,因为距离九点一刻开往北京的火车发车时间还早,偌大的火车站只有零星的几个乘客在候车大厅或站台上无聊地闲逛。东风镇火车站是个开放性的小火车站,坐火车的人可以从四面八方过来。有的打票,有的不用打票,不打票的可以在车上补,如果乘务员或乘警疏忽,还可以逃票。当时我们四顷地有好几个要去北京的人早早地来到了火车站。不久,他们就在火车站发现他们熟悉的人,这些人里有大队书记高大全,有高大全的老婆,有高大全的大女儿高俊梅,还有女婿曹德江,当然,还有几个他们不认识的人。这些人都聚在曹德江周围,有我们四顷地的人过去和他们打招呼,问这一家子聚这里,是坐火车去北京呢,还是等着接从承德过来的人。高大全说:"我们不去北京。"

高大全的老婆说:"我们也不接站。"

曹德江说:"我们找人。"

高俊梅说:"你们看到小画匠没有?看到我妹妹小英没有?看到他们两个人没有?我们在找他们,我们找遍了东风镇,连他们的影儿也没找见一个,急死我们了!"

高大全的老婆这时就哭出了声:"我可怜的小英一定是被南方人给害了啊……"

高大全喝住老婆:"闭嘴,你这个乌鸦嘴,要不是你娇生惯养,她……"

曹德江说:"爸,妈,你们放心吧,他们跑不到哪儿去,我不相信他们能跑得出东风镇!"

这时候过来两个铁塔般的小伙子。一个说:"曹校长,你放心吧,我们哪儿哪儿都布置好了人,他们跑不了。"

另一个说:"这个南方人胆大包天,这小子要是不把身体零件丢几样还不知道东风镇人的厉害。"

听到这话,四顷地的人就悄悄地往后退了,胆战心惊的样子,好像丢了零件的不是小画匠,而是他们。

他们只盼着火车快点来,但他们又担心自己看不到一出好戏。因此他们很纠结。

九点钟的时候,火车站候车的人开始多起来,而且越来越多,他们从四面八方赶来,那么多人,人山人海的,不像是坐火车,倒像是到火车站来看一出大戏来了。

火车站也确实有一出大戏等着他看呢。那天在火车站等火车的还有一个四顷地人,就是王开的女人,她刚嫁到四顷地王开家还不到一年。这一天她正在车站接一个河北过来的亲戚,她昨晚住在了东风镇的另一个亲戚家,因为离车站很近,所以她九点了才往车站走。她是从一条偏僻的小路赶过来的,在那条偏僻的小路上,她碰上了两个奇怪的人。九点钟的夏天上午,太阳已经很毒了,她看到两个穿着打扮很洋气的小伙子走在前面,两个人都戴着大大的草帽,对,就是因为草帽,引起了王开女人的好奇,她觉得这么洋气的人总应该戴个洋气点的帽子,那种小巧的有帽檐的凉帽,可他们为什么偏偏要戴个不伦不类的草帽呢?带着这种疑惑,她总是不由自主地一次次回头看他们一眼,尽管他们离得不近,可她还是隐约嗅到了一种熟悉的味道。这味道她太熟悉了。一年前她在未婚夫王开家闻到过这种味道,她怎么能忘了那味道呢,是那种独特的,掺杂了些颜料和汗味香气的味道。王开女人是个鼻子特别灵敏的人,据说她看人前要先闻人的味道,通过味道才能确定和人相处的远近关系,她就是通过闻王开身上的烟味觉得这个小伙子还不错而准备要嫁给他的。而一年前那个夏天的黄昏,当小画匠走到王开家时,她首先闻到了小画匠身上的味道,那种独特的弥漫着各种颜料味儿的味道。等他蹲着为她的婚床画鸳鸯戏水的时候,她从他的身边经过,又闻到了他的汗味,这是和王开迥然有别的味道,也与所有北方男人迥然有别的味儿……

就是因为这味道,让她发现了小画匠。没错!这两个戴着大大的草帽,还戴着个大大的墨镜的小伙子,其中的一个正是小画匠。

"小画匠……"王开女人停下脚步,等两个人走近时,她下意识地喊了一声。王开女人是个热情的人,她觉得碰到熟人就应该停下来和人家打声招呼。然而让她想不到的是,她刚一说话,那两个戴草帽的人突然低下头,脚下加快了速度,迅速从她身边超过了她,好像她是瘟疫。王开女人当时还很奇怪,以为自己认错了人,还站在那里愣了会儿。后来当她来到站台,在站台上张望那两个戴草帽的人时,她已看不到他们的背影,却听到人群中有人大喊了一声:"他就是小画匠,抓住那两个戴草帽的……"

站台上顿时大乱。

这时候从承德开往北京的火车已经喘着粗气像一条蜿蜒的巨蟒滑进了车站,想去北京顺义做小工的王贵二儿子二条佐证了王开女人说的碰到小画匠的事实。他当时并没听到喊"抓住那两个戴草帽的",他是在挤上火车一个靠窗的座位坐下来时才看到发生在他眼皮子底下的事的,一个戴着草帽的小伙子正好摔倒在他的车窗前,几个人很快把他围了起来,二条以为是在抓小偷,结果发现那个小伙子的草帽被摘掉时发出的是个女声。

她喊了一声:"山坡,快跑……"就又累又喘地瘫倒在地上。二条一下认出了她就是高大全他们要找的女儿高君英。二条一看是高君英就好奇地伸出脖子看她喊的方向,在离这节车厢不远的另一节车厢的中部,另一个戴草帽的人也被两个铁塔一样的小伙子扭住了。

二条后来说:"我听到高家小英喊的,好像是什么山坡……很奇怪的名字……原来小画匠叫山坡啊……"

火车在东风镇的车站只停留三分钟,它可不管车站上都发生了什么,三分钟后,在一片杂乱喧嚷中,火车又吼叫了两声,开始驶离站台。这时候高君英离二条的窗下越来越远,他看到高大全和他老婆,高俊梅和曹德江此时都围了过来,高大全的老婆气得骂了声:"臭不要脸……小婊子,你给我起来,你丢尽了我们的脸……"

火车哐当哐当地开走了,走了很久,二条的耳朵里好像还在响着拳脚击打在小画匠身上的沉闷的噗噗声。二条在顺义求职不顺,第三天就又坐火车从顺义回到四顷地了,他回来后和我们说到了那件事:"我听到曹德江喊了声,给我打,后来,离着一节车厢我都听到他那些手下下手打小画匠的声音。他们说要小画匠的身上少几样零件,看来小画匠这回肯定是凶多吉少了,世界上那么多好女人,他怎么偏偏看上高大全家的小英呢?"

过去了一个星期,二条又对我们说:"高大全说了,小画匠再敢踏上四顷地一步,他就要打断小画匠的一条腿,看来,小画匠是再也不敢到四顷地来了……我结婚的家具这回谁给画呢?"

高君英那次女扮男装和小画匠逃婚未成,回来就被高大全关在了自己的东屋里。

四

半个月后,一次课间休息,我跑到前院的供销社买冰棍儿,路过大队门口时我看到一个人,看样子很熟悉,走近前一看,吓了一跳。这不是小画匠吗!他看上去明显瘦了,穿的衣服邋里邋遢,下巴上也胡子拉碴,刚开始时我差一点没认出他来。我看到他就上下左右地看,我是想看看他是否真的被曹德江给卸掉了某个零件。看了一圈,我放心了。他身上的零件都还在,只是脸上的伤疤还青着,看他走路,腿好像也没有原来那么灵便了。小画匠也认出了我,冲我讨好地一笑。我很不好意思,因为想到姐姐对他的诬陷。不过,现在好了。

现在我姐姐被大姐弄到批发站去做小工了。我很少见到我姐姐了。

我停下，想了想，问小画匠："你还好吗？"

他把手抬了抬，我想他准是又想抚摸我的脑袋了，我想站近一些，让他的手放到我头上，可这时候，我看到四顷地的民兵连长凶神恶煞般地从一个屋子走出来了，他对小画匠怒吼了一声："滚……我们书记说了，他再也不想看到你，让你滚得远远的！"

"我只是想见一下小英，求求你了，让我再看一眼她吧，看她一眼我就走，真的走，再不来了……"

"滚！"

又是一声怒斥，吓得我冰棍儿也忘了买，转身跑回学校了。

上午下课，路过大队部时，我特意往大队部那里看看，发现大队部的门已经上锁，小画匠也不知哪儿去了，我又跑到供销社看，供销社里也空空荡荡的，只有售货员四眼在那里无聊地拨拉算盘玩。

我把碰到小画匠的事回家和母亲说过了，母亲叹了口气，说："这孩子怕是毁了……"

我问母亲什么是"毁了"，母亲说："去去去，快写作业去……"

中午吃完饭，我在家里写了会儿作业，趁母亲不注意，就从屋里悄悄溜了出来。

我心里老是记挂着小画匠的事，我想小画匠一定是躲起来了，我有预感，中午我将会在哪里再次碰到小画匠。大路往供销社那里拐弯的地方，有一座小石桥。小石桥下面并没有水，只是一条干河沟。我过了小石桥，就停下了，远远地向供销社那里张望。那里寂静得很，除了偶尔有一两个早来的学生经过，我没发现有任何异常，小画匠也不在。然而，我刚要走时，却听到身后喊："喂——"

我回头四处找，不见人，往前走几步，又听到身后"喂——"，我就往回走，结果发现"喂"声是从小石桥下来的。我站在小石桥上往下一看，这回我看清楚了，原来桥下的干河沟里站着一个人，正是小画匠。

我说了声："你——你怎么跑这儿来了？"他立刻做出让我噤声的手势，还冲我招手，让我下去。我犹豫了一下，还是抓着路边的一棵小树下到河沟里去了。

小画匠把我引到石桥底下。桥底下，没有疯长的杂草，露出一片沙土地。我在沙土地上发现那里有人躺卧过的痕迹。

"你一直在这里吗？"我傻乎乎地问小画匠。

小画匠冲我笑了一下，没回答我，却说了句："你长高了。"

"你见到高君英了吗？"我又问。

小画匠的脸上就流露出痛苦的表情。他的眼睛红红的，眼角的瘀伤清晰可见。过了好大一会儿，他才看着我说："我叫你，是想请你为我做一件事。"

我说："我能为你做什么呢？"

小画匠热切地说："你能的，只有你能，我相信你！"

我问他："那你说什么事吧，看看我能不能做。"

小画匠就从口袋里摸索出一张纸条来，说："我想请你把这个送到高家去，送给小英……"

我立刻后退了几步，连忙摇头说："你说的这个可不行，这个我可干不了。"

我说的是实话，我知道高家自从把高君英弄回家里后，就把她关了起来，我不上课的时候经常去高家附近去转，想偷窥到什么。过去高家围墙并不高，现在，高家不但把围墙加高了，还在上面栽了很多蒺藜狗子和碎玻璃。过去高家的大门大白天经常开着，我每次从那里过都能看到院子里的鸡舍和拴着的那条大狼狗，现在高家的大门不但换成了又高又大又厚的大铁门，而且每天关得严严的……我想这都是因为小画匠，他们像防一个强盗那样防备着小画匠，小画匠难道连这些都不知道吗？

我说："你说的这件事我还真的干不了，我胆子小，他们家的大狼狗很凶，每次我和同学去河边玩，那只大狼狗总是对我们又咬又叫……我要是进去，还不被大狼狗吃了……"

"大狼狗被铁链子拴着呢，咬不到你……求求你了，你会有办法的。"

我没想到小画匠一下抓住了我的手，他抓得那么紧，就像一个溺水的人突然抓住岸边的一把稻草,他急切地说:"你行的,你一定行的……求求你了……救救我们吧,救救我们吧……"

我的手都被他抓疼了,我长这么大,还从没被一个大人求过呢,何况还是给我家画过鲤鱼跃龙门和鸳鸯戏水的小画匠!我觉得自己如果不答应他,他甚至会给我跪下来,那样我就更不好脱身了,于是,我用力把他抓着我的手打开,我想了想,说:"好吧,那我试试……不过,要是不行,你也别怪我……"

为了能把信亲自给高君英送去,我还真动了一番脑筋,甚至还在班里找了个和我不错的小伙伴和我一起配合,我没把为小画匠送信这件事告诉他,我可没那么傻,我只是告诉小伙伴,我说高家的大狼狗生小狼狗了,一下生了六只,我想办法进去偷两只出来,如果偷到了,我和他就一人一只。我让小伙伴守在大队部那里,一旦看到高大全出来了往家里走就大声唱《让我们荡起双桨》,小伙伴痛快地答应了。我拿了个小皮球就奔高家去了,我先是把小皮球扔进高家的院子,听了听有了动静,就过去敲门,我想等高大全的老婆来开门,我就闯进去,装作找皮球找到关高君英的屋子,然后把那张纸条扔给她,我当时就是这么想的,而且我觉得这是我唯一能想到的最好的办法。

一切都按计划进行,我信心十足,我想即使信送不进去也没关系,至少他们不会怀疑一个十岁出头的孩子。我惴惴不安地开始敲高家的大铁门,我用了很大力气,一边敲一边喊开门。结果门真的开了,门打开的那一刹那,我愣住了,因为开门的不是那个整天耷拉着一张老脸的高大全老婆,却是我想送信给她的高君英,她当时穿了条碎花的裙子,高高的个子,居高临下地看着我,问我有什么事。

高君英的出现太出乎意料了。我本来想好的一套理由一句都说不出来,因为也用不着说了。我只是胡乱地把那张纸条塞到她手里,然后扭身就跑,连扔到她家院子里的小皮球也忘了要了。

替小画匠完成这件事,我非常高兴,一点不在乎小伙伴没得到小狼狗的懊恼,我只想立刻告诉小画匠,他求我的事,我给他办成了!

十分钟后,在小石桥下,我把事情的经过告诉了小画匠。没想到小画匠竟像个孩子似的哭了。他摇着我的手，一个劲地说谢谢，说得我都不好意思起来了。我问他把信送到了他会怎样呢？他说他想回老家，我又问他老家哪里，他说在南方。我说："我还不知道你名字呢，我听二条说你真名叫山坡是吗？"小画匠就笑了，说："可他们都叫我小画匠，你也叫我小画匠吧。"说实话，小画匠的回答让我很失望，我冒着那么大的风险去给他送信，结果还是从他口里得不到一点我想知道的。想到这里我就有些生气了，我说："他们还说你是个流氓，是个拐骗妇女的骗子，是个逃到北方的犯罪分子呢……"没想到小画匠听我说完这些不但没生气反而笑了，他抹去脸上的眼泪，问我他们说的我信还是不信？我看着他，摇摇头，又点点头。他就笑得更厉害了。笑完，小画匠就催促我快走，说时间长了老师怕是会来找。我抓着那棵小树爬上大路的时候，小画匠还在后面帮我拖了一下屁股，走很远了，我回头，还看到他在冲我微笑。

我没想到那竟是我最后一次看到小画匠的笑脸。

我是在暑假里听四顷地的人再次说起小画匠他们的。在这个故事版本中，高君英再次骗过家人和小画匠一起私奔了，没人知道他们是怎样从众人眼皮子底下成功脱逃的。高大全盛怒之下打了老婆一个响亮的嘴巴，还到派出所报了案。曹德江和高俊梅又发动了很多人参与寻找。他们找了一个夏天一个秋天，又找了一个冬天，但始终连小画匠和高君英的身影都没发现一个。有人说这次小画匠肯定把高君英拐到他南方的老家去了，如果去了南方，高大全和曹德江的势力再大也只能干瞪眼了。

这个冬天，四顷地的黄昏来得有些平淡，我们再没看到小画匠背着小木箱走家串户的熟悉身影。看来这次他是真的消失了。他们真的顺利脱逃到南方去了吗？南方又有什么好呢？四顷地也有走南闯北的人，有去过南方的人说那里简直不是人待的地方，夏天蚊蝇横行，热浪滚滚，冬天阴冷潮湿，冻雨绵绵……四顷地的人都开始为天仙一样的高君英担心了，那么娇弱的北方姑娘如果到了南方又该如何度过这个冬天？

我姐姐好像已经把小画匠完全忘了，她在批发站如鱼得水，每次从批发站回到家，如果家里正在谈论小画匠她都嗤之以鼻，说她早发现小画匠不是个东西了，所以她才没上小画匠的当，只有傻乎乎的高君英才会被这个南方人骗，高君英跟了他总有一天会连自己怎么死的都不知道。我姐姐还像过去一样刻薄和恶毒。然而，正月里她领回的对象却让我们大吃一惊：他高大、开朗、俊美，据说还是镇上的非农业户口，这真是让四顷地的人都大跌眼镜。丑人有奇福，这让我们说什么好呢？生活就是这样荒诞。

我还是会不断地想起小画匠和高君英，我觉得他们在一起很好，他们在一起才是真正的神仙眷侣，每想到这些，我都油然生起一种自豪感和沧桑感，我心里装着去年夏天的那个秘密，谁都没有说过，包括我的母亲。因为那个秘密的缘故，我好像一下长大了不少。

就在四顷地的人逐渐淡忘了小画匠和高君英的时候，就在高家对找回女儿不抱任何希望的时候，这年的春天，一个从西厢县城回来的四顷地人到处说，他在西厢的西关大街上看到了小画匠和高君英。他说："没错，就是那个南方人和高家小英，我一眼就认出了他们。"他还说，他看到他们的时候是一天的下午，那个下午风不大，很暖和，他发现小画匠和高君英正从一家私人诊所走出来，出来的时候，高家小英还把手遮上额头挡了挡太阳光，他特别注意到高君英走下台阶的动作，他说高君英下台阶时，用手托着肚子，小画匠一直搀着她，下了台阶，走了很远，他还搀着。

他说打死他也不会想到自己能在西厢县城看到他们，他和四顷地大多数人的看法一致，就是认为小画匠和高君英去南方了。

"你说他们不回南方在西厢干什么呢？高大全很快就会找到他们的，他不会放过他们任何一个人。"他最后说。

高大全正是通过这个线索找到女儿的。据说他们在西厢一个出租屋内找到女儿时，女儿已经身怀六甲，那天不知为什么没找到小画匠，房东说小画匠可能下乡去给人家画家具去了，他竟还干着这活计。高君英被带回来后，先是被高俊梅接到了家中，两天后又强行把她送到了镇上的医院，为她做了引产，据说，引下来的还是个男婴，当时已经五个月大了。

做完引产不久，高君英就疯了。我们四顷地的疯子一般分为两种，一种是文疯，一种是武疯，文疯不打不闹，形同痴人。武疯则正好相反，每日披头散发，又喊又叫，见物就抓，见人就打。高俊梅家显然容不下个武疯子。高大全就偷偷地把女儿接了回来，这次真的是把她关起来了，关起来还不行，还要用锁链把人手脚给锁住，她才老实。

我母亲有一次去供销社买油盐还借一次串门的机会偷偷去看了高君英一回。

"那孩子真是可惜了……"母亲慨叹之余又愤慨："人都瘦得脱了形……完全不认人了，手脚上都是血印子……高大全真是作孽啊，要遭报应的……"母亲说到高君英的种种现状，不禁垂泪。

四顷地的孩子们一听高家有疯子，都想趁课间去扒着门缝去看看。我一次没去过。有同学问我："你为什么不去看？"

"一个疯子有什么好看的呢？"我说。

疯子也确实没什么好看的。不久之后，他们就失去了对一个疯子的兴趣。

我心里还想着小画匠，想小画匠如果知道高君英疯了会怎么样？有一次我问母亲这个问题，母亲说："他又能怎么样呢？恐怕慢慢地也就忘了……"

小画匠的去向也成了个谜，因为高君英被抓回来后，谁都不知道小画匠干什么去了，是背着他的小木箱到处画，还是真的回了他的南方了？

很快，又一个夏天到来了。这个夏天也真是奇怪，雨下得一场比一场大，风刮得一次比一次狂。雨骤风狂，自然灾害随之就来了。很多地方发了大水，很多地方的庄稼被夷为平地。四顷地下面的黄庄有一块肥沃的土地，从来没遭过灾，这次也闹灾了，玉米大面积倒伏，整个玉米地成了一片泽国。雨停风住，雨水退去，一个农人披着块塑料布去地里扶那些倒伏的玉米，玉米地那么大，倒伏的那么多，他扶了一棵又一棵，扶了一片又一片，他一边扶一边骂不开眼的老天爷，扶到挨到山边的那片玉米时，他被一个东西挡了一下，然后摔倒了，爬起时他甚至还用脚踢了踢，这一踢就踢出一声失声的尖叫来。

小画匠终于再次出现了！原来，他没回到他熟悉的南方去，却跑到一个他肯定不熟悉的地方来了。消息传到四顷地的时候正是我们熟悉的黄昏时分，也是小画匠最喜欢出没的时辰，可他永远不会来这里东家画西家画了。小画匠死在了黄庄的那大片玉米地里。让四顷地人不明白的是，他没事跑到那片玉米地去干什么？那里没有等着他画的各种家具，也没有等着他的黄花闺女？他到那里不是找死吗？他不死倒是真的让人奇怪了！

小画匠最后被公安局拉走了，经法医鉴定为他杀，奇怪的是他身上还揣着一个布包，布包里包着一大笔数目不菲的钱款。钱还在，人却死了。如果不是图财害命，谁杀这么个手无缚鸡之力的画匠干什么？不是有眼无珠么？小画匠身上除了那包钱，没有任何东西能证明他究竟是南方什么地方的。没有也好，不调查也罢，但杀人总是大案。于是很快就有公安调查到高君英身上来了，可高君英早就疯了，就又调查高大全。高大全在小画匠的尸体发现两天前已突发脑出血一屁股扎到办公桌下，送到医院时，人还会哼哼，手脚还会动弹，重症监护室治了一个月后，人仍然会哼哼，手脚却都不会动了，舌头也早栓死在口腔里，空留下一条人命，却不能说也不能动了。小画匠的案子后来就没了下文，成了又一个无头案。

我的小脑瓜想疼了也想不明白，他拿着那么一大包钱为什么不回南方却往那片玉米地跑？我想他目的当然不是在玉米地，而是在高君英身上，但高君英那时已经是个标准的疯子了啊，难道他想继续和一个疯子私奔？

那年夏天，豪雨刚过，又遇干旱。干旱的日子里，高家锁着的疯子也病了，最后被送进医院，也不知在医院里住了多久。那个夏天的天，真是疯了，旱了几日，天又雨了，先是毛毛细雨，继而小雨，天气预报说，晚上到明天还有大到暴雨。我们整天被关在教室里，连教室的门都出不去。老师也懒得给我们上课了，对我们说，如果再下大雨，我们学校就放假，反正又快暑假了。

雨稍歇，我们跑出去上厕所，厕所在学校外面，在供销社斜对面的一个小土包上,那里的路一踩一脚黄泥。我小心地拔着陷在黄泥里的脚,一步一步挪着好不容易才到了马路上,不想马路上却开过来一辆拖拉机,拖拉机开到大队门口那里停下,司机跳下来,看我们瞪大眼睛看着拖拉机不动,就来了火气,说看什么看看什么看,死人没看过啊。一说是死人,我们都跳着脚往后躲,司机就向坝坎下跑去了,一会儿就从坝坎下传出了苍老的哭声。

哭声越来越响。高大全的女人出现在我们面前时,我们差不多都认不出这个人了。她哭:"我的那个可怜可恨的小英哎,哎……"最后好像要断气一样,可哎了一会儿后居然能再次回来,还是:"我的那个可怜可恨的小英哎,哎……"我们才知道原来武疯子高君英死了。

富有喜剧性的一幕是,高大全的女人跑出来哭她家女儿时,她家的鸡鸭鹅也跟着跑出来了。一共有三只鸡,一只鹅,两只鸭,他们到马路上很快就分道扬镳,分别跑向了不同的三个方向。其中两只鸭子拧着腿跑进了我们学校。虽然雨又下起来了,可我们都不想走,都想在那里看热闹,因为高大全的女人拍着拖拉机哭的功夫,很快又来了一辆车,从车里钻出的是高俊梅和曹德江,高俊梅下车就抱住了她的老母,两个人抱一块咿咿呀呀地哭,曹德江皱着眉头站在雨幕里,样子也相当凄苦……

我们都知道曹德江是我们老师的老师,是校长的校长,因此,他一来,我们都有些害怕了,开始往学校倒着走撤退,到学校门口时听到校长刘红旗的一声大喝,才突然醒悟似的跑回教室里去了。

刚到教室,外面的雨就大了,老师不在教室,一群学生都挤到窗户那里去看雨,雨都下成雾了,落到地上声音很响,很快盖过了高家母女断断续续的哭声,这时候一个孩子说:"看刚才的那对鸭子,在水塘里戏水!他们也不怕雨!"

透过雨幕,我确实看到因雨而积起的一个小小水塘,里面有一对女孩,在你追着我我追着你尽情嬉戏。

"不是鸭子!"

"就是鸭子,就是刚才那对鸭子!"

"不是鸭子!"

"怎么会是鸭子呢？我确信那不是鸭子，鸭子哪有那么漂亮的羽毛？这么漂亮的羽毛我只在一种动物身上看到过，是哪里呢？对了，就是在小画匠为我姐姐画的妆奁箱子上见过的，它们叫鸳鸯。"

"你眼睛有毛病吧，不是鸭子是什么？"

"是鸳鸯!"

"鸳鸯？"她们大笑。

"就是鸳鸯。是鸳鸯戏水。"

"是鸭子!"

一个大个子男孩朝我头上打了一下。

我气不过，开始哭起来，像个没出息的男孩一样哭起来。

寻亲记

一

我已经很老了，后背弯得像只煮熟的虾。每天走路要靠一根拐棍，迈门槛时光有拐棍还不行，还要一只手扶门框，出了里屋门，还有外屋门。外面阳光好时，那些阳光的刺刺好扎眼，那时候我除了身子像只虾，还成了个盲人，总有那么一刻，世界是死亡来临般的暗黑。

最令我发愁的是晾台下的那个水泥坡，那里本来是个三层的石头台阶，不知道我儿怎么就把它用水泥打成了坡，大概是为着车子推上推下方便吧？车子上来下去倒是方便了，却苦了我，下坡时拄拐棍还凑合，回来就麻烦了，就那么一段，大人走两步，孙子淘气时一蹦，就上来了，我得四肢着地地爬上来。

开始时，儿子媳妇或孙子孙女还过来扶一把，我不让，用拐棍把他们挡开，后来他们也就习惯了，看着我一点点地爬，孙子孙女照旧是蹦跳欢呼，儿子媳妇也可视若无物地在我眼前走来走去。唉，没办法，人老了，最后就老成了这样一个废物，老成了个多余人。有什么办法呢？

人一老，日子就变得寡淡、漫长，行走不便，愈发的不喜欢出去。虽然还不用扶着抬着进来进去，可出门的样子，上水泥坡的样子，还不都是出现在他们的眼下？他们虽然什么也不说，儿子和媳妇的眼睛自有他们忙的地方，可孙子孙女眼里的怜悯却让我受不了。

有一次，去西边院墙旁的厕所解手回来，我想试着用拐棍支撑着走上那道坡。我是个罗锅子，那又是个上坡，那么小的一个坡对我来说也算得上步步惊心，平地用惯了的拐棍，上坡时成了累赘，刚一挂上坡，手一抖，地一滑，拐棍就叮叮当当摔出去了。

人老了，拐棍就像老伴儿，拐棍一摔，那人不摔还等什么？我也就摔倒了。恰好儿媳妇海云端着一瓢玉米去喂鸡，她看了我一眼，没说什么，可样子有些不耐烦。海云没放下端玉米的瓢，只喊孙子过来，她不是个泼辣的女人，可喊起孙子的语气却十分刁蛮："一天到晚除了吃就知道玩，还不如我喂的鸡，见天还知道下个蛋给我，你呢上学不好好上，就知道傻淘气，看着你我就心烦。"说完这些，又喝了一声："还不过去把她扶起来！"

我除了身子不利索，眼睛也越来越不好，耳朵还算听话，媳妇的话我一字不落地听清楚了。那些话，虽然是喊给孙子，可在我听来，句句都像说我！没错，媳妇说的是"她"！过去也有过类似的情况，过去，媳妇对孙子说话还知道说一句"你奶奶"，这次，却只说了个"她"。孙子无故地遭了她的抢白，过来时扶我时，手上的劲就大了些。孙子也看了我一眼，那一眼，怎么说，里面既有怜悯又有埋怨。我无法拒绝，我的拐棍都摔在一边，我怎么拒绝？何况扶我的是我眼看着长大的天天"奶奶、奶奶"地叫着我的孙子？

被扶上晾台，还没站稳，孙子已经把拐棍搡到了我手里，我一句话没说，拐棍在晾台上笃笃笃地敲过，进门犹如逃难，比平时快了很多，也顾不得会不会跌倒，心想倒就倒吧，最好跌倒了就起不来了，眼一闭就找老伴儿去了，省心！

两道门过去，没扶门框，人居然没倒，在靠板柜的那把坐了快五十年的椅子上坐下后，我才喘匀了一口气，眼泪却不听使唤地下来了，把掖在袖口处的手绢拿出来一把一把地擦，怎么也擦不净。人老了，身上有用的东西越来越少，没用的东西却越来越多了，没出息的眼泪说流就流，每次流完眼泪，我的两只眼睛都是又红又肿，像烂掉的桃子一样，别提多恶心。

那天中午，我是等他们吃完了饭才过去吃的。吃完，没回东屋，直接出了灶屋的门，迈过两道门槛，来到晾台，看着那道水泥坡，我的眼泪又下来了。我在心里骂了句早就死了的老伴儿，说："老东西，你怎么就不把我带走！"我争气要强一辈子，老了老了，却让我残废一样地出现在这些晚辈人的眼里！我不甘啊！那一刻，我想扔掉拐棍直接从那道坡上摔下去，可那道坡那么小，万一摔不死，万一又残了一条腿或废了一只胳膊，岂不更麻烦了？这时候，前院的后房门响了一下，是傻子小叔出来了，他出来后，连看都没看我一眼，直愣愣地脱下裤子，蹲在院里的菜地旁去拉屎。看着这个傻子，好像过去几十年的悲惨时光一下倒流回来，不禁悲从中来，也恨从中来，觉得院子里的空气此刻污浊不堪，冰冷沟的整个狭窄天空都一齐向我挤压过来，憋闷得要疯了。

我不知道自己是怎样冲出院子的，"冲"这个字用在一个行动不便的老人身上，像是自己在扇自己的耳光，噼啪作响。可在我，那样的情境下，这样说，又是真切的。我老了，身子的各个零件都生了锈，心却一天天娇嫩敏感起来，像个小孩子，像冰冷沟春天的花和草。

摇摇晃晃出了院子，看到外面自留地里玉米苗齐刷刷长出来，把那个黄泥墙青瓦顶的圆圆的仓子围在了延伸出来的东院墙的一角，那些玉米苗虽还绿得清浅，绿中透着些娇嫩的鹅黄，可春天还是气势汹汹地来了。我揉揉眼睛，眼睛里的水就又流出来了。本来眼睛就不好，又流水，又揉，再看出去就是一片模糊，院子外的世界变得朦朦胧胧起来。

本来，院外也没什么的，一条刚打好没两年的水泥路，细窄得像一条发灰的布带，然后就是河了，那条河年轻时也是气势汹汹的，河床很宽，夏天时，水大得甚至会漫上路基。现在的水是越来越少，少成寡瘦的一条，宽阔的河滩只剩下荒草和大小不等的石头挤挤挨挨着，过了河滩就是山，没有一点商量余地拔地而起，然后没边没沿绵延开去。

　　这些都是看熟了的风景，不用眼看，就是闭眼也能猜到看过去会有什么风景。眼前的那条路上，竟日看不到一辆小汽车经过，经过的都是些屁股后面冒着黑烟的摩托，都是早晚去镇上或区上上班的人，他们出来进去，早去晚归，摩托车嗖嗖嗖，一辆接着一辆，根本看不清上面的人是谁。除了这些一脚踹的摩托，这条路竟日荒废着一样，人、鸡鸭和猪狗，偶或看到，也是闭着眼都能想到他们的面貌，数得清它们的数目，看多了，没有任何悬念和想象空间，便透着些乏味。

　　尽管如此，还是走到马路边了，那里左手有一根晾干的杨树的枝干，搭在两块山石上面，是供夏日里一家人出来纳凉用，右手有一块簸箕样的山石，已经被无数个屁股磨得发光发亮，也是供人歇息用的。在我的记忆里，那块簸箕样的石头，最少有六十多年了，还是我婚后没多久老伴儿用背篓从沟里背回来放到这里的。

　　看到那块石头，又想到老伴儿，老家伙走了快二十年，过去不怎么想，连梦都很少梦到，最近却常见他。昨天晚上，我刚要关灯睡觉，一转眼却看他站在屋里，灯下，他的头发胡子都白了，头发参差不齐，胡子拉碴，满脸的皱纹，满脸不高兴。我不高兴，说："你咋又来了？咋越来越不像样了，越来越邋遢了？"老伴儿不说话，我说："要不我给你理理？"老伴儿就高兴地点点头。我就转身下炕，不知怎么，一点没觉得有什么异样，就像老伴儿活着时一样，开抽屉找剪子就想过去给他剪剪，剪刀拿到手，再回头，老家伙却一下不见了，灯下还是我一个，孤孤单单的一截影子。西屋里传来电视放着的声音，还有儿子媳妇的笑。

　　我关掉灯，骂老伴儿，你这是想拉我走啊，我偏不走，刚过上几天好日子，你没福享受走了，我还想多看看呢，就是什么也干不了，也要多看看，就是为了多看看，活着也值！

　　石头太凉，我坐到了那截杨木上，杨木上裂了很大的口子，有很大的结儿，那些结儿看上去尖锐突兀，摸上去却是光滑的，木头经春阳照了一个上午，坐下后，会感到暖气随着木头的纹理一层层透出，就像从树的年轮发射出来的一样，好舒服。我把拐棍放在一边，闭了眼。闭上眼，时光就慢了。我想到了死，想来死也不过如此吧，眼睛一闭，时光静止了，我的世界也就停步不前了。

我老了，眼睛不行，耳朵还凑合，先是听到了风走动的声音，水叮咚着下去的声响，还有什么碾压着路面静静驶过，那一定是一辆外面来的车了，冰冷沟的车不这样，冰冷沟的车都开得急吼吼的，像饥饿的野兽，嗖的一下，"哐啷"一声就没影儿了。一定是辆外面来的车。春天到了，冰冷沟的春天偶尔会有小车开进来，那些车大都走走停停，慢慢悠悠，样子漫不经心，有点像我们这些老朽的人。他们都是开着车看山景的。

我仍然眯着眼，却听到那车在我亲家的羊圈前停住了，亲家的羊圈那里有一块空地，水泥路太窄，车只有在那里停，或在那里倒车往回开。睁开眼，看向那里，我什么也看不到，因为羊圈在拐弯处，亲家的前面还有张家的院子隔着。我就又闭上眼，等了会儿，没等到车回来，知道车是停那里了。我碰到过一些城里来的男女，他们把车停在那儿，为的是到河边去看水。现在，山里的水也变得稀罕起来了，他们在那条已经没有多少水的河边，又笑又闹，有的甚至把手中矿泉水瓶子里的水倒掉，去接河里的水喝，还直嚷着甜。我就听过一个脖子上系着条金链子的胖子像说相声一样对我感叹："大娘，你说说，你们冰冷沟的水咋就这么甜，怪不得冰冷沟出来的姑娘都水灵灵的，怪不得冰冷沟做出的豆腐一家比一家好吃。"冰冷沟的姑娘长得确实好，不过她们差不多都嫁到外面去了，冰冷沟的豆腐也确实好吃，不过这些豆腐也都是做给镇上或区上人家吃的。我觉得这没什么好骄傲的。金链子说时，我就笑笑。金链子说大娘你这样淡定，你是这沟里人吗？我怎么不是这沟里人，我从两岁起就被讨债的父母抱到冰冷沟，十六岁又嫁在冰冷沟，你说我是不是冰冷沟的人呢？不过，我没对他说。我不想说。我不喜欢脖子上系拇指粗金链子的胖子，他脖子上那一圈圈的赘肉会让我想到家里养过的猪。

有人向着我这里走过来了，听声音是一男一女。他们说话的声音不高，说的是什么我也听不清，睁开眼时，那两个人就到跟前了。有人对我说话，是个好听的女声。她说："大妈，您还认识我吗？"这句话我听清楚了,我哆哆嗦嗦拿拐棍,拐棍拿到手,我就站起来了,可站起来的身子还是只虾子,我得仰起头来看说话的女人。女人正微笑着看我。"大妈,是我!您不记得了?"说话间,伸过一双手,把我那只空着的手握了,她的手热乎乎的,好暖。我说:"你是?我老了,记性差。不敢认了。"女人就低下身子,把脸凑近我,样子似孩子般调皮,说:"大妈,真不记得了,去年,冬天,我们来……"

我"哦"了声,还在想,去年冬天,这个女人来过吗?

"去年也是我们。"女人好有耐心。她冲我眨眨眼,又回头叫那个男的,说:"光洋你过来,让大妈看看。"那个男人过来,也叫了声大妈。男人呢,中等个子,斯斯文文的,戴着黑边的眼镜,头发好长的,快要盖住肩膀了。他不胖,脖子上也没系金链子。

我就一下想起了,是他们。

二

我不认识他们,男的不认识,女的也不认识。那天,我和九十三岁的亲家爹坐屋里聊天,听到院子里的那条狗一阵乱叫,这是条比猫大不了多少的小串子狗,别看个头小,叫起来可是特别嚣张。有点风吹草动,它就要吼几声。亲家爹站起来向外看,别看他九十多了,可身板比我要硬朗得多,承包的玉米地,家里的菜园子,都是他种他收。他说,谁呀?我说,没谁,没准看到耗子了。亲家爹就坐下继续和我说。他说的是少帅张学良和他那个土匪爹的事儿,说的是日本人在皇姑屯把张学良的爹炸死了。他一来就和我说这些事,我听过没有一千遍也有几百遍了。他说他的,我听我的。

平时那狗叫了一阵子就不叫了,即使不是耗子,是来了人,只要是熟人,他得意忘形地叫一阵子也就歇下来了,那天,它却叫起来没完没了。亲家爹又站起来,到窗口那里望,说怕是有人。我知道是有情况了,说不定是生人要来,就拿过拐棍,扶着门框出了门,把身子挪到晾台上,喝住狗,就听到院内的小铁门响了几下,那响声带着些试探，哐嘟嘟，哐嘟嘟，极有耐心和节奏。站在门那里的是个戴眼镜的男人。狗又叫起来了。我从水泥坡的台阶下来，用拐棍吓退狗。那铁门就开了，男人先进了院子。随后，一个女人的脸也从男人身后闪出来，肯定是这狗叫吓住了他们。

"大妈您好。"男人说。

"大妈您好。"女人也说。

我不认识他们。想了半天也没想出他们是谁，肯定就不认识了。

"你们是？"

"大妈，您不认识我们。我们没事，进山看看，先看到了您家的仓子，又看到您家的门开着，想进来看看。"

"看吧，看吧。进屋说，外面冷。"那天是真冷，我穿了件别人穿剩下的缎子面的对襟棉袄，那棉袄小，我又是个罗锅子，从脖领子到胳肢窝，好几个搭襻扣不上，缎子棉袄的里子向外翻，露出了已经很旧的秋衣，外面的风从棉袄的袖口和对襟处翻开的空隙吹进来，像一把把小刀子往肉上割。

长头发男人进到院子里东看西看，像看稀罕。可这破落院又有啥稀奇的？

"进屋吧，"女人对男人说，"大妈穿得少。"上坡时，女人又过来扶了我，没让我在一对生客面前四肢着地去爬那个小坡。

亲家爹迎出来，又跟着我们进来，还坐在他原来坐的椅子上。屋地上有个小圆桌，圆桌旁本有几个小圆凳子，为着是串门的人进来好围着桌子坐下抽个烟喝个茶。

我这破屋子是南北朝向，北面靠山根的地方，是我住的屋，有一铺土炕。土炕前，靠近屋子中央的地方打了个隔断，外面就是我和亲家爹坐着聊天的地方。东墙上有张大幅的毛主席像，还是三年前，我让二林从集上给我买的。二林也喜欢，说现在有车的人也兴在车上挂个毛主席的像。我挂它，是喜欢看着他老人家慈祥。除了这张画是新的，其他都是旧物，那口板柜是我结婚后有大儿子大林时打的，少说有六十年了，还有一面镜子，是生小儿子那年的。屋子里除了主席像，都是老东西、老物件，还有我和亲家爹这两个老朽。

现在的城里人都对老物件感兴趣。男的站着，看了个周遭，又看了个周遭。女的却率先拉着我坐下了。她说："大妈，您坐下，天冷，冷。"这女人真是个知冷知热的人。拉我坐下后，先把我翻过来的对襟棉袄翻了正，说："大妈，您这袄不错，是缎子面的呢。"又想替我把扣子系上，系了几次，不成功。女人说："怎么系不上啊？这冬天敞怀多冷啊。"我说："别系了，不冷。这袄小，是人家穿剩下的。"看女人不解，我又说："我老了，多好的东西到我身上也穿不出个好来，不讲究了，人老了就成了废物，自己做不动，能有件衣服穿就好。"女人的眼里满是怜悯，忙抓了我的手在她的手里，用一双手，捂了这只捂那只，最后又把靠近她的那只牢牢抓了，握在她手里，握得我暖暖的，直想流泪。

女人问我年龄。我就让她猜。她就故意往小了说，先说了六十几，又说了七十几。我说都不对，我八十多了，过年就八十三了。女人惊讶地说："真的啊？！"我有些得意，让他们猜亲家爹。他们又猜了个来回，说七十五六顶到天了。我笑了起来，说他九十三了，要不是冬闲，还见天下地呢。

我问他们从哪里来的，女人说是北京。我说："北京好啊，是毛主席待过的地方，是首都呢。"女人就笑，说："北京也没啥好的，是大，可还乱呢，哪有您这里这么清净。"我说："嗯，清净倒是清净，人越来越少了，年轻的都跑城里去了，就剩下我们这几个老丝瓜。"说得男人女人都笑了。我又问他们在北京干啥工作，女人抢着说："我是报社编辑，他是个作家，在作协工作。"我说："城里还做鞋啊？"女人又笑起来，说："光洋，看你们那破单位。"回头又和我比画，说："他是作家，就是写东西的，编故事……故事你知道吧？"说得我也笑起来，我看了眼一直愣愣地看着我们说话的亲家爹，说："要是讲故事，谁也没他能讲。他当过八路军，打过鬼子，一肚子的故事。"

这里客人的目光刚过去，亲家爹忍不住打开了话匣子："大帅在皇姑屯咣唧一声被日本鬼子炸了，十三天后张少帅哭着跑回大帅府，骂了几句，我不抗日我就不是张作霖的儿……"

说的还是那些车轱辘话。男人听得津津有味，女人就拉着我的手和我扯起了闲篇。

我老家是王庄人，因为父亲赌博欠下一屁股债，被人追债，2岁多时随两个姐姐被母亲用笆篓背到了这人迹罕至的冰冷沟，在沟里开荒种地。我5岁时母亲病死了，两个姐姐被父亲早早嫁给了冰冷沟南沟的两户人家，说是嫁，其实是家里养不起，送给人家去做童养媳。嫁走两个大的，父亲又背着我回了王庄，他本想着躲了几年回去该没事了，没承想，那些追债的还是找来了，把他堵在屋里，打得他满地打滚，哭爹喊娘，讨债的打过父亲，看了看炕上吓得哇哇大哭的我，对父亲说，限他三天，要是再还不上钱，就插根草标到营子集市把我给卖了。吓得父亲连夜又把我背回了冰冷沟，把我放在家境稍好的二姐家，自己趁天还没亮就跑了。父亲再没回来过。后来听人说，父亲是跑到了口外，想在口外躲几年再回来，谁想，经过这么一场连打带吓，他刚到口外未等立足，就一病不起，很快死去了。我在二姐家长到15岁，后来就到了这张家来了。那时他们张家一大家子人，老的老小的小，精的精傻的傻，孩子他老叔是个傻子二杆子，我来时他还不到6岁，我对他就像对我的亲儿子，他也不是傻掉底的那种傻，也知道谁对他好，谁对他赖，一家里，他就和我亲，因为就我对他和气。我刚来时，他拉了屎都不知道自己擦，就把个屁股对着我，冲我喊我：嫂，擦，嫂，给我擦……我公公和婆婆都是精明得过分的人，我来了就把家里所有的家务都交给我做，烧火做饭，喂猪撵鸡，做衣服纳鞋底，每天干不完的家务，忙得直不起身子，连到茅房解手的功夫都没有，出去一趟像打仗一样，好不容易熬到半夜，别人都睡了，我还要点煤油灯学纺线，我这个驼驼背就是当年累出来的……

说着说着，我的眼泪就滚了出来，一串一串的，女人就把自己的纸巾拿出来给我擦，擦着擦着，她的眼睛也红了。

那天傍晚，他们走后，那纸巾我没舍得扔，留了好几天，没人时就拿出纸巾放在鼻子下闻，纸巾浸过泪，可还是那么香。

三

亲家爹的故事刚讲了个开头,突然想起什么,起身就走。半个小时后,他领着自己的女儿秋嫂过来了,这秋嫂不是亲家爹的亲女儿,他结婚晚,婚后,女人没生育,就在外面抱了个女儿,这个抱养的女儿从小娇生惯养,好吃懒做,家里的活计都是亲家爹一个人干。因为只有秋嫂这一个闺女,秋嫂长大后,亲家爹就为自己招了养老女婿,这女婿是个八脚踹不出个屁的死性人,除了干活什么也不会,越发得把秋嫂惯得横草不拿,束草不捏,生下三个女儿后,丈夫一病不起死了,三个女儿陆续出嫁。她的三女儿就嫁给我儿子二林,二林大她闺女十一岁,我虽然大她二十多,因为做了儿女亲家,倒好像是我家占了她家多大便宜一样。为这,她在我面前说话真真假假,越发轻狂放纵,时间长了,我们打架斗嘴,倒成了一件乐事。如今,这秋嫂,也快六十的人了,还文着两条青虫子一样的眉,每天把皱巴巴的老脸涂得像冬瓜上的霜,没事儿就爱往男人堆里扎。冰冷沟小,时常有关于她的闲言碎语传出来,不过,秋嫂不在乎,秋嫂和我说,她们爱嚼啥嚼啥,老娘我是根女光棍,又没男人管束着,我想怎样就怎样,有本事管住自家男人再说。这秋嫂是个浑不吝的角儿,谁也拿她没办法。

亲家爹那天去找闺女,是怕我家里来的这两个生客有问题,所以才去找了秋嫂来"看看"。亲家爹的做法按说也没错,那天晚上二林回来也数落我,不该把不认识的人带屋里来,万一来的是歹人,是上门的骗子,我们这两个七老八十的老朽还不干等着上当受骗?

秋嫂不是一般人物,刚进屋,两只眼睛就上下左右盯着那对男女看,又问他们大冬天进冰冷沟干什么。我刚想说,他们是来搜集故事编故事做鞋用,女人却又说他们本来是来寻亲的,说男人的老家在山那边的四顷地,说冰冷沟也有他们一门亲。

原来是寻亲的,女人这样一说,秋嫂立刻放下端着的胳膊,主动张罗着问他们寻的亲戚姓什么叫什么。男人反说他现在连亲戚姓甚名谁都记不得了，而且听人说，他家亲戚早在几十年前就已经没了人，他们不过是进来看看。他们还是第一次来冰冷沟。

秋嫂说："我们冰冷沟要在阳春四月来才好，那时节蓝金子花正开，满山遍野都是。"

女人露出向往的表情，说："那四月我们还过来。"

说话间，媳妇海云也进了屋，后来才听说，是秋嫂给她女儿打了个电话。海云当时正在村小组选小组长会上，小组会每家要求去一个人，亲家爹家是秋嫂去，我家是海云去，娘儿俩分别代表两家。秋嫂到会场上，看乱哄哄嘈嚷嚷的都是女人，就提前溜回来，正好碰上他爹，秋嫂进门前，顺便给闺女打电话，说："选什么选，反正就那几个浪娘们，你回来吧，你家来了生客。"

海云毕竟年轻，进得屋来打声招呼，一脸笑，转身出去，再回来，还是一脸笑，一壶茶就沏好了。我中午还在和她赌气，现在看到她这样利落，又高兴起来。

有了热茶水，又多了人，屋里立刻热闹起来，我也从刚才的回忆中清醒过来，想自己真是又老又傻又没用，虽然来的是生客，可既然是客，又让到屋里，就该自己张罗去给他们烧壶茶水喝。现在，看着女人用双手握着热茶取暖，更后悔，她刚才替我捂了半天手，我的手现在热了，她的手却凉了。

秋嫂是个人来疯，又议论起即将当上我们小组长的两个人，说："我还以为候选人是谁，原来是这两个娘们，我进去一圈就出来了。"我说："娘们怎么了，娘们就不兴当候选人当组长？"秋嫂说："要是个男人，我没准投一票，女人我直接弃权。"我就用拐棍捣了下她的腿，说："当你闺女面，还真好意思说，老不正经。"秋嫂说："你别说这，又不是孩子，你年轻时不想男人？"我被她一句话说得脸红。那海云正好给叫光洋的男人添水，听到这话，也成了个大红脸。

去年的这个时候，我儿二林在北京的一个工地干活，一去就是一年，海云本来也想出去打工，可家里有我，还有前院的傻子，她出不去。我儿二林刚走的那段时间，她脸都不爱洗，屋里院里也懒得收拾，整天没精打采的，我就只觉得是自己拖累了她。夏天的时候，村里学跳广场舞,我就鼓励她去。她开始不愿意去,后来偷偷看过几次之后,就去了,一学广场舞,海云的精气神就回来了,每天也学着她妈的样子描眉施粉,一出去就是半天。回来时,满脸喜气,哼着歌,有时还在那屋的地上自己放了音乐跳。我就又担心了,怕儿子不在,这年轻的儿媳守不住,闹出什么不好的事。有一天傍晚,我就拄了拐棍,去村里那个新建的广场看看。二里地不到,我挪挪蹭蹭地走了一个多小时,广场上点了又大又亮的灯泡,那叫一个热闹,跳舞的都是留守在村里的年轻妇女,岁数最大的就算秋嫂了,她也在她们中间,外围一层看的是老妇女和到处乱窜的孩子。后来,我才发现,教她们跳舞的居然是个留着寸头的小伙子,他扭着细瘦如蛇的腰肢,用女嗓轻声喊着"一二三四,二二三四",真是丑到家了。广场舞,怎么能让这样一个男人教?我用拐棍捣了几下水泥地,气呼呼地往回走,回来后好几天不理秋嫂和海云。第二年,我就死活不让二林去远地方打工。打工就在镇上打,挣得少点,可毕竟每天能回来!谁知我儿不出去了,海云的广场舞还是照跳。有一次,我问秋嫂现在谁教广场舞,不会是去年那个男人吧?秋嫂就故意大声说,不是不是,换了。这回还是个男人,说是从承德派来的,那人长得又漂亮又端正,广场舞跳得像一阵风,姿势迷倒整个营子镇的女人。秋嫂真是越老越不正经了。我就用拐棍捣她,她躲开,说我都快入土了,还这么老封建。我说:"你不老封建,你是老不正经!"看她出门,我又嘟囔了一句:"你不正经可以,不能把我儿媳拐带着和你一样就行,那是我儿媳不假,那还是你亲闺女呢!"谁知这秋嫂居然转身回来了,说:"亲家母,罗圈沟的那个放羊的哑巴老头你知道吧,他比你年轻,今年不到八十,除了哑,没有别的毛病,前几天见人就比画着让人给他说个老伴儿呢,哑巴这几年放羊卖羊攒下了好一笔钱,听说很抢手,很多老太太奋不顾身想嫁过去,我想着肥水不流外人田,不如把你介绍给他怎样?"恨得我拿起拐棍想狠狠敲她的腿,她却一个鬼脸,身子一转,人早到屋外晾台了,那姿势,那身手,还有说出的那些话,哪像一个快六十的人?世道真是变了。

冬天的冰冷沟天黑得早,四点刚过,太阳就落下了西面的笔架山。海云听说生客是北京来的，就张罗着做饭，说晚上包饺子。其实，饺子的肉馅是中午就剁好的，面也是中午就揉好了，放在锅台上就着那点热火气醒着。只差出去揉面，揪劲儿，擀皮，再把剁好的肉馅放上葱末姜末豆豉末拌上香油，香油一拌，饺子馅的香味就飘过来了。

一听说做饭，起身张罗着要走的那对男女，这时停下脚步。女人说："好香，什么馅的饺子。"秋嫂说："这里能有什么好馅儿，除了萝卜就是白菜，要不就是浆水酸菜。"男人一听，已经迈出门槛的脚又收回来，说："我就爱吃酸菜馅的饺子。"我一听，忙一手拉了女人的手，嘴里张罗着，"那就这里吃，吃完再走。"女人要走，我还有些舍不得。女人说："那怎么行，已经叨扰您半天了，半天没休息着。"海云一听男人的话，也从厨房里出来，把扑满面粉的手在围巾上揩揩，说："可惜，今晚是萝卜肉馅，不过，真要想吃酸菜馅，也是现成的，家里就不缺酸菜，咱现包都来得及。"男人一听，果然进厨房走一圈，掀开酸菜缸深吸了一口气，又在和馅儿的小铝盆那儿低下头闻闻，说："真香啊，闻到这个味儿就不想走了。"

晚上，刚要关灯睡觉，老伴儿又来了，在灯下站着，垂头丧气的样子，眼神忧郁，胡子拉碴。我说："老东西，你怎么又来了？"我听到他说："这是我的家，我怎么就来不得。"我说："老东西，你今儿吃了枪药了？"他说："今天家里是不是来客了？"我说："是。"他说："是不是北京来的？"我说："是，你死了消息也这么灵通。"他说："既然来了，也不和我说一声，也不让我见见。"我龇牙笑了，说："你个死鬼出来见客还不把人吓死。"他说："吓什么，人最后还不都得死。"我说："老东西你别成天没事来找我的别扭，我知道下面没人伺候你，你就天天来吓我，想带我走，我告诉你老东西，没门。我一辈子给你们老张家当牛做马，老了老了，刚享上一点福，我还不想死，我还没活够呢。快走吧，你！"说完，我使劲把灯绳一拉，屋子一下黑了，老东西也不见了。

躺在炕上的时候，我觉得对老伴儿的生气有些不耐烦，就想，或许老伴儿在下面是孤单怕了吧，所以天天要来见我？想完死鬼，想活着的人，想起白天来的北京生客，想长头发的戴黑框眼镜的男人，想女人的那双热乎乎的手。两只手又暖暖的，像还在女人的手里捂着，闭上眼，迷迷糊糊地好像听到他们在说悄悄话：

女人说："我好想吃大妈家的萝卜馅饺子。"

男人说："要是酸菜馅的更好了。"

女人说："咱们不应该走，应该留下来，在他家吃饺子。"

男人说："咱们能在人家待半天，没被人轰就不错了。"

女人说："山里人真好。"

男人说："我就是山里出生的呢，好不？"

女人说："也好，要不怎么会嫁给你。"

男人说："山里人就这样好，路不拾遗，夜不闭户，现在你上哪儿找这样的淳朴的地方淳朴的人去。"

女人说："就是。真后悔没留下来在大妈家吃顿饭。咱到时吃也不白吃，吃完给人留点钱，大妈多不容易啊，八十多岁的人了……"

男人说："嗯。那下次过来，就在她家吃。"

四

我认出了他们，他们就更高兴。

女人说："大妈，您真棒，您还记得我们，您还好吧？我们这次是专程看您来了。"

这时候，我才看到男人的两只手里都提了东西。我说："你们这是？"

女人说："上次冒昧，打扰您老半天，也没给您带什么东西，这点东西是给您的，您别嫌少。"

我有点不安，说："来就来吧，还带东西干啥？"

女人说："也没什么，就是随便带的，您别客气，大妈，春天的风冷，咱进屋说话。"

"进屋……进屋。"我说。又想起上次二林说我。二林那次回来对我说:"娘,以后您一个人在家时,别让生人进屋,万一是坏人怎么办?"我说:"他们不像坏人。"儿子说:"哪有坏人把坏人两个字写在脸上的。"我不爱听,就说:"他们是北京人,来寻亲的。""北京就没有坏人?越是大地方,坏人就越多。还寻亲,咱冰冷沟数得过来的百十户人家,要是寻亲,他咋还不说个名和姓?"我当时一想,也是啊,寻亲,怎么会不知道亲戚姓啥叫啥?

"不过,他们实在不像坏人。今年,我八十三岁了。吃过的油盐数不清,见过的人也数不清,好人坏人总能分得出来吧?女的见人不说话先笑,上来就拉我的手,我进门都是她扶着,男的虽然是一头长发,可长头发里也夹杂着白发,岁数和你差不多,人看上去既老实又斯文,何况还是个编故事的。"

二林说:"娘啊,你懂什么,骗子见人都是笑的,长头发还编故事更有问题,骗子都会编故事来骗人,专门骗你们这些老年人。"

我不爱听了,用拐棍笃笃笃敲地。"我不懂,你懂行了吧。我这么大岁数,都快入土的人了,他们骗我什么?人家是开着车来的,听你丈母娘秋嫂说,人家是开着四个圈来的,说是什么奥什么迪,光那车就好几十万,你看咱这穷家舍业的,有什么值得人家开着车来骗?"

二林被我说得愣怔了一下,过了好久,才说:"还不是为您担心嘛。"

我儿二林是个老实孩子。我就说:"放心吧,下次,再来我不让他们进屋不就行了。"

可我还是把他们让到屋里来了。

屋里只有孙子在西屋看电视,海云不知道什么时候出去了。孙子看到一男一女提着东西进了东屋,也过来看。我没理他,还在为上午上台阶的事儿生气。

男人女人进屋,还是看什么都新鲜,女人拉着男人说:"光洋,你快看。"

女人手指的地方是我里屋的后窗那里,后窗紧挨着山砬子根,在那里一树山桃花正开出红艳的小花来。

我说:"冰冷沟冷。外面的梨花都开了,这里山桃花刚开。"

女人说:"大妈,这里为什么叫冰冷沟呢,听着都是冷的?"

我说:"我也不知道,我爸用背篓背我们来时,这里就叫冰冷沟。"

女人说:"这里的地名就是奇怪,光洋的老家叫四顷地,这里叫冰冷沟。"

那个叫光洋的长头发说:"有什么奇怪的,四顷地是有出处的,冰冷沟应该也有出处,只是我们不知道罢了。"

女人说:"大妈,您去过四顷地吧?那里好美的。"

我摇摇头。

女人说:"您没去过四顷地啊,真遗憾。"

我在冰冷沟生活八十年了,还真没去过隔着一座山的四顷地。不过,我可不觉得有什么遗憾,四顷地我没去过,可听人说起过。四顷地有什么美的,还不就是和我们冰冷沟一样的山沟?他们那里有山,我们这里也有山;他们山前有条河,我们这里也有条河;他们那里有个修到半截的小水库,我们这里的水库却是完整的;他们那里到春天开蓝金子花儿,我们冰冷沟的蓝金子花比他们还要多。

不过,这些都是我心里想的,我心里想的,是不会和他们说的。

女人又上前拉了我的手,她手上的温度很快传到我手上,慢慢地,我那颗有些灰冷的心也渐渐暖了。

"你们寻到亲了?"

"没……还没。"女人看了眼男人,话有些吞吐。

男人用手掠了下垂到眼前的长发,说:"怕是寻不到了。"

"怎么寻不到了?"

男人和女人都不说话了。

这时,儿媳海云进屋了。肯定是孙子看到家里来人,去找了她妈回来。海云进屋看了我一眼,样子有些尴尬,又看了眼地上客人提来的东西,感觉有些意外,说:"真是的,还带东西来。"女人说:"我们来看看大妈。"

海云看了我一眼。我在椅子上坐稳,用拐棍敲下地。海云脸红了下,转身出去烧水。茶沏好,香味出来了。茶是姚大林从高铁工地上拿回来的，沏出的茶水味道很好闻。海云又把盘子里的杯子拿出去洗，洗完又用开水烫，直到把两个客人的杯子都倒满，海云才悄悄回了西屋。

海云和孙子在那屋说话。女人支着耳朵听，问孙子多大。我说十七。又问怎么没上学。我叹了口气，心里对海云的怨气就消了一半下去。

海云也不容易，既要照顾我们这一老一傻两个废物，又要为孙子操心。孙子初中毕业没考上高中，就在县城上了个职业学校，学的是汽车修理。职业学校上了半年，今年开春刚到学校，就和同学打了一架。打架的两个孩子都受了伤，学校通知了双方的家长。海云去了，挨了老师的一顿批，问在家是怎么教育孩子的，又让出钱给挨打的孩子看病。挨了批，又花了钱，还不行，非得让孩子退学，说职业学校不是给活土匪办的。海云这才着了急，死说活说，又买了烟酒孝敬老师，老师这才网开一面，说让孩子先回家反省一个月，等反省好了，写的检查通过了，再回学校。那个和孙子打架的同学的家长，既没挨批，又没花钱给自己孩子看病，孩子也没被勒令退学，倒是过来数落了一顿海云，说到底是山沟里出来的，一家子没素质。海云笨嘴拙舌，替孙子着想，又不会打架，就生了一肚子闷气回来。

这里和女人说着孙子，秋嫂过来了，和客人打了声招呼，满屋都是她脸上的香粉味儿。

"刚从地里回来。"秋嫂对我说。

"下个地也擦粉。难道地里也有男人？"我逗她。

"有啊，老家伙在啊。他不是男人？"秋嫂坐下来哈哈大笑。她口上无德，把亲家爹叫老家伙。

秋嫂说高铁要从冰冷沟的北山南山打洞洞，怕村民闹事，就每户每人送些钱安抚。老人按年龄额外多给一份，得了八百块钱。给老人时，老人还不要，说无功不受禄，他不要这笔钱。秋嫂一把抢过来装自己口袋里，等人走了，对老人说，看傻的你，白送你的钱不要，你不要我要。老人就生气了，前天早晨，起来就朝秋嫂要钱，说要去赶集买东西，他手上没钱，钱都秋嫂给拿着。秋嫂问买啥。老人就赌气说买衣服。秋嫂说，你都多少年不买衣服了？那么多人家送的救济衣服呢。老人说，我要穿新的。秋嫂说，新的穿在身上最后还不是变旧，凑合穿吧。老人却生了气，把挂在屋里的锄头和镐把都扔了。秋嫂还从没见过老人生这么大脾气，就从口袋里拿出五十给了老人，结果老人真到集市上给自己买了件四个兜的新褂子穿上了。

秋嫂说："老家伙穿上褂子，可美了。他说他想找回当年当八路的感觉，可我怎么看老家伙都不像八路出身，倒像个匪兵。"

女人说："他不是你爸吗，怎么这么叫他？"

秋嫂说："他不是我亲爹，我是他抱养来的。"

我说："那把你从小养到大，也是你爹。"

秋嫂说："谁让他抱的，谁让他养的？他让我到现在还找不到自己的亲爹亲娘。"

我说："是你亲爹亲娘嫌你是个丫头片子，不要你了，人家给你抱来养你还养出错了。"

秋嫂说："就是养出错了。老家伙都说该把我扔河里冲走，说我没人性，是从石头子里蹦出来的。"

我用拐棍敲了下她，说："你还真是石头子里蹦出来的！说这话，你也不怕北京人笑话，把你编进故事去。"

秋嫂说："笑话也先笑话你这个老罗锅子。"

秋嫂常叫我老罗锅子，我也不恼。她这一来一说一笑，倒把我半日的阴霾扫去了。

秋嫂转过头问客人，对男人说："听说你是个编故事的？我这故事你可别给我编。"

男人就笑了，黑镜框里的一双大眼忽闪忽闪的。

秋嫂又问女人是做啥的。我接过话，说："你管呢。"

秋嫂说："老罗锅子，又没问你！"

女人说："我是编辑。"

秋嫂说："什么……鸡？"

我又用拐棍敲了下她，"傻帽！人家是报社的，编稿子的编辑。"

秋嫂倒有些讪讪的了，出去问海云，晚上做啥饭。海云说："饺子，酸菜肉馅。我和面，妈你帮我把酸菜捞出来，剁了，肉是现成的。"

男人和女人都听到了。女人说："又是饺子啊。"

男人说："还是酸菜馅儿的。"

两个人交换了下眼神，好像饺子已经摆在他们面前了一样。

我说："是饺子，晚上你们吃完了走。"

女人说："好，我最喜欢吃饺子了。"

男人却说："今晚怕是不行。"

女人不满地说："又怎么了，有约？上次不说好了，要在大妈家吃顿饺子吗？咱出饭费，不白吃。"

听到这里，我就想到上次他们走后半梦半醒之间听到他们的话，也不知是不是梦。我听村里原来的老人说过，人一老，就打通了阴阳的界限，也没有了梦和现实的差距，难道他们上次真有过那么一番对话？要是真的，说明我这是真的离和老伴儿聚齐的日子不远了。怪不得老东西每天睡前都来打个照面。

正说着，海云叉着一双沾了面粉的手进来说："你们别走了，今晚就在这儿吃吧，猪肉酸菜馅儿的。"又对我说，"妈，我给二林打电话了，让他下工后早点回来。"

女人很高兴，说："那多不好意思，多麻烦。"

我说："麻烦什么，多添两双筷子两个碗的事。"

女人就又看男人，说："光洋，你说呢？要不咱就不去你那个饭局了？"

光洋想了一下说："再说，看情况。"

女人回过头和我拉家常，问我家里的肉是买的还是自家宰杀的。我说，是自家宰杀的，冰冷沟人家家都自己喂猪杀猪，家境一般的人家，一年喂一头，春天抓来猪仔，冬月或腊月杀。好一点的人家，一年喂个两三头，也是春天抓来，冬月或腊月杀一头，卖一头。过去，杀了猪，还要从每家请一人过来吃血肠，炖血脖。现在这规矩改了，请的都是左邻右舍，或相好的人家。今年二林不用去北京打工，我家喂了两头猪，就杀了两头，去年冬月杀了一头，今年开春又杀了一头，肉一点没卖，都留给家里人吃。二林孝顺，知道我嘴馋，爱吃肉。

女人说："两头猪都肥吧？"

我说："肥，一头二百六十斤，一头三百二十斤。"

女人说："那么重。那肉还吃得完？还不天天像过年一样。"

我就笑了。

"可别盼着天天过年，"秋嫂出其不意杀到屋里来，手里攥着的酸菜浆水还嘀嗒着，"要不这老罗锅子还不活成妖精？"

我说："你别多嘴，我活不成妖精，你倒先活成妖精了。"

秋嫂叹口气，说："我家不行，没有你们张家旺。去年家里就养了两个人，没养猪。今年也不准备养了，没那个心劲！死去的那个阳气不足，种子有问题，所以我才养三个丫头。三个丫头都嫁了人，家里就剩下老家伙和我。一老一少，一男一女，两个光棍。"

我说："别念秧儿，回头把你爹叫来，晚上都在这里吃。"

秋嫂说："还叫老家伙过来吃，让他在家吃剩饭。"

我说："这还是当闺女该说的话吗？要敢叫你爹吃剩饭，我就用拐棍打你回家吃剩饭去。"

秋嫂说："嘿，这老罗锅子，学厉害了哈，你也敢？我这是在我闺女家吃饭呢。"

我说："你若不叫你爹过来，看我敢不敢。"

秋嫂说："你厉害，你厉害行了吧，老家伙在山里耪地，回来还早着呢，他一辈子就知道耪地种地，要是当年肯找他老战友帮个忙，让我出去招个工，也不至于一辈子待在这鸟过都不拉屎的冰冷沟受罪，老了老了，还成了个女光棍，无依无靠的。"

秋嫂嘟嘟囔囔出去了，女人冲我吐了下舌头，说："好厉害。"

我说："她呀，就是嘴不饶人。"

我知道，秋嫂除了嘴厉害，加上点好吃懒做，心倒不坏。要不是为了照顾亲家爹，她早嫁出冰冷沟好几回了。

不过，这都是我的心里话，没和女人说。这个女人虽好，毕竟只见过两面，秋嫂却是我看着长大的。

五

秋嫂和海云娘儿俩包了三盖帘饺子，刚要下锅的时候，那个叫光洋的男人的手机却响了，他走到屋外去接，回来就对女人说："晚上不能在大妈家吃饺子了。高铁的小沈来电话，说晚上要请我们吃饭，这就得动身走。"

秋嫂和海云一听说，忙进来说："饺子都包好了，就等着二林回来下锅了。"

光洋说："实在不好意思，要是光吃饭肯定在这里吃了，可小沈那里还介绍了几个别的朋友，饭前还要做个采访。"

女人赌气说："光洋，要不你先走，我在大妈这里吃，吃完你再来接我。"

光洋说："那怎么行，采访还有你的任务呢，得一起走，不行过几天再来，到时候好好在大妈家吃一顿。"

女人一脸的遗憾，说："大妈家的饺子都包好了，包着咱的份儿呢。"

光洋说："我知道，我也想吃大妈家的饺子。可谁让小沈那里定好了呢？"

女人虽然不情愿，可还是跟着光洋走了，走之前，她拉着我的手不放，对我说："大妈，过几天我们再来您家里吃饺子啊。"

我哎哎答应着。我、秋嫂、海云和孙子都出来送他们。光洋去开车的空，女人又拉起我的手，说："大妈，我怎么有点舍不得您呢！"我说："我也舍不得你。"话一出口，没出息的眼泪就又出来了。

女人用另一只手帮我整理我的缎子面的棉袄，说："您这里还有个小口袋啊。"

冰冷沟的春天还是冷的，我还穿着去年冬天那件别人穿剩下的缎子面的棉袄。那件棉袄上，我缝了两个小口袋，是装手绢、手纸、钥匙等零碎用的。

女人的一只手握着我的手，另一只手就伸进口袋里，又缩回来，说："这沟里天冷，这袄您得多穿几天。"

这时候光洋的车就过来了。是黑色的。车的前脸上，果然像秋嫂说的，有四个光亮亮的圈。女人上车，和我们挥手告别。那车开动起来几乎没有声音，很快就在前面的山弯处消失不见了。我的手还保持着被女人拉着的姿势，只是女人那只暖乎乎的手却不见了，现在从手里吹过的是向晚的风。冰冷沟的春天，晚风还是那么凉。

回到屋里，我伸手进口袋掏手绢擦泪，却掏出一把硬硬的钞票来。数了数，整整十张。

晚上吃饭时，我把口袋里发现钱的事和一家子人说了。他们就跟自己捡到钱一样兴奋。秋嫂的嘴啧啧着，说："一看那两口子就是有钱人，开着四个圈的人能没钱吗？老罗锅子算是遇到贵人了。"海云的脸也因为我手里突然多出了一千块钱，激动得通红通红的。我知道海云为啥高兴，家里实在太缺钱了。孙女在镇里初中寄宿，孙子写过检查又要上职校，再加上一家子的吃喝拉撒，哪里不需要钱？二林在镇上打短工，工钱比去年在北京打工少了不少，一天累死累活，也就六七十块钱。出了正月，海云一直和二林商量，说她也要出去打工。二林说："你打工能干个啥？"海云就说："冰冷沟有媳妇去营子街上的饭店刷碗，每天也可挣个三四十块。我也要去饭店刷碗。"二林不同意，说："你去刷碗，家里怎么办？妈腿脚不好，还有前院的傻子叔。你走了，谁照顾他们？"后来，出了孙子的事，二林就更不同意了。海云就和我商量，说："妈，等您孙子检查写好了，能上学了，我去刷碗行不行？"我能说什么？我能不让她去吗？到时候，就是我挪着蹭着做一家人的饭，也得让她去。我知道自己越老越成了废物，不能老是拖累他们。我不想成为他们的累赘。

可没想到，偏偏我这个家里人不待见的老累赘，却还有人想着，还是陌生的北京人，他们提着东西来看我，走时还放钱在我的口袋里。

一家人高兴、兴奋过后，又议论开了。首先是二林，二林说："我总觉得这件事奇怪，咱家和他们非亲非故，他们干吗提了东西来，走时还塞钱给咱?"

秋嫂也一惊一乍地说:"二林这么一说,我也觉得有问题,别是他们别有用心,看上你们家什么了吧,现在城里人喜欢到乡下搜集古物旧物。"

我不爱听,说:"他们姚家趁什么,除了这个破院落,要说古物就是我这个罗锅子和前院他傻子叔。"

海云说:"我倒看他们不像个坏人。他们想在咱家吃饭是真的,上次我就看出来了,那女的一听说咱家吃饺子都不想走,那男的还跑到厨房里掀开酸菜缸来闻浆水味,又闻拌馅儿味。我都听到那男人咽的口水声了,没想到北京人也那么馋。"

二林说:"越是北京人越馋,我在北京待过一年,听说城里人一到节假日就往乡下跑,找新鲜东西吃。"

秋嫂说:"这不年不节的,他们下来能吃什么,蓝金子花还没开呢,野菜也就刚冒个芽儿。"

我说:"你们别混说,人家是来寻亲的。"

二林说:"寻亲,他还上咱家来干啥?他和咱们非亲非故,咱不认识他,他也不认识咱。"

秋嫂一拍大腿,说:"不是听说你们家有个远房亲戚在北京吗?"

二林说:"那亲戚早断了。过去他家没去北京,还有个音讯,去了北京,反而连个音讯都没了。那亲戚咱高攀不起,人家也不会跑回来寻。咱家祖祖辈辈在这冰冷沟,从我太爷那辈起就没变过。"

又说起来这对男女姓啥叫啥。我说:"听那女人说,男人叫什么光洋。"

"女人呢?"

"没问。"

"哪儿有姓光的?"二林说,"我长这么大,也没听说有姓这姓的。"

"人家是编故事的作家,用的没准是艺名吧。"秋嫂说。

"妈你真逗,"海云说,"人家是写作的作家,作家起名字那叫笔名。"

"反正不是真名。"二林说。"我说这事怪呢，名字都不敢用真名。"

我不想反驳我儿。不知道她们名字，是因为我没问，忘了问。没名字就不是好人了？提了东西来看我就不是好人了？把一千块钱揣在我兜里就不是好人了？儿子的逻辑让我搞不明白。

亲家爹却啥话也没有，他抽着烟袋，吧嗒吧嗒的，好久，才说："不说他认识高铁的人吗？高铁那个小沈就是拿着整捆的钱跟着村主任发钱的那个，村主任叫他沈老板。我记得他还上过电视呢，说是给敬老院老人买猪肉买小米。"

"对，"孙子也插言，"去年他还到我们学校赞助过体育项目，我跑步得了个前三名，还额外得到过一百块钱。发我们钱的那个人就姓沈，校长也叫他沈老板。"

我说："二林，明天你去高铁问问沈老板，他们是个啥来历？要不，给咱钱的人姓啥叫啥都不知道。"

二林说："我怎么问？人家是个老板，我是个臭做小工的。听说高铁用的都是外地老板，本地的人做小工人家都不用。"

我就生气了，用拐棍捣了下地，说："没出息，你不敢去问，不会让你大哥去问问。"

六

二林还真找了他哥大林，大林在镇上的中学教书，并不认识在高铁工作的人，他是托镇里一个负责宣传的同学，去高铁问了沈老板。谁知沈老板所知也有限，说只知道那男人是京城来这里采访写作的作家，他也是通过营子区的一个领导认识的，就知道男人老家是四顷地的，名字叫光洋。其他一无所知。

后来，大林又和同学两个人跑到四顷地去问了一趟，结果更遗憾，因为，问了很多人，都不知道他们说的是谁，谁叫光洋，谁又是个作家。说如今四顷地在北京混得有模有样的人也有七八个，那些人不是开建材商店,就是开蛋糕房和开饭店,没听说过谁会写作,也没有姓光叫光洋的。

没打听到就没打听到吧,反正他们说过几天还会来的,到时来了,我再详细问问。

谁知过了几天,那两个人并没有来。山上的蓝金子花开的时候,倒是见过几个开车进来的男女,也有开着四个圈儿的黑色小汽车的,却再没有人进到院子里来。我有时候到外面的杨树干上一坐就是多半天,却没有一个人上来和我说句话。

有一天,秋嫂过来问我,今天那对男女是不是来过我家。因为上午时,她在村大院那里看到一下来了两辆四个圈的黑车进沟来了。两辆车都是京字牌照。我摇摇头。秋嫂说:"当时不如把车号记下了。"二林也说:"记下车号,说不定也就找到他们是谁了。"

孙子说:"听你们的话好像是人家在咱家做了什么坏事,像警察破案。说不定人家就是看我奶奶人好,和我奶奶有缘,你们却怀疑这怀疑那的。"

孙子的话却一下说到我心坎里去了。

蓝金子花开了,蓝金子花又谢了,春天都快过去了,还是没见到他们过来。

孙子也去上学了。孙子上学后,海云也在营子街找到一家饭店,去做洗碗工了。

家里就剩下我,还有前院的傻子。

还有那条狗。那条狗已经很久没像第一次见到生客那样激动地叫过了。

俗话说,狗仗人势。人强的时候,狗也是强,人要是弱了,就连狗也会怂起来。那天,我正在茅房小解,就听到看家的狗发出一阵阵哀号。那声音古怪、脆弱、哀哀的,好像大难来临一般,我急忙系上裤带绳,抓过拐棍出来,就见那狗不知为什么哀叫着,一阵阵向后退,却又退不出去多远,因为有狗链子牵着。我眼神不好,走近了才看到是条小蛇,那小蛇正摇着半个身子,吐着鲜红的信子,向狗示威。可怜的狗吓得退也没地方退,四条腿哆嗦着,两条后腿之间已经哩哩啦啦洒下尿水,一点没有那天迎接客人的虎虎生气。本来我也是怕蛇的,不光是蛇,只要是看到那种类似蛇的软软的爬行动物,我的身子也跟着发软,汗毛立起,可今天看到狗被吓成那个样子,也不知道哪里来的勇气,我挥起拐棍照着蛇探起的头就是一下。那蛇正对着狗,不妨我这一棍,身子实实地挨了一击,本来以为蛇会转身跑掉,谁知那蛇只是扭了一下身子,竟转身向我扑来,就像一支利箭,嗖的一下到了我的脚下,又摇起半个身子,向我吐出了分叉的蛇信子。那一刻,我已经来不及抽回拐棍,只有面对蛇的挑战,这阴鸷的蛇来势汹汹,我差一点就要瘫倒在地了。不要怕,不要怕,它不过是条蛇。我听到身体内有个声音告诉我。于是我勉强打起精神,一动不动,也看着那蛇。心想不过就是被它咬一口,咬就咬吧,既然它来了,怕也没用。

那天,那蛇和我对峙了很久。我不动,蛇也不动。后来还是蛇先退缩了。它收回了身子,放下了脑袋,扭身从大门的缝隙溜了出去,像一道光,转瞬即逝。

蛇一出大门,我再也坚持不住了,整个身子矮下去,最后一屁股坐在了地上。

现在,家里就剩下我一个人,每天要喂鸡,喂猪,喂狗,晚上还要给全家人做一顿饭。这些活,过去是常干的,并不手生,可现在不行了,过去干惯了的每一件事现在干起来都一件比一件艰难。猪圈在西房山,过去喂猪,每次拎一大桶猪食过去一瓢瓢喂就行,现在,猪食桶我已经拎不动了,只能一瓢一瓢端着猪食去猪圈那里。猪们都是饿死鬼托生的,到了该喂它们的时候,只要晚一会儿就会吱哇乱叫,猪的叫声比狼的叫声还让人讨厌、恐怖。喂它们的时候,也不能让猪食槽空着,只要空了,它们就迎着一张嘴叫你,生怕你给它们忘了。今年儿媳妇海云又抓了两头猪,两头猪吃的时候还打架,一会儿这个顶那个一嘴,一会儿那个又撞这个一身,吱吱歪歪的比演戏还热闹。我端了一瓢又一瓢猪食,有时候,它们嫌我慢了,就像被宰杀一样嚎叫。我能不慢吗?我这个样子,端着猪食,别说一步一步挪,就是跑到那儿也要个几分钟。我一手拄着拐棍,一手端着猪食瓢,走路的样子,真是步步惊心。平时,到那个坡处,我都是坐下来,用屁股往下蹭。那次听猪叫得烦心,索性就拄了拐棍颤巍巍往下直走。结果那根六道木的拐棍一打滑,我一下摔了出去,身子摔到菜地上,那瓢猪食一点没浪费,洒了我全身。我在菜地那里好一阵子才抬头,又看到傻子拉在菜地边的那泡屎,恶心得差点就吐了。傻子每次拉屎都不去茅房,都要拉在菜地的一角,那一角菜地正对着我家的正门。为这事,我没少说他。可不管我怎么说,他还是照拉不误,好像那一角菜地就是他固定的茅房。好不容易爬起来,我顾不得往下打扫身上的猪食,首先是看腿脚是不是还能动弹,人老了,身子骨就成了玻璃的,不经磕碰,这一摔,要是把胳膊腿折了,那样我还真成了连傻子都不如的废物,儿女岂不更嫌自己无用?岂不是更成了他们的累赘?再次端了猪食小心翼翼挪到猪圈那里,看到两头青春期的小猪吃得欢快,响声不停,我却禁不住一阵阵悲从中来,泪水像门前的那条细瘦的河流淌个没完。

好在就是些家里的活,地里的活都是傻子干。傻子不是傻到底的那种傻,按我们山里人的说法,就是不如普通人那么透亮,脑袋里总是乌云雾罩,他除了把屎当众拉到菜地让人恶心外,其他的时候,还算省心。白天的时候除了在地里干活就是在地里干活,中午歇晌的时候,他总是先回到前院的老房子。老房子前院不开,锁死了,只开了后门,后门除了睡觉,也都一直敞开的,他每天回来,除了睡觉,也不进屋,就着外面的天光看书。那天,北京那两个生客来的时候,他就在门口那里翻一本书,惹得城里男女十分好奇,女的小声问光洋:"那人在干吗?"光洋透过玻璃看了又看,说:"不知道。"女的说:"他怎么老一个姿势啊?咱进来时我就发现了。"我说:"他傻。"女人说:"哦。"就不好意思问下去了,可过了会儿,还是禁不住望过去。

傻子是省心的,前不久却出了事,人差点丢了。是北京那两个生客第二次来后不久,那时候,我正发动家里人到处打听光洋他们的消息。有一天,傻子也失踪了。傻子是三天后回来的,回来的傻子,鼻青脸肿,回来后就冲我呜哇大叫,又是流眼泪,又是比画,嘴里还不停向外蹦字:"车""营子""南山""四顷地""北京"。傻子平时和外人不说话,和家里人也说不全话,他平时干活回来就在前院的外屋看书,吃饭了,要等家里人过去叫,吃完饭,嘴一抹,还是一句话没有,又回到他屋里翻书。翻累了,就关了门,进屋睡觉。傻子小的时候还能简单说几句话。比如他知道我脾气好,喜欢黏着我,拉屎了,会把屁股端给我看,对我说:"嫂,擦。嫂,擦。"傻子也有自尊心。那时候婆婆常看着傻子发愁,愁狠了,就说些狠话。说,我前世也不知造了什么孽,生下这么个傻东西;说野狼也不开眼,怎么不把傻东西叼走;说我死了傻子以后怎么办啊?傻子居然听出母亲的意思来,冰冷沟修水库时,他就哭着喊着要去。别人干活,他也学着干,而且不惜力,肯下死力气。大伙都瞅他乐,逗他:"傻子,也不给你工分,也不给你补助,你干个啥?干能干来媳妇?"他们就是这样傻子傻子叫他,他也不恼。有一次,一伙人想脱傻子的裤子,说看看傻子脑袋傻,裤裆里的家伙到底傻不傻。傻子满大坝跑,他们就满大坝追,后来傻子被追上了,倒在大坝上,倒下了,手还死死拽着裤子。他们上来要扒时,傻子突然就凶狠起来,手脚乱打,蛮力惊人,那几个人被吓住了,说,傻子还没傻到底,还知道羞,傻子后来还挣了工分,虽然挣的是比女人还低的五分,傻子还是很高兴,每天下工,就冲婆婆挥舞着锄头,哇哇叫,宣誓一样。婆婆临死的时候,单独把我和傻子叫进屋,在她的床边,婆婆对我说:"我要死了,我最放心不下的还是这傻子。傻子比你小,我不在了,你就把他当自个儿的儿养吧,他不听话,你该打打,该骂骂。"傻子听了,还知道呜呜哭。我也跟着抹眼泪。

和傻子相处时间久了,只有我能听懂傻子简单的话。那天,他摔得鼻青脸肿回来,衣服被碴子和柴草撕得一条一条,像个要饭花子,胳膊上到处是血印子,腿也一瘸一瘸的,他呜哇乱叫,紧凑的脸上表情丰富、痛苦,他比画着冲我重复喊那几个字:"嫂……车……营子……南山……四顷地……上官道……老周……北京……光……"我就明白了。

原来,那天傻子一大早搭村里的车去营子街赶集,他赶集不买衣服不买吃食，就是买旧书，都是一些过时的小人书、连环画、画报什么的，偶尔也见他买回那种大厚本里面密密麻麻文字的书，真不知道他买那些书干什么？傻子和我一样，没念过书，半天的书都没念过。谁也不知道他从什么时候开始喜欢上了那些书呀、纸呀、字呀和画的。

赶了半天集，快中午时，回村的车喊傻子上车。傻子不愿意坐车回来，因为早晨来时，同车的人有人嫌傻子穿得破，身上脏，有味儿。那些同车的人一看傻子上了车，都坐得离傻子远远的，好像傻子是颗定时炸弹。傻子虽傻，也有自尊心，开车的人招呼他时，他就比画着说不坐车了，要自己穿山抄近路走回去（后来村里的司机向外面证实了这点）。

傻子出了营子街就往西走。他年轻时和人赶过集，那时赶集没车，都走着去，也没少穿山抄近路回冰冷沟。但傻子不知道，现在的山上早没了人走的路了，他刚上山就迷了路。傻子又是一根筋，不知道往回走，就深一脚浅一脚往里走，结果越走越远，越走越不知道往哪儿走了。好在现在的山上除了树木荆棘柴草，已经没有了过去经常出没的豹子、狼和野猪这样的凶猛的山牲口，所以算是白捡了一条命。

傻子不歇气地走啊走，走了一天一夜，终于看到有人家时，他都不知道自己已经走到四顷地的最沟里了，那是雾灵山的东山最山根的地方，老名叫个上官道。他从山上连滚带爬下了山，就近来到一户人家。那户人家姓周，傻子到了周家嘴里就呜噜哇啦地要水喝要饭吃。四顷地民风淳朴，对人热情，那户姓周的户主老周正好在家，就把他让到屋里给他吃给他喝，他吃饱喝足，身子一歪就躺在地上睡着了。老周把他搬到炕上，给他盖了被子，傻子一睡就是十几个小时，等醒来时，老周才详细探问傻子，傻子哇啦半天，老周才听出傻子是冰冷沟的人。老周就拉了傻子往回走，到四顷地二小队的时候，姓周的男人把他领上了一条小道，那条小道能通冰冷沟的南山，这样傻子总算找回了家。

傻子哇哇大叫，兴奋地大叫，激动地大叫，是有了某种成就感的大叫。因为傻子和老周出来时,发现老周邻居家院里停了一辆车,车上刚好下来两个人,从背影看上去像到我们家看我的那对北京人。这时候傻子又听到那家院里有人出来说话,仔细听了句,好像是:"光洋来了……"傻子就激动了,他也跟着冲那两个人喊,"光……光……"喊不出来就哇啦哇啦想冲过去,被老周一把拉住了。老周推着他走,说:"你叫什么,喊什么,你这么一乱喊乱叫,把人家的客人吓跑了怎么办?"

傻子回来了,一家人也都纳闷,奇怪他这两天跑哪儿去了。亲家爹、秋嫂也过来看。亲家爹看到傻子的样子笑了,说傻子像"跑反"。亲家爹说,想当年,日本人进冰冷沟,家家都像他这样"跑反"。家里人一多,傻子就安静了,安静地低头吃饭,什么话也不说,吃完饭,就到前面他的灶屋里蹲下来,就着光亮看书。他看得津津有味,一动不动,一看就是一两个时辰。

我和他们说傻子去了四顷地,到了上官道,还见到了光洋和女人,他们都不信,说一个傻子的胡言乱语我也信。我让二林抽空去上官道打探打探去,二林不愿意,说:"一天累个贼死,哪有那个时间,要打听你让我傻子二叔去。"他最近和我说话总是硬硬的。我又让海云在饭店注意看着点,如果看到四顷地上官道的人来吃饭,就多留个心,多句嘴给问问。海云说她一到饭店就有洗不完的盘子和碗,哪有时间到前面去,就是吃饭也是等客人走了,他们和后厨的几个人在后面的一间小屋子吃,老板不让后厨的人进前厅。海云又说,即使去了前厅,她也不知道谁来自四顷地,哪个又是上官道的人。秋嫂也替她闺女说话,说:"就是,你个老罗锅子,他们脸上又没写着什么四顷地什么上官道,她能知道?"

我就觉得他们还不如个傻子,傻子还知道替我找个人。

二林说:"您就别想他们了,不就提了点东西,塞你一千块钱吗?"

我说:"那是钱和东西的事吗?那是一份心!"

秋嫂说:"老罗锅子,那也不至于那么找啊,他们当初不是说过几天还来吗,结果怎么样,还不是没来?城里人的话不可信,哪儿有一句话是真的?"

我说:"正因为他们没来,我才不放心,也不知道他们怎么样了,他们说是来寻亲的,怎么还没寻到亲就不来了呢?"

二林说:"妈哎,你真是实心眼,你和他们非亲非故,操那心干什么?"

我懒得理他们,晚上睡觉前,又看到了老东西。他在灯下,胡子越来越长了,我就把傻子经过的事儿和他说了,我还说,我想那个女人,那个叫光洋的人,也不知道他们现在在哪里,怎么样了?老东西皱着眉,什么话也没说,这一次,还没等我过去拉灯,他就不见了。老东西也嫌烦了?

那天,大儿子大林提了东西来看我,我又把事情学说了遍。大林说:"您忘了,我和同学为这事专门跑了趟那里,问遍了人,都说是没影儿的事,我叔是个傻子,他糊里糊涂的话你也信?他怕是钻山沟受惊吓了,才编出来那些话,对你说,为的是怕你说他呢!"

我说:"大林,别说这话了,不行你辛苦一趟,跑趟北京吧,要不就托你北京的同学朋友啥的,给我打听打听。他们说,他们是北京人,男的叫光洋,是个长头发,女的不知叫啥,但是个报社的编辑。"

大林就笑出了声,说:"妈哎,北京那么大,人那么多,多得跟大海里的虾米小鱼似的,我上哪里给你问去,你就死了这个心吧,再说,你打听到了又能怎么样?"

我犯了倔:"我不想怎么样,就是想找到他们,我想他们了。"

大林说:"你也不认识人家,会想他们?"

我说:"想。"

大林说:"你看看我,看看二林,我们才是你的亲人,亲生的儿女,我们给你买的东西多,还是他们给你买的东西多?是我们给你的钱多,还是他们给你的钱多?还想他们?你有那功夫,帮着二林、海云把家看好了,做得动就给他们做口热乎饭,没事想那不相干的外人,您有毛病吧?"

我说:"我就是有毛病了,你们提东西拿钱和他们提东西拿钱不一样。"

大林说:"怎么不一样?"

我说:"你们提东西拿钱不用心,他们用心。"

大林就说:"心是啥东西,您拿出来看看?您真是老糊涂了。"

大林不高兴,头也不回地走了。

爱高兴不高兴,我说出那句话,终于知道自己为啥想找他们了。

可大林他们不帮我,我上哪里去找?世界那么大,可我却老了,每挪动一步都像历尽千辛万险。

七

夏天来了,冰冷沟的夏天好,满山的苍翠,村前的那条河也涨了水,晚上睡觉,都能听到河水的哗啦啦的欢歌。

万物疯长。人有时候就像树像草,雨水充沛,它们就长得肆意,绿得浓稠。人有时还像庄稼,今天看是一个样,明天看,又是一个样。庄稼长势让人欣喜,人要是变了,就徒增烦恼。我想着那个女人的手,就感到自己的手里余温还在,还在女人的手心里温存着。多好的人!怎说不见就不见了?

儿子还是那样,就是又黑瘦了些,脾气也不大好,过去每天回来喝二两酒,现在却要半斤。我让他少喝,他说别管。

海云已经在饭店洗了两个半月的碗了,在饭店洗碗,一个月一千多块钱,钱不多,却是管吃喝。海云很知足,她虽然年轻,在家时,穿衣上也不讲究,去了营子洗碗,开始讲究穿了,也学着她母亲秋嫂样,文眉画眼,涂脂抹粉。二林看不惯,说一个洗碗的,未必要把自己收拾得那么光亮,抹那么厚的粉,掉人家洗净的碗里老板难道不生气?海云说:"我跟了你这么多年,一年到头,可曾穿过几件新衣?你给我买过几样化妆品?穿得光亮点出去,有什么不好,说起来还不是给你争脸?"在家时,海云没什么话。这一出去,嘴也学着不让人了,说着说着就免不了一场嘴仗。我有时也劝,但越劝两个人吵得越凶。一个说，没您的事，回您屋去。一个说，要不是为您，我早出去了。好像我不但多余，还会给他们小夫妻增加吵架的筹码。我就笃笃笃用拐棍敲着地回了屋，难免也生一场闷气。

之前海云洗碗，不管多晚，也要回来。开始时，是二林骑了摩托去接。后来海云不让接，说太晚，回来有伴儿。再后来，有时还住饭店不回了，说是饭店值班。二林很不高兴，和我嘟囔，说一个破洗碗工，值什么班？我就劝他，说给人打工，就得听人的，人家让值班，她不值班能行？

海云在饭店值班的日子越来越多，回家的日子就越来越少。儿子每天累得像孙子一样，回到家一看海云不在，就生闷气，就喝酒，喝着喝着就醉着睡去了。海云不在家，儿子穿的衣服就换得少，身上越来越脏，斑斑点点，汤汤水水，涂涂抹抹，那衣服就越发脏得像块破抹布。虽说二林是个泥瓦工，可穿成这个样子，我看了仍不免难受和心疼，有心替儿子洗，可我这个罗锅子，已经有十年洗不动衣服了。

有时海云回来，我就对她说："海云，你给二林的衣服洗出两套备用着吧。"海云就说："他在工地给人锄泥搬砖穿那么干净的衣服干啥？"说完这话她转身就走，也不问问，我的衣服是不是该洗了？晚上吃完饭，连碗都留给我一人洗，自己跑到西屋的床上玩手机。

有一次，海云出去解手，正好我去西屋，海云的手机嘟嘟嘟嘟响起来。我喊了海云两声没动静，就过去拿了手机想送出去让海云接，看了却不是人打来的电话，是有人给她发消息。发消息，我也不认识字，不知道写了什么，但发过来的表情我看明白了，是一个小人在抱，一个小人嘟着嘴在亲，那个亲的小人后面还排着一个长队。我赶紧把手机扣过来，像做贼一样，心惊肉跳。后来海云进来了，我把手机递给海云，海云的脸就红了，对我拉下脸，说："谁让您拿我手机了？以后我的手机您不许动，听到没？"

海云嫁过来这么多年，还从没这样跟我说过话。她这样一说，我的脸也红了，好像在她面前做了一次不光彩的贼。

我身子老了，可心却越来越敏感。总觉得海云出去洗碗后，人变得有些认不出了。她这次的变化比学跳舞更让人担心。有一天下午，我在院里站着听院外有人议论,就拄了拐棍走出来,出来一看却是秋嫂和几个女人在马路边坐着聊天,说的好像是海云的事。我平时走路就轻,这次想听听他们在说什么,怕拐棍敲路面敲出声响,就把拐棍抬起来,走过去。我听到一个叫唤嫂的人说:"秋嫂啊,不是我说你,二林除了比海云大个十来岁,其他的也没挑,诚实,本分,肯下力气……海云嫌他没本事,还不是老听你说……现在好了,海云在外面洗碗洗野了,不着家了。上次我听你唤哥说,他在街上吃饭,碰到海云和一个四十多岁的胖男人一起有说有笑的。"秋嫂说:"你别胡说,那胖子我知道,是他们饭店的一个厨师。"唤嫂说:"你还好意思说知道,人家就是传你们家海云和饭店的厨师好上了,好得连家都不爱回了。"秋嫂说:"那又怎么样,那说明我们海云有魅力,有男人喜欢,总比整天窝在家里给他们家当老妈子强。"唤嫂说:"你那是当妈的该说的话吗?你不去劝说海云倒罢了,怎能说出这混账的话来?那可是你亲闺女,横不能你还盼着你闺女弄出点啥好说不好听的事来你才高兴?秋嫂,我可听说了,那个胖厨师可不是个什么好人,他不光是和你家海云,还和好几个女的不清不白……他那是看你家海云人年轻,心眼又实,耍她玩呢……"

话没听完,我当即倒在地上……

秋嫂她们给我抬进屋,一阵子忙碌,又是摩挲前心,又是拍后背。她们以为我完了,是在抢救我,其实,我还没死,我只是晕厥过去了一会儿,现在,我心里清醒得很。等到我睁开眼睛,我第一个就是瞪了秋嫂一眼,挥手让她赶紧走,有多远给我滚多远,我不想看见这个让我恶心的女人。

我急得万箭穿心,一肚子的话想说给我儿二林,可话到嘴边却全成了央求。我求他,"没事就去海云洗碗的饭店看看,咱不挣那份工钱行不?不行,就和你大哥说说,让他每月多给我点钱,他毕竟在外面,有现成的工资,那钱我要来就给你们,只要咱海云不在那干了,我怎样低三下四都行。"我还说:"还是让海云回来吧,你看看你妈我现在这个样子,又老又病,端瓢沺水都要摔跤的人,实在没有能力替你照顾家了,你要是心疼我,就让海云回来吧。"看二林闷头抽烟,不说话。我就继续求他,说:"海云要是实在舍不得那份工作,你就去求求她老板,别让她一个女人家在外面值夜班,就说家里有老的和傻的需要她照顾呢。"二林挠挠头皮说:"我又不认识她饭店的老板,怎么去求?"我就点他,说:"海云一个女人家,值班在外毕竟不方便,时间长了别出什么事。"

二林就说:"她能出什么事,敢出什么事,横不能她不要两个孩子不要这个家?她要是有这个本事就让她去值,她不回家还清静,要不回来和我也是个吵。"

我知道二林是说气话。真想自己去趟营子,去找海云说说。海云虽然也气我,可她实在算个好儿媳,本分、老实、听话,虽然人倔点,心地却善良,我不能失去这个儿媳妇!可我一个老废物又能怎样呢?我已经有二十年没去过营子街了。

海云经常值班不回家,二林有时不高兴,就把脾气撒到我身上,嫌我做的饭菜没滋味,嘟嘟囔囔,摔摔打打。

傻子也嫌我,有一次,吃饭前,我让他把马路下坎河边的那块地的草锄锄,他就冲我吱哇乱叫,我让他锄的地他不锄,却故意扛着锄头去了最远的地,直到下午两三点才回来,回来就把锄头往晾台上一摔,理都不理我,就跑回前屋蹲下身子看书去了。他看着那书,却半天不翻一页,眼睛像定格在那上面一样,狠呆呆、凶巴巴的,好像在冲着那书在使劲、运气。吃饭还得我叫他,叫他一遍不来,还得叫第二次。

儿子嫌我倒罢了,连个傻子也嫌我。

我当时气得流了泪。心想,我这样活着有什么意思,还不如两腿一蹬死了。

可我也就是这样一想,想得狠了,才知道,自己是多么执拗,执拗得想去做一件事了。

我要去营子街,去找海云谈谈。

我想傻子都做过的事情,我怎么就不能做?我除了老了,腿脚不利落,哪一点不如傻子?

可我怎么去呢?从冰冷沟到营子街有二十里,我又不会骑车,会骑车也骑不动了。走着去？年轻时候赶集都是走着去，可现在不说二十里，就是二十米走起来也要歇上几歇。那就只能坐车去了，可冰冷沟的公交车只通到村政府大院，还离二里地呢！只有像傻子一样搭车去。

沟里有一户人家，买了辆昌河小面包，做的就是"招手停"载客生意。每天上来下去，车上都坐满了人，那些人都是出沟的，有到镇上的，也有去营子的，当然，也有去更远的地方，比如承德或兴隆。

我起个大早，把昨晚的剩饭给傻子温在锅里，过去告诉了傻子。傻子到点了，饿了，自然会过去找吃的。又换了件好几年没穿的新夏衣，把差不多全白了的头发用手指蘸了清水抿了抿，就到路口马路对面等那辆"招手停"过来。

八点多的时候，招手才过来，司机把车停在路边，把脖子从这边的窗口伸出来问我："您这是干吗？"

"出沟。"我说，"去营子街。"

"买东西？买啥我给您捎回来吧。"

"不买，想去看看。我三十年没去过了。"

"您……行吗？"司机狐疑地看着我，我想他是嫌我年岁大了，怕在他车上出个好歹。他是不想搭我去呢。

我就用拐棍敲着他的门，说："放心吧，放心吧，我人老了，可身子骨不比你们年轻人的差。"

车门犹犹豫豫地被拉开了，车上的人也睁大了眼睛看我，好像我是个老怪物。

"让个座儿。"我故意大声说，腿做出要往车上迈的架势。其实，我知道，要我迈上车，那简直比登天还难。我迈了两次，迈不上去，身子一扭，还差点跌倒，多亏我的拐棍扶了我一把。这时，坐在门跟前的一个年轻人下了车，说："大妈，您站好了，我扶您上去。"那哪里是扶啊，简直是抱，他双手叉在我腰间，只稍一用力，我双腿就自动脱离了地面。脚一蹬上车，我就牢牢地站住了，把眼睛看向司机，想告诉他，别想把我哄下去。这时，车里面坐着的一个年轻女孩也上来扶我的手,并很快让出了个座位给我,司机无可奈何地看我一眼,等那个年轻人上来,重新发动了车。

营子街已经变得让我认不出了。三十年前的营子街,只有两个街道,叫头道街、二道街。现在的营子街,环着那条宽阔的柳河建了数不清的高楼。过去到营子街,过河只有两条路,一条是行人走的铁索桥,一个是街道紧东头的水泥桥。现在听司机说,光水泥桥就有了四座,铁索桥已经不见了,但司机又说,现在有人倡议重建铁索桥,说是旅游观光用。司机问我去哪里。我说:"去饭店,我家儿媳海云在饭店刷盘子。"司机说:"营子街上的饭店多了,没有一百家,也有八十家,你儿媳她在哪家?"司机一说,我脑袋立刻大了,我只知道海云在饭店刷盘子,却不晓得她在哪家刷。在我的印象里,过去营子街的像样的饭店,只有两家,一家是在头道街,叫国营饭店,一家是在二道街,叫惠民饭店。我就和司机说了这两家饭店的名字,司机说:"您说的那是哪辈子的皇历了,您说的饭店早就不见了。国营饭店,现在哪里还有国营?都是私人的了,你说的老国营,那里现在是前营商厦,二道街的惠民饭店早拆得连影儿都不到了。"

司机直接把我拉到一家饭店门口,说:"这里叫李家私房菜,他们这里吃饭的人多,雇的刷碗工也多,您就在这里问问吧,要是没有,就出来问问别家,这条街上都是饭店,您就在这里问吧,十二点前,您在这里等着,我来接您。"又嘱咐:"一定要在这里等啊,超过十二点见不到您,我就走,您只能自己想办法回去了。"

我下了车,拄着拐棍,茫然四顾。这是一条从头道街插到二道街的斜街,斜街的两边果然都是饭店的招牌。我却一个字都不认识。

时间尚早,有些饭店还没开门,我就捡那些已经开门的饭店问。我想,既然海云在值班,说不定那饭店就是开门的。我就一家家饭店去敲门,那些饭店大都把我当成了个要饭的。有的还怕我赖在里面不走,就赶紧拿出个五块十块的钱给我,意思是让我快走。我就说:"别嫌我年龄大,我不要饭,我是找人的。"这样一说,人家才客气一点。但一说海云,都摇头,说没见过,说不认识,说不知道,说不清楚,说不是我们家。说完脸上就冷下来。我就只好从一家又一家饭店出来,这样转了一个圈,转到十点钟的时候,那些没开门的饭店也开了门,我就又去问。得到的答复如出一辙。有的干脆说,他们根本不雇洗碗工,洗碗工都是后厨的人干。有一家的女老板心眼好,挺爱说,她把我让到一个靠窗的位子坐下（我转了少说有五六家饭店了,她还是第一个让我坐下的人）,让服务员给我泡了一壶茶,然后也坐下和我聊天,说她是北营房镇上的人,听说我是冰冷沟的,就说她姥姥家原来也是冰冷沟人,还说她姥姥要是活着今年也是八十三岁了,还问我大热的天,怎么一个人出来,家里人呢。我就和她说瞎话,说是搭车来赶集,想过来和儿媳妇说几句话。出来时也忘了问儿子,媳妇在哪家饭店干。女老板就叹口气,说:"我婆婆要是能和您一样就好了。"然后,她又说起她姥姥,说她姥姥和我一样,也是这样个罗锅子。她说都是过去那种苦日子累的吧？她说她小时候就摸着姥姥的罗锅子,问她,您身子怎么弯成这样啊,怎么不直起腰来走路,老弯着腰走路多累啊,她说她那时候根本不知道累还能累成罗锅子。女老板有些絮叨,但絮叨得挺温暖,听她聊着天,不知怎么就想到了那个北京女人。

从女老板那里出来,她告诉我最好先去李家私房菜那里问问,还有坛焖牛肉二米饭,说这两家饭店在斜街里是最大的了,每家都雇着几个洗碗工。女老板知道我不识字,就出来告诉我:"您看,那边挨着歌厅的,就是李家私房菜,还有,就是最北头,那个和工商局对门的就是坛焖牛肉二米饭,您去看看吧,要不他们一会儿来了人,就没空好好答复您了。"

先去的是李家私房菜。我现在学聪明了,进得饭店,不等他们来问,就问他们老板在不在。私房菜的老板是个脖子上挂着金链子的肥白大胖子,样子有点像那年去冰冷沟的中年男人,脖子那里堆着一层一层很厚的肉,像养肥了的猪。老板在那里喝着茶水,眼皮都不挑起来看我一下,他不问我,也不和我说话。我就说了,我说:"我是冰冷沟的,是来找我儿媳妇海云的。"老板还是不看我,不说话,只是点着下巴叫来了个服务员。我又把刚才的话,说给了那个服务员。服务员说:"我们这里没有叫海云的,您走吧。"我不死心,就说:"海云不是外人,是我儿媳妇,是冰冷沟的人,两个半月前来街上饭店洗碗的。"服务员又说："我们这里真没有叫海云的洗碗工,也没有从冰冷沟来的洗碗工。"我不信服务员的话,又看老板。老板还是不看我,耷拉着眼只顾低头喝茶。这时候服务员就烦了,说："您快走吧,我这里就快来客人了,您在这里影响我们的生意。"我说："姑娘,那麻烦你,你知道别的饭店有叫海云的洗碗工吗?"姑娘就更烦了,上前就推我走,说："您真烦,告诉您了没有没有还问。"我被服务员推出了大门。这时候我才注意到李家私房菜的外面全是落地的玻璃窗,那个老板在玻璃窗内,还在不紧不慢地喝着他的茶,好像世界上根本没出现我这个人一样。

从李家私房菜出来,我就往北走,走到北头,问个过路的男人,工商局在哪里,男人抬下头,说："喏,这就是了。"我到了工商局门口,看到马路对面,果然是家装潢考究的饭店。饭店门口张灯结彩,彩球飞舞。我想肯定是坛焖牛肉二米饭了,我就走了过去。那里的饭店门口站了西装革履的男人,也站了穿五颜六色的裙子的女人。我刚到门口,就被人搀进了饭店,有个人引领着我来到一张桌子面前,那张桌子面前正围着几个人,等那几个人散去,我就看到桌子前面坐着两个人,一个男人,正低着头在一个大红本子上写字,一个女人,正低着头在数着手头上的一把厚厚的钞票。扶我进来的西装男人说："来了一个老太太。"男人就抬起头,说："您是?"我说："我是来找海云的。"男人说："您姓名?"我说："我儿媳妇叫海云。"男人说："我没问您儿媳妇,是问您姓名,和这家是什么亲戚?"我说："我是海云的婆婆,我是从冰冷沟来找她回家的。"男人就扭头看了女人一眼,女人说："算了,别问人家姓名了。"又抬头问我,"大娘,您交多少礼金?把礼金交给我就好了。"我说："啥礼金……我不交礼金,我是找我儿媳妇海云的,我找遍了这条街上的所有饭店,他们说,海云有可能就在这里洗碗。"女人就明白了,抬手就招呼刚才搀我进来的西装男人,说："服务生,服务生。"服务生就过来了,这才明白我是个不速之客,说："出去出去,人家这里办喜事呢,不喝喜酒捣什么乱。"

我就这样被坛焖牛肉的人给"轰"了出来。服务生说："什么海云河云的,我们这里的洗碗工都招的十八岁的小姑娘!"

我满斜街的饭店都找遍了，也没找到海云。我不知道哪里还有饭店，我不知道海云在哪里。这时候，我抬头看了看天空，太阳已经走到了正中间，我想到司机早晨交代我的，就急吼吼地往回走，我又渴又累又急。终于走到斜街的南口，老远就看到了那辆灰头土脸的昌河小面包，听司机不耐烦地喊着，"您快点快点，我都等了您半个小时了，您再不来我可就走了。"

司机很不情愿地把我搡上车，并不问我是否找到儿媳海云，就一脚油门把车开得老远。

回去的时候，走的是另一条街道，司机说要去那儿的饭店接人。

我一听饭店就来了精神，说："哪儿还有饭店？你说的那地方饭店多吗？"

司机说："别想您老那事了，还是让您儿子来找她吧，自个儿媳妇不回家，却让个老妈给到处找。"

听他那口气，就好像他什么都知道似的。真是好事不出门，坏事传千里，很快，海云的事就要传遍冰冷沟了。

要接的人就等在饭店的门口，车一来，还没停稳，那个人就一脚迈上了车。这个饭店过去了还有一家饭店。我趴在车窗口想记住这饭店的位置，却看到从饭店里走出了一男一女，男的一手夹着根烟，一手搂着女的腰，他们出了饭店就往北走，那个人是我家的海云吗？我擦了一把眼，想看清楚。从背影看那女的，越看越像海云，我就急了，喊："海云……海云……"可车却轰隆轰隆开起来了，一股烟尘模糊了我的眼，也模糊了我喊出的声音。

回去的时候，车开得就像一头逃难的野兽。

八

进入八月，冰冷沟的雨水开始多起来，常常是，上午还响晴响晴的天，中午就飘过几块棉絮样的云，那云相互寻找、融汇、碰撞、酝酿，一打盹儿的功夫，天上的云彩就浓得化不开了，然后，就有雷声由远而近，滚滚而来，就有闪电突然把铅灰色的天劈开一道闪亮的口子，闪电过后，风刮起来，雨点子噼里啪啦砸下来。

雨都是突然来的，令人猝不及防。霹雳雷和闪电眼都是孪生的，一个跟着一个，比赛似的。要是正赶上在院外，怕那些上午晾在大太阳下的衣服被褥被雨淋湿，我就跟头马趴地似的往院里跑，往屋里抢。短暂的一场雨，常常把自己弄得鼻青脸肿。

八月六号，我不记得是星期几了。早晨起来，好好的太阳，像很多个早晨一样，都是好好的太阳，天蓝得让人多看一眼就想流泪。那天，一早起来，我就听到一种声音，砰砰砰，像鼓槌敲击在鼓面，激越、强烈、有节奏，后来我才知道那声音来自我的胸腔，那种心跳的声音像小时候听过的战马列队走过的声音。

昨晚，老东西又来了，他的胡子已经盖住了下巴，忧郁的眼神却一直没有改变。自从春天的那个晚上之后，我已经很久没有看见过他了。在我忙碌的两个多月里，在我摔得鼻青脸肿的时候，在我在那条斜街上的饭店寻找海云的时候，在我为家庭即将发生的突变不知所措一个人伤心落泪的时候，他就像一个真正的死鬼，从我世界里永远消失了。让我甚至怀疑，之前那些个灯下肃立的人是不是他。他活着时，我们就很少说话，年轻时他打我，拿着镐把粗的棍子，追得我满冰冷沟跑，让我毫无尊严，想着这辈子都不会再理他了。甚至，在他死的时候，我也没有多少悲哀，怎么说，隐秘的内心深处还有了一种窃喜：暴躁的老东西终于走了！可现在，老东西走了二十多年了，我却时时想起他，在晚上睡觉的时候，有时，我会故意不去拉灯绳，就让那灯一直亮着，有好几次我的灯绳都是二林过来给我拉灭，他还以为我累得忘了拉灯绳，其实我是在等他爸爸——老东西和别家的死鬼不同，他是要在晚上，在那盏二十五瓦的昏黄的灯泡亮着的时候，才会重返老屋，走到我的眼前。

昨晚，他却来了。他刚在灯下站定，就瓮声瓮气地对我说："明天，客人要来。"

第二天，我起了个大早。我还特意看了下日历，没错，就是八月六号。八月六号这天，我什么都干不下去了，干什么都没有心情。那天上午，太阳刚刚从冰冷沟的东山升起，我就拄着拐棍出来了。整整半天，数不清自己出来进去多少次。平时不怎么好用的耳朵，也变得异常灵敏。开始时，听到一点动静，就坐不住。汽车喇叭一响，就得拄上拐棍向外面马路上望。后来就在晾台上，听着声响，盼着那条小狗兴奋地叫。再后来，就禁不住走出去，站在路口那里等来往的车。这条被夏日雨水冲刷得漆黑油亮的小路，是那么寂寞，从山弯那里转过来，到前面杨树林那里消失，上面除了太阳的光影，连只猫狗的影子都不见。可我还是怕错过哪怕一声汽车马达的轰鸣。我无心做饭，无心晾晒潮湿的衣服和被褥，无心去喂鸡狗，两头猪已经长成了两个小胖子，它们把猪栏拱得乱响，时时刻刻想吃、想喝。这无心的贪得无厌的畜生，它们哪里知道一个八十三岁老人的心事？

半天的时光就在这种无所事事又心烦意乱的心情中过去。中午，天上的云朵多起来。我更加心焦，一趟趟往院外走。一次碰见了亲家爹，他正扛着把锄头往河边走；一次碰见秋嫂，秋嫂嘴里嗑着瓜子，把瓜子壳噗噗地吐到路上，她一边嗑瓜子一边吐瓜子壳一边还不忘哼着歌。因为海云的事，我已经很久不理她了，有什么样的娘就有什么样的闺女。

她看到了心神不定的我，歪我一眼，又歪我一眼。

"老罗锅子，你大中午的不睡会儿觉，发什么呆？"

我没理她。

"没人来，不会有人来了。他们早把你忘了。"

秋嫂阴阳怪气地说完，不屑地把带了唾沫的最后一堆瓜子壳吐到我前面的路上，身子一摆一摆地走了。

我根本不相信秋嫂的话。我对着秋嫂的背影在心里说了句：

"他们已经来了，他们就在路上。"

每次他们来，都是这个时候，就是刚刚吃过午饭的时刻。说不定他们此刻正在来的路上了，说不定眨眼之间，他们的车就会出现在东面的山弯处。

我要等着他们，看着他们把车停好，人从车上下来，然后去拉女人的手。告诉她我好想她们……

六号那天，没等到他们，却等来了又一场突然而至的雨。

我成了一只落汤鸡，成了一条落水狗，以至于走到院子时，那条狗都差点认不出我，向我扑咬过来。等它重新看清楚是我，才可怜地看我一眼，躲到我给它搭的狗窝里去了。

整个下午，我都在炕上瑟缩成一团，我好像病了，身子一个劲儿地抖，像是发了高烧，整个下午我都在谛听着窗外的雨声。那是我这辈子见过的最急的一场雨，雨点急如瀑布，一泻而下，我惴惴不安，感觉自己就要死了，感觉死神正向我招手，我是多么不甘啊，即使在雨中，我仍然感到他们在向我走来，汽车的轰鸣声混杂着雨声越来越响，越来越响。我的意识却越来越模糊，越来越模糊。终于在昏睡过去之前，我看到了那个女人，她微笑着向我走来，拉住我的手，说："大妈，我们来晚了。大妈，你不能死，你还没看到我新染的头发，新买的衣服呢。"

我不能死。整个下午的昏睡中，我一直提醒着自己。我还没看够这个世界呢，我想活着，想多看一眼，人们吃什么，穿什么，用什么，想什么……

我不知道我最后是怎样失去意识的，只记得恍惚中，屋里一下涌进了好多人，二林、海云，秋嫂和亲家爹，唤哥和唤嫂……还有傻子。还有那些平日不怎么来往的邻居，都来了。

我听到有人在抽抽搭搭地哭，听到傻子的喉咙在向外蹦字："嫂，嫂……"听到秋嫂说，"海云，你哭什么，老罗锅子命硬，她死不了。"

我确实没死。我还活着。二林看到我醒过来后，说："妈，你没事了？"

我说："妈本来就没事儿。"

二林说："没事就好，没事我就去上班了，耽误了一天八十块钱呢。"

我冲他挥挥手，说："去吧，去吧。"

二林就出去了，那些邻居也随着二林一起出去了。屋里就剩下我常见的几个。

我又冲海云挥挥手，说："你也走吧。"

海云说:"妈!"

我说:"你走吧,你不在饭店刷盘子吗?"

海云就哭了,说:"妈,我不去了。啥也没您重要,万一您有个三长两短,我这辈子良心难安。"

亲家爹顿了下脚,说:"闺女,这就对了。"

秋嫂说:"老家伙,那是我闺女,我才是你闺女呢,你捡来的闺女。"

我也跟着笑了。

我就醒了,醒来的我,发现自己正躺在炕上,屋里一个人都没有,怎么回事?明明刚刚他们还在,怎么突然间就不见了,难道是我做的一场梦?

外面阳光灿烂,我更是恍惚起来。记得睡去的时候,还是暴雨如注的下午,怎么一下就成了艳阳高照的上午了。我认识那些阳光的轨迹,那确实是上午的阳光,确切地说,是上午十点钟的阳光,难道我睡了这么久吗?

从炕上爬起来,那根拐棍就在炕沿边放着。我感到头痛欲裂,身子一滚下了炕,才发现,不光是头疼,全身的骨头都是疼的,身子也抖得如同风中的一张纸片。我坚持着出了小屋,来到外面的墙柜那里,杯子里的水还是昨天的,我也顾不得,找出两粒止痛片吃了,然后坐在椅子上,长舒了口气。从椅子上,我能看到灶屋的走廊,通过走廊我看到西屋,西屋还是空空荡荡的,说不定海云在床上躺着吧,这样一想,我又站起来,拄着拐棍,扶着门框一步步走过去,走到西屋。西屋还是空空荡荡的,床上的被子没叠,凌乱地堆着,我闻到一股子酒精和臭鞋子混杂的味道,不用说,昨晚还是二林一个人,海云在家,每天都会逼着他洗脚⋯⋯

从西屋出来,我又进了灶屋,灶膛里还是昨天的灰烬,摸一摸锅,锅也是冷的,灶屋的饭桌上凌乱地堆着些买来的熟食,空了的酒瓶子,还有已经硬成干的馒头⋯⋯

我两顿没吃饭了,二林居然没喊醒我?或许是喊了,而我没醒过来?

看来刚才的一切真的是梦了。

外面阳光强烈，屋里却阴冷得让人齿寒。

"走！出去吧！走出去！"我听到有人在向我喊。

我就挣扎着向外走。走到晾台，又走到院子中间来了。傻子却一下从他的前院的屋里窜出来，手里拎着把锄头，锄头在我的眼前晃来晃去，晃得我整个世界都是晕的。

我说："你拿着个锄头干什么？"

他就冲我凶恶地喊了声："饿！"

我说："我出去会儿，回来就给你做饭。"

他还是冲我喊："饿！"

我不理他，继续向外走，外面好像有根绳子牵着我。

"饿！"我听到傻子把锄头扔在水泥地上发出的咣的一声巨响，然后就是他口齿不清的哇哇怪叫。

我愣了下，没回头，哆哆嗦嗦推开了院门。推开院门，没往前走几步，我就看到一辆车无声地开过来，停在我家路口那里。我揉揉眼睛，没错，确实是一辆车，黑色的，发出油一样的亮光，影影绰绰。我看到一个人从车上下来，向着我走过来，直走到我跟前，停下，说："大妈，您这是要出门吗？"

我说："是。你是唤嫂家的大闺女？"

她说："大妈，不是，您再仔细看看。"

我又看了看，还是不认得。

她就一把拉住我的手，说："是我啊，想在您家吃饺子那个。"

啊？我不相信，就又揉揉眼睛，我记得原来那个女人是个长头发，头发是黑的直的，现在的这个女人却是卷的，颜色也不一样了，在阳光下发出栗色的光芒。

她就笑了，说："大妈，是我，我染头发了。"

竟真的是她啊！是她，虽然头发变了，可那弯弯的眉眼没变，那拉着我的手的手没变。

我的眼泪突然下来了："是你，真是你……你想死我了。"

她说："大妈，走，咱上屋说去。"

"走，上屋，上屋。"

他们进到院子里，那狗也认得他们，摇着尾巴过来晃。刚才还凶神恶煞般的傻子，锄头不知什么时候又拿在手上了，看到他们立刻把锄头放到墙边，几乎是一路小跑进了他的屋。女人冲我眨眨眼，说："都在啊？都在家？"

我说："就他在。"

进了屋，我们又坐到原来的位子上，这回是我拉着她的手，紧紧地，不想松开了，好像是一松开她就飞了一样。

"真想你啊。"

"我也想您。"她说，"要不昨天就来了，车都开到镇上了，结果下了大雨，没办法，又回去了。"

我就想起昨天的事。我说："昨天，我也感觉着你们会来，就去路口等，左等右等不见，雨就来了……"我絮絮叨叨和她说起昨天挨雨淋，病倒，昏迷，做梦……我说："好险啊，差点就见不到你们。"她就说："大妈，您没事吧？"

我又絮絮叨叨说春天的事，说家里人到处打听他们的事。不知怎么了，见到女人就像见到亲闺女，有说不完的话。可惜我没有闺女。过去有过三个，可惜都命不强，不足年就死了。我真是把她当成自己的闺女了，抓住她的手，就絮叨个没完。我说到傻子那次迷路去了四顷地，在上官道碰见的，也不知是不是他们？女人就惊讶地看那个叫光洋的男人一眼。我说傻子那次命大，他在山上跑了两天居然活着回来了，回来时衣服都撕成了条条，胳膊腿到处都是血印子。

女人就说："大妈您不用惦记我们，我们抽时间就来看您。"

"不寻亲了？"

"不寻了，寻到了，您就是我们亲戚。"

女人的话让我感动，一时竟没话可说了，只是把她的手越拉越紧。

聊起来就忘了时间，又是中午了，我留他们吃饭，我想要亲手给他们包饺子吃。

我站起来，说："你们坐着，我去给你们包饺子吃。"说完这句话，我才意识到，我已经很长时间没吃到一顿饺子了，自从海云出去当了洗碗工，就再没吃过饺子。吃饺子做什么馅儿的？家里已经很多天没有肉了，没人往回买，酸菜已经没有了，酸菜缸已经空了，白菜也没有了，韭菜只有春天吃着才嫩。那吃什么馅的呢？

我正发愁，女人却站起来，说："大妈不麻烦了，下次来再吃吧？"

"就在这吃，大妈给你们做。你们想吃什么馅儿的？"

我想好了，我要舍下脸皮去西院喊秋嫂，让她骑电动车去帮我买肉和菜。市场什么菜没有呢？酸菜、白菜、萝卜、韭菜……他们想吃什么馅儿就买什么馅儿。

"真不在这儿吃。我们回去还有事。下次吧，下次一定在这吃。"

女人说着，已经站了起来，她对男人说："光洋，咱给大妈拿的东西呢？"

光洋就把手中的一个袋子递给女人。女人说："我这次来，也没给您买啥东西，就买了些桃子。"她指着地上的一个箱子说。我竟光顾着拉着女人的手和她说话，他们带来了东西，我根本没注意到。

"还有这个，"女人把手中的袋子递给我，"这是我回老家苏州带回来的一块布料，是一块丝绸，您看着想做什么衣服就给自己做一件。"

我把袋子放到柜子上，又重新拉紧女人的手，"你们别走，要是不嫌大妈脏，大妈给你们做饺子吃……"

说着，我的眼泪就出来了。

"大妈，看您说的啥话。我们是真有事。今天就是想来看看您，等过几天，我们专门过来吃您包的饺子。"

"过几天？上次就说过几天，结果等了好几个月……"

"这回是真的，大妈，过不了三五天，我们还来，好吧？"

我最终还是没能够留住女人。

送走女人，我感觉心一下就空旷了，荒凉了。我站在路口，一直看到那车不见了踪影，耳朵里听不到那车碾过马路的沙沙声响，才怅然若失转回头。

回到屋，却看到傻子在，他正在对着那个装桃的纸箱子运气，使劲，他想用手撕开那个包装胶带，可胶带又宽又长，他龇牙咧嘴弄了半天，还是没能把纸箱子打开。纸箱子被他撕扯踩躏得不像样子。

"你干什么？"我生气了，上前去拉傻子，傻子嗷地叫了一声，躲开我，冲我喊了一个字：

"饿！"

我去找剪子，把桃箱的包装胶带剪开，把桃子拿出来，刚要给傻子，却发现傻子又打开了女人送我的那个袋子。

袋子已经被傻子打开了，他把那块闪着光的布料拿出来抖擞着，不想就抖出一叠钱来，那钱像是叶片一样飞下来。傻子就傻了眼，一双本来就又大又瓷的眼睛，好像要凸出眼眶来了。傻子不傻，他认得那些是钱。那些钱，又是女人给我的？

不要说傻子吃惊，我也吃惊得说不出话来。傻子没接我递给他的桃子，把女人给我的布料随手扔在地上，他蹲下身子去捡钱。我的怒火就是在他把女人送我的布料随手扔在地上那一刻突然被点起来的，我扔下剪子，拿起拐棍，就打傻子，我听到拐棍在傻子头上砰地响了一下。拐棍是我儿二林专门给我上山找的六道木做的，那棍子不沉，却又尖又硬，傻子被我打了一拐棍，突然吃惊地回头看着我。然后，他不捡钱了，他拿起了剪子，却剪起那块布，我感觉自己的心一下被傻子剪出了个大口子，我就傻了，疯了，拿起拐棍就往傻子的头上敲，傻子被打得哇哇大叫，我不记得他是怎样蹿起来的，就像突然蹿起的一只愤怒的猩猩，然后他用手中的剪子就冲我的前胸扎了一下子。

傻子看到了血。从我身上出来的血。他扔下剪子捂住脸，呜呜哭起来。血又顺着他的指缝流下来，流到他的眼睛里，他的嘴巴里，流了他一脸。傻子的眼就红通通一片了。傻子从小就怕血。他还从来没见过那么多那么多的血，我的，他的，然后，他就又嗷地叫了声，蹿了起来，然后这个血葫芦一样的人就一蹦一跳地嗷嗷嗷地叫着蹿出了门，蹿出了院子，蹿到外面的世界去了。傻子疯了。

我捂着流血的伤口，一点点矮下来，就像一粒尘土，最终要回到尘土里去一样。我倒下了，倒在地上，脸就贴着女人送我的那块布料，那布料柔软光滑，就像我十六岁的肌肤。

我又看到老东西了。三十年了，我还是第一次在大白天看到他。他刮了胡子，头发也剪了，他看着我的眼神，兴奋、慌乱、紧张，就像我十六岁时第一次看到他一样。

他看着我，说："老伴儿啊，你这是怎么了？"

声音却是苍老的。

我无力地粲然一笑，说："这回你来得可真是时候。"

北京城里的张爽（跋）

朱山坡

从现代文学馆正门出来，往左，过了马路十字路口就是思湘赣餐馆。在没有被大火吞噬之前，那里是鲁院的第二食堂。它的斜对面，有一家清真饭店，我喜欢那里的羊肉洋葱盖浇饭，不仅十五块钱可以解决一顿，还可以听两个肤色很白的纯朴的穆斯林姑娘唠叨我听不懂的方言。有一个星期天，我推门进去，从埋头吃饭的食客中突然发现了一张我在北京最熟悉的脸孔。他坐在最里面那张桌，背对着我，正边吃边跟旁边一个女人说话。那女人也在吃饭，正对着我，表情并不笑容可掬，然而秀丽端庄，安静文雅，皮肤也很白。我不动声色地坐到旁边的桌子上去，对他们侧目而视。开始的时候，我怀疑那女人是他众多女文友中的一个，但转念一想，在离鲁院咫尺的地方，他不可能如此明目张胆，这才突然想起，她应该是他传说中的妻子。他们说话说得那么亲热，我不忍心无端去打扰。直到他们吃完，起身要结账的时候，服务员指了指我对他们说，有人帮你们结账了。此时，他才发现我。我终于笑出声来。措手不及的他语无伦次地向他的妻子介绍我。而我发现，他的妻子比他高出一截，而且显得年轻得多。离开餐馆，我们往回走到红绿灯路口，他们要往鲁院走，我要往北，去一趟韩国城。走远了，我还不时回头看，他们过马路时互相照顾，为对方提防汹涌而来的车辆。那是一个小说家携妻子"中国式过马路"，小心翼翼，呵护备至。我一直笑，为这小子的艳福和神态。后来，他描述当时见到我的情形,竟说我像一个民工。大概是因为当时我穿得乱蓬蓬,头发凌乱,疲惫憔悴,脸上挂着讨薪未遂的焦虑和落寞。

凡是鲁十七的人都应该知道我说的是张爽。在鲁院,人们谈论他的时候,说得最多的是他的妻子,一朵鲜花插在牛粪上长势喜人,十几年如一日地娇嫩绚丽。我的普通话很蹩脚,不习惯把老婆说成媳妇,也因此常把"媳妇"说成"师傅",把张爽弄得莫名其妙。他跟我谈论过他所谓的爱情——其实不算爱情,顶多只算是勾引。当年他还是乡政府资料员的时候,每天都把信息拿给文印室的姑娘打印,然后复印多份投稿,然后坐等汇款单如雪花一样落到他的身上。那姑娘被那么多的汇款单惊呆了,虽然每张只有几元十几元不等。但那个精明的姑娘懂得一个道理:细水长流,积少成多,三五年下来,单靠这些汇款单也可以在长安街上买一个店铺。而更要命的是,那时候的张爽,已经开始张罗写小说,信誓旦旦地向姑娘说他要当作家。因此,姑娘对他萌生爱意。这是张爽暗藏多日处心积虑的阴谋。他得逞了,把一个粉丝变成了妻子。当然,那是二十年前,如果放在现在,他试试是什么结果?因此,你甭要跟我谈什么爱情。我对爱情不是很有谱的人,我更希望他跟我谈论小说。因此,我们就经常坐在一起谈论小说。他住602,我住609。通常是夜深人静的时候,他忙完了,打电话过来,说,山坡,过来坐坐呗。于是我随便穿上一件什么,推开602房的门。他常常是只穿着裤衩,露出跟我一样多的肥肉,腆着肚皮,张罗着给我泡茶,热情周到。在弥漫着淡淡烟味的房间里,我们开始漫无边际地东拉西扯。他的窗外,正对着桑葚树。树上结满了果子。推开窗户,有清香进来。桌面的电脑屏幕上正挂着他的小说稿,题目很诱人,比如《人人都说爱桃花》《上帝的女儿都有翅膀》《黑社会》《认识几个姑娘》。然后他告诉我他正在修改新近写的小说,原来三万字的小说,现在改到了四万字,编辑说总体不错,但退回来让他再改改。有时候我凑上去看一下,感觉确实不错,鼓励他再改改,往狠里改。好姑娘是靠死缠烂打追来的,好小说是靠改得死去活来磨出来的。他就乘机兴致勃勃地介绍他的小说人物原型,故事情节的现实版,想把小说往哪里写。可以看得出来,他是有想法有志向的文学中年。我们谈论小说的时候，探讨很多技术问题，像两个手工匠在探讨技艺；会说到许多作家，但常常说的也就只有余华、苏童、王朔、铁凝等等几个，先锋小说在我们这里仍有市场；会分析许多作品，没有理论，只有乱蓬蓬的体会。对同学的作品，我们私下里评头品足，毫无顾虑。我们都是实诚的人，不会说假话，都想从对方身上得到东西印证自己的判断。而他的姿态放得很低，貌似谦虚，毫不吝惜地对我恭维，但我很少表扬他，弄得他士气并不高涨。几乎每天晚上，我们都聊得很晚，聊累了，聊得实在没有话题了，我们就抽烟，喝茶，谈女人。他承诺带我去看桃花。从开学第一个月说到第三个月，我终于见到了桃花。在北京远郊，靠近密云水库。那儿依然车水马龙。桃花盛开，一望无际。我需要很多桃花照亮惘然幽暗的内心。张爽的相机很难捕捉到我脸上的微笑，因为我的笑都藏在我心里，很多时候，只有我自己知道自己笑了。但你不能以此认定我是闷骚型。

我和张爽早在左岸就认识了，只是没见过面。有一帮共同的朋友。知道他自费办民刊《天天》。那时候我觉得北京非常遥远，张爽也因此离我很远。到鲁院第一天我们便相认了，像两个老兵重逢，一见如故。我对北京人有敬畏感，我一直以为能在北京待的人都是全世界最厉害的人，尤其是有北京户口的人。有一段时间，我去张爽的房间次数少了，因为我窝在房间里看电视剧《北京爱情故事》，感觉很亲切，近在咫尺，看得泪流满面。张爽以此判断我已经坠入情网。因为，他跟我谈论爱情的时候，我有了兴趣，有了体验，有了动机，有了痛感，不再拒绝，原来爱情是可以用来谈论的，尽管我们伸手捉摸不到。跟一个男人探讨爱情，肯定是跟这个男人铁到了无话不谈的地步。大概也是如此吧。北京比世界还要辽阔，人山人海，没有一个可以谈论爱情的人心里怎么能踏实呢？我不把张爽当成一个地道的北京人，虽然他的祖上就是北京户口，享受着北京人的优厚待遇。因为他是平谷区的，北京郊外，六环以外更远的地方。他也没有北京人的优越感、憨厚、低调得像外地人。只有我和他走到北京街头的时候，我才会想到他是有北京户口的人，他心里踏实，我心里也踏实。张爽家有店铺，兼有贤妻，衣食无忧，可以舒舒服服地做一个典型的北京大爷。他对自己在家里不做家务衣来伸手饭来张口的恶行供认不讳，但他有一个体面的理由：我正在写小说，或者正在构思小说。一个作家的背后往往需要站着一个无私奉献的女人，尤其是正在成长中的作家。而那时，张爽对小说正处于狂热爱慕之中，浑身燥热，热得只要手一掂着家具就会起火。因此为安全起见，他是不需要做家务的。说到这里，总不由得让人想到"羡慕忌妒恨"这五个被用滥用俗了的字。好在，我在家里也不怎么用得着做家务，我的理由也跟写作有关。一个写作的男人哪有时间精力做家务啊，别看我们无所事事的样子，那是发呆，每个作家都需要有充足的时间发呆，特别是中年男作家。只是，我妻子没有张爽妻子的漂亮，她跟我一样，一出生就不是北京户口。张爽很有情趣，会找乐，脸上总是绽放着欺骗众生的微笑，脖子上挂着笨重的照相机，走路自信，仰首挺胸，旁若无人，那样子很受女生青睐。他不是鲁十七照相水平最高的人，但却是受差遣最多的人，他的照相机里，有着数不清的女生照片，好看的，不好看的，卖萌的，羞羞答答的，搔首弄姿的，不管怎么样的，在他的镜头里都得到了升华。在女生中，有我们共同的老相好叫娜彧，是从左岸捡来的朋友。她小说写得出色，却是一个没心没肺情窦未开的人。我们三个人在一起谈论文学的时候最有趣。因此，我和张爽没有话题的时候，常常会窜进娜彧的房间，说一些笑话或听她说笑话，她肆无忌惮地笑，我们也得识趣地跟着笑，说说笑笑，打情骂俏，无聊的一晚就过去了。在鲁院，我更多是跟张爽在一起。在一起的时候，除了谈文学，我常常跟他开一些漫无边际的玩笑，我们常常笑得让人云里雾里。我的幽默感他懂。因此我把他当成了鲁院最好的同学之一。

时过一年有余，张爽的小说日见长进，在各大杂志攻城略地，应接不暇，势头来得像桃花盛开。读者的速度往往跟不上作家的速度，尤其是遇到创作井喷期的作家。我从不怀疑张爽的才华，只是觉得他跟我一样，起步稍晚了一些。老骥伏枥，志在千里。什么时候也不能小瞧北京人。我愿意在遥远的边陲仰望北京，仰望张爽。